완벽한 미인

ボッコちゃん

Book #1 Bokko-chan
by Shinichi Hoshi

"Akuma", "Bokko-chan", "Ôi Detekôi", "Koroshiya desunoyo",
"Raihôsha", "Hen na Kusuri", "Tsuki no Hikari", "Hôi",
"Tsuki Keikaku", "Atsusa" , "Yakusoku" , "Neko to Nezumi",
"Fuminshô", "Seikatsu Ijishô", "Kanashimubeki koto",
"Nenga no Kyaku", "Nerawareta Hoshi", "Fuyu no Chô",
"Derakkusu na Kinko", "Kagami", "Yûkai", "Shinzen Kissu",
"Manê Eiji", "Yûdai na Keikaku", "Jinrui Ai", "Yukitodoita Seikatsu",
"Yami no Me", "Kimae no Ii Ie", "Oikoshi", "Yôsei", "Hajô Kôgeki",
"Aru Kenkyû", "Purezento", "Kata no Ue no Hisho", "Higai",
"Nazomeita Onna", "Kitsutsuki Keikaku", "Shindan", "Ikitôgô",
"Teido no Mondai", "Aiyô no Tokei", "Tokkyo no Shina", "Omiyage",
"Yokubô no Shiro", "Nusunda Shorui", "Yogoreteiru Hon",
"Shiroi Kioku", "Fuyu Kitarinaba", "Nazo no Seinen",
and "Saigo no Chikyûjin" were written by Shinichi Hoshi, published
in Bokko-chan in 1971 by Shinchosha, Tokyo
Copyright © 1971 by The Hoshi Library, Inc.
Korean translation rights arranged with The Hoshi Library, Inc.
through Japan Foreign-Rights Centre/Shinwon Agency Co.

완벽한 미인

ボッコちゃん

호시 신이치 지음

이영미 옮김

하빌리스

목차

악마

그 호수는 북쪽 지방에 있었다. 그리 크지는 않지만, 매우 깊었다. 지금은 겨울이라 두툼한 얼음으로 뒤덮인 상태였다.

N씨는 휴일을 즐기려고 이곳을 찾았다. 호수 얼음에 작고 둥근 구멍을 뚫고는 거기에 낚싯줄을 드리웠다. 그런데 물고기가 좀처럼 잡히지 않았다.

"에이, 재미없네. 뭐든 좋으니 제발 좀 걸려 다오."

혼잣말을 중얼거리며 낚싯줄을 점점 더 아래로 늘어뜨리는데, 한순간 손맛이 느껴졌다.

"어라, 물고기는 아닌 것 같은데. 뭐지?"

끌어 올려 보니, 오래된 단지처럼 생긴 것이 낚싯바늘에 걸려 있었다.

"이런 건 아무 소용없잖아. 버리기도 짜증스럽고. 골동품 가게에 들고 가 본들 값도 안 쳐줄 텐데. 뭐, 일단 안이나 좀 살펴볼까."

별생각 없이 뚜껑을 열자, 거무스름한 연기가 피어올랐다. 깜짝 놀라서 허둥지둥 눈을 감았고, 잠시 후 조심스레 살짝 떠 보니, 단지 옆에 낯선 상대가 서 있었다. 피부가 검은 작은 남자로, 귀가 뾰족하고 꼬리가 달려 있었다.

"넌 대체 정체가 뭐냐?"

N씨가 미심쩍어하며 묻자, 상대가 옅은 웃음을 머금은 표정으로 대답했다.

"난 악마야."

"흐음, 과연. 책에서 본 악마도 그렇게 생겼던 것 같은데… 하지만 설마하니 악마가 진짜 있을 줄이야."

"믿고 싶지 않은 사람은 안 믿으면 그만이야. 하지만 난 엄연히 이렇게 존재해."

N씨는 눈을 자꾸 비비며 마음을 진정시키고, 새삼 조심스럽게 물었다.

"그런데 왜 이런 곳에 나타났죠?"

"난 저 단지 속에 갇혀서 호수 바닥에 잠들어 있었어. 네가 그걸 끌어 올려서 깨워 준 셈이고. 자 그럼, 오랜만에 뭐라도 좀 해 볼까."

"어떤 일을 할 수 있나요?"

"뭐든 다 할 수 있지. 뭘 보여 줄까?"

잠시 생각에 잠겼던 N씨가 이렇게 요청했다.

"이건 어떨까요. 저에게 돈을 좀 주시겠습니까?"

"에이, 고작 그거야? 그 정도는 식은 죽 먹기지. 자!"

악마가 얼음 구멍에 손을 살짝 담그는가 싶더니, 금화 한 닢을 내밀었다.

어이가 없을 정도로 간단했다. N씨가 고개를 갸웃거리며 찬찬히 살펴보니, 진짜 금화가 틀림없었다.

"감사합니다! 능력이 정말 대단하시군요. 조금만 더 주실 수 있을까요?"

"물론이지."

이번에는 악마가 금화를 한 움큼 건넸다.

"내친김에 조금만 더."

"욕심이 많은 녀석이군."

"뭐라고 하시든 이런 절호의 기회를 놓칠 수야 없

죠. 부탁드립니다."

N씨는 계속해서 졸랐고, 악마는 그때마다 금화를 건네주었다. 그러다 보니 어느새 수북이 쌓인 금화에서 뿜어져 나오는 빛 때문에 눈이 부실 정도였다.

"자자, 이젠 이쯤에서 그만하지."

악마가 말했지만, N씨는 계속해서 간곡히 부탁했다. 이런 좋은 기회는 두 번 다시 오지 않으리라는 마음에서였다.

"그런 말씀 마시고, 조금만 더. 이제 진짜 한 번만 더요. 제발 부탁입니다. 그러니 딱 한 번만 더!"

악마는 고개를 끄덕였고, 다시 금화를 꺼내서 옆에 내려놓았다.

바로 그 순간, 기괴한 소리가 나기 시작했다. 금화 무게 때문에 빙판에 금이 가기 시작한 것이다. 그것을 알아챈 N씨는 허겁지겁 호숫가를 향해 달려갔다.

간신히 호숫가에 다다라 가슴을 쓸어내리며 뒤를 돌아보니, 무시무시한 소리와 함께 깨진 빙판 사이로 금화도, 단지도, 새된 웃음소리를 흘리던 악마도 모조리 다 호수 밑바닥으로 가라앉았다.

봇코짱

그 로봇은 완성도가 높았다. 여자 로봇이었다. 인공적인 물체인 만큼 얼마든지 미인으로 만들 수 있었고 미인의 모든 요소들을 집어넣은 덕분에 완벽한 미인으로 완성되었다. 그런데 살짝 새침한 느낌이었다. 물론 이 새침한 분위기도 미인의 조건이었다.

다른 사람들은 아무도 로봇을 만들 생각을 하지 않았다. 인간처럼 일하는 로봇을 만드는 건 부질없는 짓이었다. 그런 걸 만들 비용이 있다면, 좀 더 효율적인 기계를 만드는 편이 나았다. 일하고 싶어 하는 사람들은 얼마든지 널려 있었으니까.

로봇을 만든 사람은 바의 매니저였다. 그는 취미 삼아 그 로봇을 만들었다. 바에서 매니저로 일하는 사람은 집에 돌아가면 술은 쳐다보기도 싫게 마련이다. 그에게 술은 그저 장사의 수단일 뿐, 자기가 마시고 싶은 생각은 털끝만큼도 없었다. 돈은 술꾼들이 벌어 주었고, 시간적인 여유도 있어서 그 로봇을 만들게 되었다. 전적으로 순수한 취미였다.

취미였기 때문에 정교한 미인을 완성할 수 있었다. 촉감도 사람과 똑같아서 언뜻 보기에는 분간이 가지 않았다. 겉모습만 본다면 외려 주변의 진짜 사람보다 뛰어났다.

그러나 머리는 백지상태나 다름없었다. 그도 거기까지는 능력이 미치질 못했다. 간단한 대답만 가능한 수준이었고, 행동 면에서도 술을 마시는 것밖에 못했다.

그는 로봇이 완성되자, 바에 내놓았다. 바에는 테이블 자리도 있었지만, 로봇은 카운터 안쪽에 앉혀 놓았다. 결점이 드러나면 곤란하기 때문이다.

손님들은 새로운 아가씨가 들어왔으니, 일단은 말을 건넸다. 이름과 나이를 물으면 제대로 대답했지만, 그 외에는 영 신통치 않았다. 그런데도 로봇인 줄 알아채는 사람은 없었다.

"이름은?"

"봇코짱."

"나이는?"

"아직 젊어요."

"몇 살인데?"

"아직 젊어요."

"아, 그러니까⋯."

"아직 젊어요."

그 가게를 찾는 손님은 대체로 점잖은 편이라 아무도 그 이상 캐묻지는 않았다.

"옷이 예쁘군."

"옷이 예쁘죠."

"뭘 좋아해?"

"뭘 좋아할까요?"

"진피즈(드라이진에 레몬주스를 넣고 소다수를 부어 만든 칵테일-옮긴이) 마실래?"

"진피즈 마실게요."

술은 얼마든지 마실 수 있었다. 게다가 로봇은 절대 취하지도 않았다.

젊고 미인인 데다 새침하기 이를 데 없고, 대답도 쌀쌀맞은 로봇. 소문을 들은 손님들이 가게로 모여들었다. 봇코짱을 상대로 대화를 나누고, 술잔을 기울이고, 봇코짱에게도 술을 권했다.

"손님 중에서 누가 제일 좋아?"

"누가 좋을까?"

"날 좋아해?"

"당신이 좋아요."

"다음에 영화라도 보러 가자."

"영화라도 보러 갈까?"

"언제 갈래?"

대답을 못 할 때는 매니저에게 신호가 가게 되어 있었고, 그런 경우 매니저는 지체 없이 달려왔다.

"손님, 너무 놀리시면 안 됩니다."

매니저가 중재를 하면, 대부분은 말이 통하는 손님들이라 씁쓸하게 웃으며 이야기를 매듭짓는다.

매니저는 이따금 웅크려 앉아 로봇 다리 쪽에 연결해 둔 플라스틱 통에서 술을 회수해 손님에게 다시 내놓곤 했다.

그러나 손님들은 눈치채지 못했다. 젊은데도 야무

진 아가씨다, 알랑알랑 입에 발린 소리도 안 하고, 아무리 많이 마셔도 흐트러짐이 없다, 정도로만 생각했다. 그런 까닭에 로봇의 인기는 점점 더 높아졌고, 바를 찾는 손님도 늘어 갔다.

그런 손님들 중에 청년 하나가 있었다. 봇코짱에게 열을 올리며 뻔질나게 가게를 드나들었는데, 언제나 이제 마음을 거의 다 얻었다 싶은 느낌이라, 사랑하는 마음만 점점 더 달아오를 뿐이었다. 그렇다 보니 외상값이 계속 불어나서 갚기 힘든 지경이 되었고, 급기야 집에서 몰래 돈을 빼내려다 들켜서 아버지에게 호되게 야단을 맞고 말았다.

"두 번 다시 가지 마! 이 돈으로 외상값 갚고 와. 하지만 이번이 마지막이야!"

그는 밀린 외상값을 치르기 위해 바를 찾았다. 오늘 밤이 마지막이라는 생각에 자기도 부어라 마셔라 퍼마셨고, 이별의 정표라며 봇코짱에게도 잔뜩 마시게 했다.

"이젠 여기 못 와."

"이젠 못 오는구나."

"슬퍼?"

"슬퍼."

"사실은 안 슬프지?"

"사실은 안 슬퍼."

"너처럼 냉정한 사람은 없어!"

"나처럼 냉정한 사람은 없지."

"죽여 줄까?"

"죽여 줘."

그는 주머니에서 약봉지를 꺼내 술잔에 넣고, 봇코 짱 앞으로 밀었다.

"마실래?"

"마실래."

그가 바라보는 앞에서 봇코짱이 술을 마셨다.

그는 "죽든 말든 알아서 해!"라고 쏘아붙였고, "죽든 말든 알아서 할게"라는 대답을 뒤로하며, 매니저에게 술값을 치르고 밖으로 나가 버렸다. 이미 야심한 밤이었다.

청년이 밖으로 나가자, 매니저가 남아 있는 손님들에게 말했다.

"지금부터는 제가 한턱 쏠 테니, 다들 맘껏 드십시오."

자기가 한턱 쏘겠다고 큰소리를 쳤지만, 그것도 실은 그날 플라스틱 통에서 꺼낸 술을 팔 만한 손님이 더는 오지 않을 것 같아서였다.

"우와!"

"좋아요, 좋아."

　손님들과 가게 아가씨도 다 같이 건배를 주고받았다. 매니저도 카운터 안에서 잔을 살짝 들어 올려 건배를 하고, 단숨에 술잔을 비웠다.

　그날 밤, 바는 늦도록 불이 훤히 밝혀져 있었다. 라디오에서는 줄곧 음악이 흘러나왔다. 그러나 집으로 돌아간 사람은 아무도 없었고, 사람들 목소리도 전혀 들리지 않았다.

　어느덧 라디오도 "편안히 주무세요"라는 인사말을 끝으로 고요해졌다. 봇코짱은 "편안히 주무세요"라고 중얼거렸고, 다음은 누가 말을 건네줄까 하며 새침한 얼굴로 하염없이 기다렸다.

이봐, 나와!

태풍이 지나가고, 화창한 파란 하늘이 펼쳐졌다.

도시에서 그리 멀지 않은 어느 마을 역시 피해를 입었다. 동구 밖 산기슭에 자리 잡은 작은 신사가 산사태로 떠내려가고 만 것이다.

마을 사람들은 아침이 밝아서야 그 사실을 알았다.

"저 신사는 언제부터 있었지?"

"모르긴 해도 아주 먼 옛날부터 있었던 것 같은데."

"빨리 다시 새로 지어야겠군."

마을 사람들이 이런저런 얘기를 나누며 신사 터로 찾아왔다.

"끔찍하게 할퀴고 갔군."

"이쯤에 있었나?"

"아니, 조금 더 저쪽이었던 것 같은데."

바로 그때, 한 사람이 갑자기 소리를 질렀다.

"엇, 이 구멍은 대체 뭐지?"

모두가 모여든 자리에는 지름이 1미터쯤 되는 구멍이 있었다. 구멍 속을 들여다봤지만, 안이 어두워서 아무것도 보이지 않았다. 어쩐지 지구 중심까지 관통할 것 같은 심오한 깊이감이 느껴졌다.

"여우 굴일까?"

누군가는 그렇게 말하기도 했다.

"야, 나와!"

젊은이가 구멍을 향해 외쳐 봤지만, 바닥에서는 아무런 반향도 돌아오지 않았다. 그는 곧이어 옆에 뒹굴고 있던 돌멩이를 주워 들고, 구멍 속으로 던지려고 했다.

"천벌받을지 모르니 그만두게."

노인이 말리고 나섰지만, 젊은이는 돌멩이를 냅다 집어던졌다. 그러나 이번에도 역시 바닥에서는 아무런 반향이 없었다. 마을 사람들은 나무를 잘라 밧줄을 묶어 만든 울타리로 구멍 주위를 에워쌌다. 그러고는 일단 마을로 돌아갔다.

"이게 대체 무슨 영문일까?"

"구멍 위에다 원래대로 신사를 다시 세웁시다."

결론이 나지 않은 채, 하루가 지나갔다. 어느새 소문을 들었는지, 신문기자를 시작으로 학자들이 찾아왔다. 그러더니 자기는 모르는 게 없다는 듯이 거드름을 피우는 표정을 하고는 구멍 쪽으로 다가갔다.

뒤이어 호기심 많은 구경꾼들이 몰려왔고, 개중에는 눈을 희번덕거리는 브로커 같은 사람들도 드문드문 보였다. 지역 파출소의 경찰은 혹여 구멍에 사람이 빠지기라도 하면 큰일이기 때문에, 한시도 떠나지 않고 경비를 섰다.

신문기자 한 사람이 긴 줄 끝에 추를 매달아서 구멍 속으로 넣어 보았다. 줄은 끝도 없이 내려갔다. 결국 줄이 모자란 지경에 이르러 다시 끌어 올리려 했지만, 꿈쩍도 하지 않았다. 두세 사람이 힘을 합해 억지로 잡아당겼더니, 줄이 구멍 가장자리에 걸려 툭 끊어져 버렸다.

사진기를 손에 들고 그 광경을 바라보고 있던 기

자 하나가 허리에 감고 있던 탄탄한 밧줄을 말없이 풀었다.

학자는 연구소에 연락해서 고성능 확성기를 가져오라고 지시했다. 바닥의 반향을 조사해 보려는 것이었다. 소리를 다양하게 바꿔도 역시나 반향은 없었다. 학자는 고개를 갸웃거렸지만, 모두가 지켜보고 있었기 때문에 그만둘 수도 없는 노릇이었다.

확성기를 구멍에 바짝 붙이고, 음량을 최대로 높여서 오래도록 계속 울려 보았다. 지상이라면 수십 킬로미터까지 도달할 만한 소리였다. 그러나 구멍은 그 요란한 소리를 고스란히 다 삼켜 버렸다.

학자도 속으로는 무척 난처했지만, 애써 침착한 척하며 소리를 멈추고, 타당한 이론인 양 거드름을 피우며 입을 열었다.

"메워 버리세요."

알 수 없는 것은 덮어 버리는 게 상책이다.

구경꾼들은 '뭐야, 이걸로 끝이야?' 하는 실망스런 표정으로 자리를 뜨려 했다. 그때 브로커 하나가 사람들 울타리를 헤치고 앞으로 나오더니 이렇게 제안했다.

"그 구멍을 저에게 맡겨 주십시오. 제가 메워 드리겠습니다."

촌장이 그 말을 듣고 대답했다.

"메워 주는 건 고맙지만, 당신에게 구멍을 내줄 수는 없어요. 거기에 신사를 세워야 하니까."

"신사는 제가 나중에 훨씬 더 멋지게 지어 드리겠습니다. 내친김에 마을 회관도 같이 지을까요?"

촌장이 대답을 하기도 전에 마을 사람들이 먼저 입을 열었다.

"정말이오? 그럼, 마을과 좀 더 가까운 위치가 좋겠는데."

"그깟 구멍 하나쯤 얼마든지 줄 수 있지."

다들 소리 높여 찬성하는 바람에 저절로 결론이 나 버렸다. 촌장도 이견은 없었다.

그 브로커가 한 말은 엉터리 약속이 아니었다. 크지는 않았지만, 마을 회관이 딸린 신사를 마을과 좀 더 가까운 위치에 지어 주었다.

새로 지은 신사에서 가을 축제가 열릴 무렵, 브로커가 설립한 구멍 매립 회사도 구멍 옆 오두막에서 작은 간판을 내걸었다.

브로커는 동료들을 도시로 보내 적극적인 홍보는 물론, 사업 추진을 위해 맹렬하게 활동하게 했다. '어마어마하게 깊은 구멍이 있습니다. 학자들도 그 깊이가 최소한 5000미터는 된다고 평가했습니다. 원자로 폐기물을 버리기에는 안성맞춤인 장소 아니겠습니까?'

관청은 허가를 내줬다. 원자력발전소들은 앞다퉈 계약을 체결했다. 마을 사람들은 조금 걱정스럽긴 했지만, 몇 천 년 동안은 지상에 절대 피해가 없다는 설명, 그리고 이권도 배분해 주겠다는 말에 솔깃해서 결국 이를 받아들이기로 했다. 게다가 얼마 후, 도시에서 그 마을까지 연결되는 훌륭한 도로가 건설되었다.

트럭들이 그 도로를 달려 납 상자를 실어 날랐다. 구멍 위에서 뚜껑을 열고 원자로 폐기물들을 쏟아부었다.

그 다음엔 외무성과 방위성에서 불필요한 기밀문서 상자들을 버리러 왔다. 감독하러 따라온 공무원들은 골프 이야기를 주고받았다. 작업 인부들은 지시에 따라 서류를 구멍 속에 집어 던지며 파친코 이야기를 했다.

구멍은 여전히 가득 찰 기미가 보이지 않았다. 사

람들은 그 구멍이 어지간히 깊거나, 아니면 바닥 쪽이 엄청 넓을 거라고 추측했다. 구멍 매립 회사는 사업을 조금씩 확장해 갔다.

대학에서 전염병 실험에 사용된 동물들의 사체에 더해 연고자가 없는 노숙자의 사체까지 실어 왔다. 바다에 버리는 것보다는 낫다며, 도시의 오물을 긴 파이프를 이용해 구멍까지 끌어오는 계획도 세웠다.

구멍은 도시에 사는 주민들에게도 안도감을 안겨 주었다. 모두가 잇달아 생산하는 데에만 열을 올렸지, 뒤처리 문제는 나 몰라라 하며 골머리만 앓았기 때문이다. 그런 문제도 구멍 덕분에 조금씩 해결되리라고 믿었다.

결혼을 앞둔 아가씨는 옛날에 쓴 일기를 구멍에 버렸다. 예전 애인과 찍은 사진을 구멍에 버리고, 새로운 연애를 시작하는 사람도 있었다. 경찰은 정교한 위조지폐를 압수해서 구멍에 처분하고 안심했다. 범죄자들은 증거물을 구멍에 던져 버리고 안도했다.

구멍은 버리고 싶은 물건은 뭐든 다 받아 주었다. 구멍이 도시의 온갖 때를 깨끗이 씻어 준 덕분에 예전에 비하면 바다와 하늘이 얼마쯤 맑아진 것처럼 보였다.

그 하늘을 향해 새로운 빌딩들이 잇달아 세워졌다.

어느 날, 한창 건설 중이던 빌딩의 높은 철골 위에서 잠시 일손을 멈춘 작업 인부가 한숨을 돌리고 있었다. 그런데 그의 머리 위에서 갑자기 외치는 소리가 들렸다.

"이봐, 나와!"

그러나 그가 올려다본 하늘에는 아무것도 없었다. 파란 하늘이 펼쳐져 있을 뿐이었다. 그는 자기가 잘못 들었나 생각했다. 다시 작업을 시작하려고 자세를 바꾼 순간, 소리가 들려온 쪽에서 떨어진 작은 돌멩이가 그를 아슬아슬하게 스치며 비껴갔다.

그러나 그는 점점 더 아름다워지는 도시의 스카이라인을 넋 놓고 바라보고 있었기에 그것을 전혀 알아채지 못했다.

살인 청부업자예요

　어느 별장지의 아침. N씨는 숲속 오솔길에서 홀로 산책을 즐기고 있었다. 그는 큰 회사의 경영자지만, 주말이면 늘 이 지역을 찾아 편안히 휴식을 취하곤 했다. 상쾌한 공기, 고요 속에 울려 퍼지는 작은 새들의 지저귐….

　그때, 나무 그늘에서 젊은 여자가 모습을 드러냈다. 화사한 옷차림에 옅은 화장을 한 그녀가 상냥하게 인사를 건넸다.

　"안녕하세요?"

　걸음을 멈춘 N씨가 어리둥절해하며 물었다.

"실례지만 누구신지…. 기억이 잘 안 나는데."

"당연하죠. 오늘 처음 뵙는 거니까. 실은 부탁이 좀 있어서…."

"그렇다 치고, 당신은 대체 누굽니까?"

"그걸 말씀드리면, 많이 놀라실 텐데요…."

"아니, 난 여간해서는 놀라질 않아요."

"살인 청부업자예요."

여자가 간결하게 대답했다. 하지만 겉보기에는 벌레 한 마리도 못 죽일 것 같았다. N씨가 웃으며 말했다.

"설마요."

"제 말이 농담이었으면, 굳이 이런 데서 기다리진 않았겠죠."

여자의 말투와 표정은 진지했다. 그것을 알아챈 N씨는 갑자기 싸늘한 한기에 휩싸이며, 핏기가 가신 얼굴로 정신없이 말을 쏟아 냈다.

"그렇다면 그놈의 소행이군. 이렇게 비열한 수단을 쓸 줄이야. 자, 잠깐만. 제발 부탁이니 죽이진 마시오."

애원을 거듭하자, 여자가 이렇게 말했다.

"오해는 말아 주세요. 죽이러 온 건 아니니까."

"그게 무슨 소리지? 살인 청부업자가 숨어서 날 기

다렸어. 그런데 죽이는 게 목적이 아니라니? 살인 청부업자라면 분명 살인이 비즈니스일 텐데?"

"그렇게 지레짐작하시면 곤란해요. 오늘처럼 의뢰를 받기 위해 찾아뵙는 경우도 있으니까요. 어떠세요, 저를 한번 써 보시겠어요?"

사태를 어느 정도 파악한 N씨는 그제야 가슴을 쓸어내렸다.

"그런 거였군. 깜짝 놀랐네. 그런데 지금은 용건이 없는데."

"감추실 필요 없어요. 조금 전에 '그렇다면 그놈'이라고 말씀하셨잖아요. 그놈이란 G산업의 사장을 말씀하신 거겠죠?"

"흐음, 사실 G산업 입장에서 사업상 최대 적수는 우리 회사지. 경쟁에서 이기기 위해 비상수단을 쓰고 싶어졌을지도 모른다고 생각했을 뿐이야. 그 말인즉슨, 우리 회사로서도 G산업은 최대 적수이긴 해. 여기서만 하는 얘기지만, 솔직히 나도 그 사람이 죽어 줬으면 하는 마음이 전혀 없는 건 아니야."

여자가 눈빛을 반짝이며 몸을 내밀었다.

"그 일을 맡아 드릴까요?"

"그건 솔깃한 제안이긴 한데…."

"맡겨만 주시면, 실수 없이 완벽하게 처리해 드릴
게요."

N씨는 여자를 새삼 다시 찬찬히 살펴보았다. 그러
나 도저히 그런 일을 할 수 있을 것처럼 보이지 않았
다. 게다가 냉혹한 부하를 거느리고 있을 것 같지도 않
았다. 그는 한동안 생각에 잠겼다가 입을 열었다.

"일부러 여기까지 찾아왔는데, 미안하지만 이번에
는 거절하기로 하지. 당신을 전면적으로 신용할 만한
근거가 없지 않은가. 만에 하나 일을 그르쳐서 붙잡히
기라도 하면, 내가 의뢰한 사실이 만천하에 드러나겠
지. 그럼, 난 바로 파멸이야. 그런 위험까지 무릅쓰면
서 그를 죽일 생각은 없어."

"지당하신 말씀이에요. 하지만 소설이나 텔레비전
에서 얻은 지식으로 살인 청부업자를 상상하진 말아
주세요. 총이나 독약을 쓰거나 자동차 사고를 가장하
는, 쉽게 발각될 만한 그런 흔해 빠진 방법은 안 쓰니
까요."

"그럼, 어떤 방법을 써서 죽인다는 거지?"

"절대 의심을 사지 않는 죽음, 병사를 시키죠."

N씨가 얼굴을 찡그리며 쓸쓸하게 웃었다.

"농담은 그만하지. 그런 방법이 가당키나 하겠나? 무엇보다 어떻게 병에 걸리게 한다는 거지?"

"저주로 죽인다는 정도로 해 둘까요."

"점점 더 가관이군. 미안한데, 제정신인가? 병원에 가서 진찰 좀 받아 보지 그래."

조롱하는 N씨의 시선은 아랑곳도 않고, 여자가 계속 이야기를 진행시켰다.

"저주로 죽인다는 말이 고리타분하다면, 이렇게 바꿔 말해도 상관없겠죠. 교묘한 수단으로 상대의 신변을 압박해 심장을 쇠약하게 만들어 죽음에 이르게 한다. 현대의학에 따르면, 스트레스는…."

"이번에는 갑자기 어려운 얘기로 흘러가는군. 요컨대 그를 자연사시킨다는 뜻이겠지? 그런데 여전히 통신뢰할 수가 없군. 일이 그렇게 뜻대로 풀릴 리가…."

N씨가 팔짱을 끼고, 고개를 갸웃거렸다. 여자는 그의 속마음을 꿰뚫어 봤는지 이렇게 말했다.

"그럴듯한 제안을 들고 와서 돈만 챙기고 그대로 끝. 그 점을 염려하시는 거겠죠? 하지만 안심하셔도 됩니다. 일을 끝낸 후에 받는 성공 보수라도 상관없어요. 착수금 같은 것도 필요 없고요."

"하지만…."

"기한도 약속드리죠. 마음 같아서는 3개월 이내라고 말씀드리고 싶지만, 넉넉잡고 6개월만 기다려 주시면, 확실하게 처리해 드리겠습니다."

"흐음, 꽤나 자신만만하군. 그런데 이럴 경우는 어떻게 하지? 성공을 했음에도 내가 보수를 지불하지 않는다면? 그럼 곤란하지 않겠나?"

"틀림없이 지불해 주실 거예요. 저의 솜씨를 보신다면."

"흠, 그렇단 말이지. 그럼 뭐, 해 보시든가. 성공하면 인사는 하지. 성공 못 해도 손해 볼 건 없고. 설령 일을 그르쳐서 발각이 나도 내가 말려들 만한 증거는 남지 않을 테니까."

N씨는 신중하게 고민한 끝에, 결국 고개를 끄덕였다.

"그럼, 기대하고 기다려 주세요."

여자는 잰걸음으로 돌아갔다. N씨는 그 뒷모습을 배웅하며 반신반의하는 심정으로 중얼거렸다.

"별 이상한 인간도 다 있군. 정말 그게 가능하기나 할까? 착수금도 없었으니, 딱히 내가 손해 볼 건 없지만."

그런데 그 일을 까맣게 잊고 4개월쯤 지났을 때, N씨는 뉴스로 뜻밖의 소식을 접했다. 문제의 G산업 사장이 병원에서 치료한 보람도 없이 심장 질환으로 죽어버린 것이다. 그리고 경찰이 의혹을 품고 조사를 시작하는 기색도 없이 무사히 장례식까지 끝났다.

며칠 후, N씨가 별장에서 아침 산책을 하고 있는데 숲속 오솔길에서 또다시 예의 그 여자가 기다리고 있었다. 이번에는 N씨가 먼저 말을 건넸다.

"솜씨가 그렇게까지 대단할 줄은 몰랐어. 덕분에 우리 회사도 G산업을 압도할 수 있을 것 같군. 하지만 아직도 믿기지 않을 정도야."

"약속드렸던 대로죠? 그럼, 보수를 부탁드립니다."

만약 지불할 수 없다고 거절하면, 이번에는 이쪽이 살해 대상이 될지도 모른다.

"알고 있네. 지불하지."

"고맙습니다."

돈을 받아 든 여자는 N씨와 헤어졌다. 그러고는 도시로 돌아갔다. 그녀는 혹시 누구에게 미행을 당할까봐 무척 조심했다. 정체가 밝혀지면 곤란하니까.

집으로 돌아온 그녀는 옷과 머리 모양, 그리고 화장도 훨씬 수수한 스타일로 바꿨다. 그렇게 출근용 흰 가운으로 갈아입으면, 번듯한 간호사로 변신한다. 사실, 의사들의 신용도 매우 두터웠다. 그래서 의사들은 그녀가 질문하면 대부분은 대답을 해 줬다.

"선생님, 지금 나가신 환자분 말인데요, 상태가 어떤가요?"

"안 좋아. 솔직히 말하면 5개월 정도 남았을까? 길어도 8개월은 못 버틸 거야. 하지만 이런 말은 절대로 본인이나 가족에겐 알리면 안 돼. 충격이 너무 클 테니까."

"물론이죠. 그건 잘 알아요."

그녀도 본인이나 가족에게 알릴 생각은 추호도 없었다. 그렇지만 진료카드에 적힌 주소로 직업을 알아내고, 그 사람에게 원한을 살 만한 사람이나 사업상의 적수는….

방문객

파란 하늘에서 홀연히 나타난 원반형 물체는 쏟아지는 햇빛에 은색으로 반짝이며 서서히 교외 들판에 착륙했다.

"큰일 났다! 다른 별에서 왔어!"

"빨리 경찰에 알려. 아니, 군대로 연락해! 그게 아니라 외무성, 아니 천문대로 연락해야 하나?"

군중이 그것을 멀찍이 둘러싸고 혼란에 휩싸여 허둥대는 사이, 물체는 다시 조용히 이륙하며 상승했고, 허공 저편으로 자취를 감춰 버렸다.

"앗, 가 버렸어! 뭐야, 이걸로 끝이야?"

그러나 그것은 끝이 아니라, 소동의 시작이었다. 비행 물체가 날아간 후에 남겨진 뭔가가 있었기 때문이다.

"저기 봐, 저 녀석은 누구지?"

모두가 손가락으로 가리킨 곳에는 세련된 금색 옷을 차려 입은 인물이 홀로 서 있었다.

"방금 전 물체를 타고 온 어느 행성의 녀석일 게 틀림없어."

"뭐 하러 왔을까?"

모두가 머릿속에 떠오른 불안을 앞다퉈 입에 올렸다.

"어쩌면 지구 침략을 알리러 온 전령일지도?"

인류는 오랜 세월 서로를 침략하며 살아왔기 때문에 이방인을 보면 일단 침략자로 받아들이는 의식이 뿌리 깊게 박혀 있었다.

"그런데 고작 혼자서?"

"그렇게 멋진 비행 물체를 만들고, 조종해서 온 녀석이야. 과학의 힘만 있다면, 혼자서도 충분하겠지. 끔찍한 일이 벌어질 거야."

불안과 공포가 넘실거릴 때, 그제야 뒤늦게 최신식 장비를 갖춘 군대가 도착했다.

"시민 여러분, 물러서 주십시오. 여러분의 안전을 지키는 것이 우리의 의무입니다."

근심을 깨끗이 씻어 줄 것 같은 믿음직한 통제하에서 방독면과 방사능복으로 무장한 젊은 병사들이 일사불란하게 움직였다. 레이더로 조준하고, 화염방사기와 미사일 겨냥까지 끝마쳤다. 이제는 공격 명령만 기다릴 뿐이다. 그런데 그 명령은 좀처럼 떨어지지 않았다. 상부에서 결정을 내리지 못한 탓에 시간만 흐르고 있었다.

"빨리 불안의 불씨를 제거합시다. 불법 침입을 물리치는 데 망설일 이유가 없잖습니까"라고 주장하는 강경파.

"아니, 평화의 사절일 겁니다. 공격을 중지하고, 포위를 풉시다"라고 주장하는 평화파.

"양쪽 다 일리가 있지만, 이번 일은 신중을 기해야 합니다. 저건 교묘한 계략이라, 저 녀석을 해치우면 그걸 빌미로 대거 밀고 들어올지도 몰라요. 흔한 수법이죠. 저들의 도발에 넘어가면 안 됩니다. 그렇다고 무턱대고 다가서는 것도 위험해요. 경계하면서 말을 걸어 봅시다."

가장 지구인다운 이 의견이 대세를 지배했다. 경계는 풀지 않았지만, 그 안으로 유능한 외교관이 들어갔다. 그리고 모두의 기대를 한 몸에 받으며, 외계인에게 먼저 이렇게 말을 건넸다.

"제 말을 이해할 수 있습니까?"

외계인이 고개를 위아래로 끄덕거렸다. 그 몸짓에 힘을 얻은 외교관이 얼굴 가득 환한 미소를 머금고 인사를 건넸다.

"우리 지구에 오신 걸 환영합니다. 아마도 우호 관계를 맺고자 오셨을 거라 생각합니다. 그것은 저희도 바라는 바입니다. 우리 지구가 문명 측면에서는 당신들보다 좀 뒤처졌을지 몰라도, 평화와 문화를 더없이 사랑한다는 점에서는 우주의 어느 별에도 뒤지지 않을 겁니다. 모쪼록 좋은 관계를 맺길 바랍니다. 혹시 희망 사항이 있다면 저를 통해 말씀하십시오. 무엇보다…."

외교관은 남자를 치켜세울 절호의 기회는 이때뿐이라는 듯, 몸을 젖히며 거드름을 피웠다가, 땀을 훔쳤다가, 생글생글 웃었다가, 돌연 고개를 굽실거렸다 하며 열과 성의를 다 쏟아부었다.

그는 한편으로는 이성을 유지하려고 애썼고, 그와 동시에 두서없이 장황한 말들을 늘어놓았다. 그러다 급기야 목까지 쉬었다. 그런데 바로 그때, 외계인이 조용히 고개를 좌우로 흔들었고, 외교관은 풀이 죽어 맥없이 물러났다.

"저것 보라고! 공무원한테 맡겨서 되는 일이 뭐가 있나? 우호 관계는 우리 같은 민간인 손에 맡기는 게 최고야."

그런 말을 꺼낸 사람은, 지금까지의 상황으로 보아 외계인에게 적의는 없을 것 같다고 약삭빠르게 넘겨짚은 경제 단체 간부들이었다.

"그래. 저 외계인은 무역을 하러 온 게 틀림없어. 어느 별의 생물이든 생활수준의 향상을 원하는 건 당연하니까."

곧이어 계속 우두커니 서 있기만 하는 외계인 앞에서 카퍼레이드가 펼쳐졌다. 물론 자동차 위에는 온갖 상품들이 진열되어 있었다.

기업가들은 과연 어떤 상품을 마음에 들어 할지, 긴장의 끈을 놓지 않고 유심히 지켜봤다. 하지만 퍼레이드는 외계인의 고갯짓 한 번 없이 맥없이 끝나 버렸

고, 외계인은 퍼레이드가 끝나자마자 또다시 고개를
좌우로 흔들었다.

지구에는 대체 뭘 하러 왔을까? 사람들의 의문과
불안은 점점 더 깊어만 갔다. 이런 상태는 그야말로 신
흥종교가 활약할 무대를 깔아 주는 셈이었다. 지금까
지 뒤에서 불만스럽게 투덜거리던 무리가 앞으로 나
섰다.

"아 글쎄, 우리가 처음부터 말했잖소. 저분은 신께
서 지상으로 내려보낸 고마운 사자使者란 말이오. 그
런데 지금 뭣들 하는 거야? 대등한 존재인 줄 알고, 사
이좋게 지내자며 실실 웃질 않나, 거래나 한번 해 보겠
다고 물건들을 늘어놓질 않나. 그러다 천벌을 받지. 부
끄러워서 고개를 못 들 지경이요. 지금이라도 안 늦었
어. 당장 넙죽 엎드려 사죄하시오!"

이 의견에 반박할 근거는 없었다. 인류는 시행착오
를 거듭하며 오늘날까지 발전해 왔다. 뭐든 시도해 보
는 게 최고다.

선수가 교체되었고, 신자들이 외계인 앞에 넙죽 엎
드려 길고 긴 간절한 기도를 올리기 시작했다. 신이시
여, 어리석은 저희를 용서하시고, 가엾은 인류의 죄를

사하여 주소서. 구원해 주소서. 인도해 주소서.

그러나 문제의 외계인은 얼마쯤 지나자 아무런 표정도 없이 고개를 가로저었다. 그 모습을 보고, 한 남자가 기세 좋게 앞으로 나갔다.

"뭣들 하는 거야, 경솔한 녀석들 같으니! 상식이 없는 것도 유분수지. 문제는 있는 그대로 순순하게 받아들여야 해. 먼 나라에 홀로 와 고독할 때, 가장 먼저 필요한 게 뭐겠어? 누구나 금방 알 수 있잖아. 두말할 것도 없이 섹스지. 다른 별에서 온 무리도 생물인 이상 마찬가지야. 그런데 신 취급을 하다니. 만족할 리가 있겠나? 손님을 대접하려면 상대의 입장에 서서 생각하는 게 기본이야. 나한테 맡겨."

이런 천재적인 발언을 한 남자는 어디선가 아주 멋진 몸매를 가진 미인들을 데리고 왔다. 모르긴 해도 큰돈을 던져 주고, 어쩔 수 없는 상황이라며 잘 구슬렸겠지. 그래서 상대의 비위만 잘 맞출 수 있다면, 그런 돈쯤은 금방 회수할 수 있다는 계산이 깔려 있었을 것이다.

매혹적인 음악이 흐르기 시작했고, 그 선율 속에서 미인들이 옷을 벗으며 관능적인 걸음걸이로 외계인 앞으로 다가갔다. 그럼에도 불구하고, 외계인은 또다시 고개를 가로저었다.

"흐음, 뜻대로 풀리질 않는군. 이건 나의 작은 오해였소. 하지만 근본적으로 잘못 짚은 건 아니야. 저 외계인의 성별을 착각했을 뿐이지. 상대가 남성이 아니라는 걸 알았으니, 여성이 틀림없어. 논리적인 이 판단에 근거해서 다음 행동을 시작하기로 하지. 다행히 난 미남이고 멋진 몸의 소유자이기도 하니까."

점점 커지는 음악 속에서 그가 옷을 벗으며 보란 듯이 근육을 과시했다. 술잔을 손에 들고 윙크를 연발하며 외계인 앞으로 다가갔다. 그러나 외계인은 여전히 무표정인 채로 고개를 저었다. 인류의 지혜도 바닥이 드러난 느낌이었다.

바로 그때, 착실해 보이는 소년이 망치를 한 손에 들고 앞으로 나갔다.

"이게 무슨 바보 같은 소동이에요. 난 인류로 태어난 게 부끄러워졌어요. 아니, 인류가 존재하는 사실 자체를 참을 수가 없다고요. 차라리 멸망해 버리는 게 낫겠어!"

천진난만한 목소리로 영문 모를 말을 외치면서 외

계인에게 달려들었다.

"잠깐! 지금 뭐 하는 짓이야?"

사람들이 말리려고 했지만, 너무나 돌발적인 행동이었기 때문에 손쓸 겨를이 없었다.

소년의 망치가 외계인의 머리를 내리쳤고, 외계인은 그대로 폭 하고 고꾸라졌다.

"아아, 어처구니없는 짓을 저질러 버렸어. 이로 인해 얼마나 끔찍한 결과가 초래될지, 상상만으로도 정신이 혼미해지는군."

소년은 강제로 연행되었고, 그 대신 최고 권위의 명의들이 소집되었다.

"어떻게든 빨리 치료해 주시오. 만에 하나 잘못되면, 큰일이 벌어질 거요."

그러나 모여든 명의들은 진찰을 끝낸 후, 고개를 갸웃거렸다.

"저희 능력으로는 도저히 감당이 안 됩니다."

"그렇게 말씀하시면 곤란합니다. 전 인류가 공격을 당하느냐 마느냐 하는 기로에 서 있단 말입니다."

"하지만 저희로서는 무리예요. 이건 로봇이니까요."

"네? 뭐라고요?"

"자, 이 눈을 한번 보세요. 이건 정교한 소형 텔레비전 카메라입니다. 봐요, 이건 안테나고. 분명 지금까지 벌어졌던 광경을 어딘가로 송신했겠죠."

초록빛 태양 아래, 이 행성은 사방이 온통 폭발적인 웃음의 소용돌이에 휩싸인 상태였다.

"…예상치도 못한 극적인 결말로 막이 내렸습니다. 지금까지, 매회 뜨거운 호평을 받고 있는 텔레비전 프로그램 〈행성 순례〉였습니다. 오늘은 그곳 거주민들이 지구라고 부르는 행성에서 실황중계를 보내드렸습니다. 신기하고 유별난 그들의 사고방식, 풍습 등을 접할 수 있는 기회라 여러분도 분명 흡족하셨으리라 생각합니다. 그럼, 다음 이 시간에는…."

이상한 약

K씨 집에 놀러 온 친구가 말했다.

"자넨 약 만드는 걸 정말 좋아하는군. 내가 올 때마다 늘 약을 배합하거나 가열하고 있던데, 무슨 좋은 결과라도 있나?"

"축하해 주게. 드디어 엄청난 약이 완성됐어. 바로 이거야."

K씨가 가루가 들어 있는 병을 가리키며 말했다. 친구는 그 병을 보며 물었다.

"그거 참 잘됐군. 그런데 무슨 약인가?"

"'감기약'이야."

"기존의 약들에 비해 어떤 점이 뛰어나다는 거지?"

"지금 그 효능을 보여 주겠네."

그렇게 말하며 K씨가 약을 조금 먹었다. 친구는 도무지 이해할 수 없다는 표정이었다.

"효능을 보여 주겠다니, 자넨 감기에 걸리지 않았잖나."

"그냥 잠깐 지켜보고 있게."

잠시 후, K씨는 기침을 하기 시작했다. 친구는 걱정스러운 듯이 K씨의 이마에 손을 얹었다.

"열이 있어. 이게 대체 어떻게 된 일이지?"

"당황할 것 없네. 이건 감기를 낫게 하는 약이 아니라, 감기에 걸리게 하는 약이야."

"말도 안 돼. 어처구니가 없군. 제발 나한테 옮기지 않게 조심해 주게."

"염려 말게. 그리고 잠시만 더 기다려 봐."

한 시간쯤 지나자, K씨는 기침이 멎었고 열도 내려갔다. 친구는 더더욱 알 수 없다는 표정을 지었다.

"벌써 나았나?"

"그러니까 말이지, 이 약을 먹으면, 감기에 걸린 것과 똑같은 증상을 보이는 거야. 하지만 겉보기에만 그렇고, 본인은 전혀 괴롭지도 않고 피해도 없어. 그리고 한 시간이 지나면 원래대로 돌아오지."

"희한한 걸 만들었군. 그런데 이런 약이 무슨 도움이 된다는 거지?"

"꾀병이라고 둘러대고 쉴 수 있잖나. 다시 말해 하기 싫은 일을 피해 갈 수 있다는 뜻이지."

그 설명을 듣고서야 친구는 비로소 감탄했다.

"과연 그렇군. 그건 편리하겠어. 하고 싶지 않은 일을 떠넘길 때는 이 약을 먹으면 되는 거니까. 대단해. 나도 좀 나눠 줘."

작은 병에 담은 약을 받아 든 친구는 기쁜 마음으로 집으로 돌아갔다.

그리고 어느 날, 이번에는 K씨가 친구의 집을 방문했다. 친구로부터 생일 파티를 하고 싶으니 꼭 와 달라고 초청을 받았던 것이다.

식사를 하던 중, K씨가 별안간 얼굴을 찡그리며 말했다.

"갑자기 배가 아프군. 미안하지만, 오늘은 이만 돌아가야겠어."

친구는 처음에는 당황했지만, 곧바로 눈치챘다는

듯이 말했다.

"놀리지 말게. 우리 집에 있는 게 재미없어서 빨리 가고 싶은 거지? 그러지 말고 천천히 놀다 가라니까."

"아니, 정말로 아파."

K씨는 별안간 얼굴이 창백해지더니 식은땀이 흐르고, 몸이 축 늘어졌다. 그러나 친구는 믿지 않고, 웃으면서 못 가게 붙잡았다.

"지난번 감기약 못지않게 잘 만들어졌군. 항상 감기 핑계만 대면 의심받을 테니, 가끔은 복통이라도 일으키는 게 좋겠지."

그러나 1시간이 지나도 K씨는 원기를 되찾지 못했고, 점점 더 고통스러워할 뿐이었다. 친구는 그제야 이건 진짜 복통일지도 모른다고 생각하고 의사를 불렀다. 급히 달려온 의사가 K씨를 치료한 후 말했다.

"늦지 않아서 다행입니다. 조금만 늦었어도 손을 쓸 수 없었을 겁니다. 그런데 왜 좀 더 일찍 연락하지 않았죠?"

이런 일을 겪은 후, K씨는 더 이상 이상한 약을 만들지 않았다.

달빛

　드넓은 방의 통유리 천장으로 푸른빛을 머금은 달빛이 고요히 흘러들었고, 그 위로 반짝이는 별들이 소리 없는 교향악을 연주하고 있었다. 방 한쪽에 놓여 있는 화분 몇 개는 제각각 열 송이도 넘는 백합꽃들을 포개듯 매달고, 숨이 막힐 듯한 진한 향기를 끊임없이 뿜어냈다.

　그 반대편 구석에 있는 작은 수영장의 물은 맑고 차가웠으며, 물 위에 뜬 연꽃은 벽에 설치된 분수에서 쉴 새 없이 뿜어져 나오는 물방울을 맞으며 아스라한 소리와 파문을 잇달아 만들어 냈다. 물은 대리석 수영장의 테두리를 타고 흘러넘쳐, 타일 바닥을 정처 없이 떠돌다 어디론가 흘러들며 자취를 감췄다. 이곳은 그가 반려동물을 키우는 방이었다.

그의 반려동물은 나긋나긋한 몸을 바닥에 누이고 고이 잠들어 있었고, 수영장 물은 달빛에 드러난 그 발 끝을 부드럽게 씻어 냈다.

"여기, 먹이 좀 갖다주겠나."

반려동물을 키우는 예순에 가까운 고상한 남자는 이 방으로 들어오기 전에 여느 때처럼 일흔이 넘은 늙은 하인에게 명령을 내렸다.

"알겠습니다. 오늘은 뭐로 준비할까요?"

"흠, 글쎄. 파이랑 슈크림, 그리고 멜론이 좋겠군."

"네, 알겠습니다."

그가 파이프에 불을 붙이고, 연기를 두어 번 뻐끔거리는 동안, 하인이 명령받은 음식들을 커다란 은쟁반에 수북이 담아 왔다. 그는 파이프를 책상 위에 내려놓고 쟁반을 받아 든 후, 문을 열었다.

문 여는 소리를 들은 반려동물은 누워 있던 몸을 곧추 일으키더니, 큰 고무공을 가볍게 발로 차며 그에게 다가왔다. 그리고 기쁜 듯이 몸을 비비며 아름다운 눈으로 주인을 물끄러미 올려다봤다.

그는 몸을 구부려 반려동물이 기대는 대로 무릎을 내어주고는 오른손으로는 그 새하얀 등을 어루만지고, 왼손으로는 바닥에 내려놓은 쟁반에서 파이를 집어 입에 넣어 주었다. 반려동물은 그것을 받아먹었고, 그 모습을 바라보는 그의 얼굴에는 표현할 길 없는 행복한 표정이 흘러넘쳤다.

벽에 설치한 장치에서 뿜어져 나오는 잔잔한 바람은 반려동물의 길고 윤기 넘치는 고운 털을 살랑살랑 흔들었고, 달빛까지 덩달아 그 아름다움을 돋보이게 해 주는 것 같았다. 반려동물은 이따금 가늘고 긴 눈으로 그를 올려다봤고, 그때마다 그도 다정하게 눈빛을 맞추며 '세상에 이렇게 멋진 반려동물을 가진 사람은 나밖에 없을 거야'라고 속삭이듯 속으로 중얼거렸다.

반려동물. 그것은 열다섯 살 된 혼혈아 소녀였다. 혼혈아 소녀라면 세상에 얼마든지 널렸을지 모르지만, 그의 반려동물 같은 소녀는 분명 어디에도 없을 것이다. 15년 전, 그는 갓 태어난 갓난아기를 맡아서 온 정성을 다해 사랑으로 키워 왔다. 다행히 그에게는 부모가 물려준 재산이 있었고, 또한 부모 때부터 성실하게 일해 온 하인도 한 사람 있었다. 게다가 그는 어느 큰 병원에서 근무하는 의사라는 좋은 조건까지 갖추고 있었다. 그래서 아기를 맡을 수 있었고, 세심하게 잘 보살피며 키울 수 있었다.

그러나 그는 지금껏 반려동물을 키워 오면서 말을 전혀 사용하지 않았다. 먹이는 반드시 자기 손으로만 주었고, 하인을 방 안에 들이는 일도 거의 없었다. 어쩔 수 없이 들어와야 할 때도 절대 소리를 내지 말라고 명령했고, 하인은 충실하게 그 명령을 따랐다.

인간에게 말 따위 필요 없다. 말이 애정을 얼마나 많이 희석시켜 왔는가. 사람들은 말없이 얻은 애정을 반드시 말 때문에 잃고 만다. 그는 그렇게 생각했다.

이 반려동물의 아름다운 몸속에는 애정만 가득 차 있다. 그리고 그 외에는 아무것도 없다. 조용한 이 방에도, 세상의 추악함은 티끌만큼도 스며들지 못했다.

그는 반려동물의 어깨를 어루만져 주었고, 반려동물은 얌전히 멜론을 다 먹었다. 그러고는 연꽃이 떠 있는 수영장으로 사뿐히 달려가더니, 분수에서 흩뿌리는 물을 손으로 받아 입안에 넣었다. 손가락 사이로 흘러내린 물은 반려동물의 새하얀 몸을 비추는 수면으로 흩어지며 눈부시게 반짝거렸다. 물을 마신 반려동물은 수영장 가장자리에 걸터앉아 커다란 눈으로 주인을 한동안 지그시 바라보았다.

그는 반려동물이 먹다 남긴 먹이를 은쟁반 위에 정리해서 벽에 있는 선반에 올려 두었다. 그런 뒤 반려동물을 손짓해 불러서 파란 리본으로 머리를 묶어 주고, 방 한가운데를 가로지르는 은색 철봉을 가리켰다. 반려동물이 늘 하는 식후 운동이었다.

반려동물은 늘씬한 몸을 용수철처럼 튕기며 철봉 위로 올라갔다. 파르께한 빛으로 가득한 바다 밑바닥 같은 공간에 새하얀 빛이 몇 번이나 포물선을 그렸고, 그럴 때마다 리본에 달린 작은 금방울이 별똥별처럼 반짝이며 종소리를 흩뿌렸다. 백합꽃 향기는 어지러이 흩어지며 분수와 어우러져 까불거렸다.

방울 소리가 멈추자, 살짝 상기된 채 땀이 밴 반려동물이 그를 바라보았다. 그가 고개를 끄덕이자, 반려동물이 수영장으로 첨벙 뛰어들었다. 세차게 흘러넘친 물줄기가 춤을 추듯 타일 위를 이리저리 휘저었다.

그는 매일 이렇게 시작하는 밤을 기다렸다. 밤은 말의 무의미함을 선명하게 부각시키며 조용한 침묵 속에서 깊어만 갔다.

　반려동물은 낮에는 유리 너머에서 비쳐 들어오는 햇빛을 쬐며 잠을 잤고, 그가 귀가할 즈음에 잠에서 깨어났다.

　달콤한 꿈결 같은 밤. 그러나 이것은 그가 모든 유희를 끊고, 십여 년의 세월을 쏟아부어 얻어 낸 결과물이다. 그 기나긴 인내와 노력을 고려하면, 절대 부당하다고 말할 수 없었다.

　그는 밤늦게 잠자리에 들었고, 아침 식사를 마치면 반려동물에게 먹이를 주고, 상쾌한 기분으로 자동차를 운전해서 병원으로 향했다. 반려동물이 잠자리에 드는 고요하기 그지없는 이 집의 오후 시간에는 늙은 하인이 이따금 굼뜬 동작으로 실내 온도를 조절할 뿐이었다. 그 하인조차도 어느새 다시 의자에 기대어 말뚝잠을 자면, 평화로운 시간만 조용히 흘러갔다.

　그러던 어느 날, 평화와 행복이 넘쳐나던 이 집에 예기치 못한 폭풍우가 휘몰아쳤다. 의자에서 꾸벅꾸벅 졸고 있던 하인은 요란한 전화벨 소리에 깜짝 놀라 눈을 떴다.

　"여보세요? 큰일 났습니다!"

"아 네, 무슨 일이 생겼나요?"

하인이 되물었다.

"댁의 주인께서 방금 자동차 사고로 큰 부상을 당했습니다."

"그게 정말입니까?"

하인은 수화기를 손에 든 채, 의자에 다시 주저앉고 말았다.

"상태는 어떠신가요?"

"중태입니다. 상당히 심각한 상황이에요. 무슨 뜻인지 잘 모르겠는데, 먹이를 줘야 한다는 말만 계속하십니다. 혹시 개라도 키우고 계시는 거라면, 잘 좀 보살펴 주십시오."

"아, 네…."

그러나 밤이 다가올수록 하인은 점점 더 곤란해졌다. 먹이를 어떻게 줘야 하나. 하인은 주인이 늘 그랬듯이 쟁반 위에 쇼트케이크, 오렌지 등을 담아서 머뭇머뭇 문을 열었다. 그 소리에 누워 있던 반려동물이 신이 나서 몸을 일으켰지만, 하인의 모습에 놀라 허둥지둥 수영장으로 뛰어들어 연꽃잎 밑으로 몸을 숨겼다.

"주인님이 많이 다치셨다는구나. 오늘 밤에는 못 오

시니 이걸 좀 먹으렴."

하인은 자기도 모르게 말을 건넸지만, 반려동물에게 그 말이 통할 리가 없었다. 그뿐인가, 난생처음 듣는 목소리에 놀라 더욱 겁을 먹었다. 하인이 어색하게 손짓을 계속했지만, 그것은 그 방의 분위기와는 전혀 어울리지 않았다. 내가 있으면 안 먹을까, 그런 생각에 하인은 은쟁반을 타일 바닥에 내려놓고 문밖으로 나왔다.

얼마쯤 지나 하인이 다시 안을 살짝 들여다봤지만, 쟁반 위의 음식은 조금도 줄지 않고 그대로였다. 애정이라는 반찬이 없으면 아무것도 먹을 수 없는 반려동물은 수영장가에 멍하게 걸터앉아 주인을 기다렸다.

다음 날 아침, 하인이 주인이 입원한 병원으로 전화를 걸어 봤지만, 여전히 위기를 모면하지 못한 상태였다.

"면회 가면 얘기를 좀 나눌 수 있을까요?"

"그건 말도 안 됩니다. 얼굴만 뵙는 거라면 상관없지만요."

하인은 무슨 수를 써서든 반려동물을 데리고 가서 먹이를 주게 하고 싶었지만, 그건 도저히 불가능해 보였다.

하인은 방으로 들어가 새로운 먹이로 바꿔 주었다. 주인이 자주 주었던 슈크림도 곁들였다.

"제발 좀 먹으렴. 부탁하마. 주인님이 돌아오시면, 호통을 치실 거란 말이다…."

하인은 어찌할 바를 몰라 눈물로 호소하듯 애원했지만, 반려동물에게는 전혀 통하지 않았다. 밤이 되어도 쟁반 위의 먹이는 조금도 줄지 않았다. 다소 야위고 창백해진 반려동물은 백합꽃에 얼굴을 가까이 대고 향기를 맡았다.

주인의 위독한 상태는 계속되었고, 반려동물은 점점 더 창백하게 야위어 갔다. 하인은 반려동물을 위해 의사를 부를까 하는 생각도 했지만, 새 일자리를 구하기도 어려운 상황에서 그런 행동은 사표를 쓰는 것을 의미했다. 늙은 하인은 도무지 마음이 진정되지 않아 이따금 생각이 난 듯이 반려동물의 방을 들여다보고, 주인이 입원한 병원으로 거듭 전화만 걸었다.

한밤중에 울린 전화벨 소리에 지칠 대로 지쳐서 꾸벅꾸벅 졸고 있던 하인이 눈을 번쩍 떴다.

"댁의 주인께서 세상을 뜨셨습니다…."

하인은 맥이 풀린 듯 수화기를 책상 위에 아무렇게나 내동댕이치고, 반려동물의 방으로 달려갔다.

주인이 가장 사랑했던 반려동물, 가장 가까웠던 가족. 아니, 어쩌면 그의 존재 자체였을지도 모른다. 그런데 이 불행을 어떻게 전해야 한단 말인가. 그렇다고 전하지 않을 수도 없었다.

반려동물은 타일 위에 조용히 누워 있었다. 하인이 살며시 다가가 어깨에 손을 얹었다. 그러나 그 어깨는 이미 대리석처럼 싸늘하게 식어 있었다.

백합 꽃잎 한 장이 희미한 소리와 함께 떨어졌다.

포위

어느 해질 녘, 나는 역 승강장 끝자락에 서 있었다. 조금 전 만원 전철을 그냥 보냈으니, 다음 전철에서는 반드시 자리에 앉을 수 있겠지. 그리고 자리에 앉기만 하면, 내일 아침까지 자유와 휴식으로 가득한 시간이 이어진다. 나는 일찍부터 점멸하기 시작한, 먼 빌딩의 네온사인을 멍하니 바라보며 승강장으로 들어서는 전철 소리를 듣고 있었다.

바로 그 순간, 누군가가 내 등을 있는 힘껏 떠밀었다.

위험해! 그런 생각이 들기도 전에 내 손은 재빨리 옆에 서 있던 남자의 옷자락을 움켜잡았다. 그 덕분에 간발의 차이로 승강장 턱에 멈춰 설 수 있었다. 전철이 코앞에서 맹렬한 속도로 스쳐 지나갔다.

"하마터면 큰일 날 뻔했어요."

나 혼자 발을 헛디딘 줄 알았는지, 옆에 있던 남자가 그렇게 말했다. 나는 그 말은 아랑곳도 않고, 방금 뒤에서 나를 밀친 녀석을 찾아내려고 주위를 두리번거렸다.

하지만 이미 전철이 멈추고, 줄이 흐트러지기 시작했기 때문에 찾기가 쉽지 않았다. 저 녀석인가? 아니면 저 녀석인가?

그래, 저 녀석이야! 직감적으로 느낌이 확 왔다. 지금 막 전철에서 내린 승객인 척하며 저쪽으로 걸어가는, 거무죽죽한 옷을 입은 남자. 저 녀석이 틀림없다. 방금 도착한 전철에서 내렸다면, 아직 거기까지 갔을 리가 없다. 그러고 보니 등을 떠밀린 위치로 추정해 보면, 키도 분명 저 정도였을 것이다. 나는 바로 판단을 내리고 그 뒤를 쫓았다.

나는 그 남자를 개찰구 앞에서 잡았다. 그리고 별로 세 보이지 않는 그 남자를 역 옆에 있는 인적이 드문 어스름한 공원으로 끌고 가서 추궁했다.

"이봐! 왜 날 밀었어?"

왠지 모르게 가난이 비치는 얼굴에 체격도 왜소한 이 남자는 생전 처음 보는 얼굴이었다. 그렇다 보니 더 더욱 섬뜩한 기분이 들었고, 대체 왜 이 남자가 나에게 살기를 품었는지 알고 싶었다.

"전 모르는 일입니다."

그 남자는 같은 대답만 되풀이했다. 그럴 때마다 나 역시 똑같은 질문을 거듭했다.

"왜 날 죽이려 했냐고!"

"난 그때 전철에서 막 내렸어요. 괜한 트집을 잡으면 곤란해요."

그가 몇 번째인가 똑같은 대답을 되풀이했을 때, 나는 퍼뜩 생각이 떠올라 고함을 쳤다.

"그럼 왜 입장권으로 개찰구를 통과했지?"

그 말에 상대도 결국 입을 다물었다.

"끝까지 털어놓지 않겠다…?"

이성을 잃은 나는 만년필을 꺼내 상대의 손가락 사이에 끼우고 있는 힘껏 비틀었다. 이유를 알아내고픈 욕구가 워낙 커서 내 행위의 잔혹함을 신경 쓸 만한 상황이 아니었다. 남자가 나지막이 비명을 지르며 말했다.

"말할게요!"

"빨리 말해! 나한테 대체 무슨 원한이 있냐고!"

나는 만년필을 주머니에 넣고, 이번에는 두 손으로
상대의 멱살을 거머쥐었다.

"당신한테 원한 같은 건 없어요. 여하튼 난 당신과
만난 적도 없지 않습니까."

"그런데 왜 등을 떠밀어?"

남자가 또다시 대답을 망설여서, 힘을 가하며 거칠
게 흔들었다.

"부탁받은 겁니다."

그래, 사주를 받았군. 그렇다면 내가 이 남자를 몰
라도 이상할 게 없었다.

"부탁한 놈이 누구야?"

나는 또다시 상대를 거칠게 다그쳤고, 그는 마지못
해 주소 하나와 이름을 털어놓았다. 하지만 그런 이름
을 가진 남자 또한 내 기억에는 없는 존재였다.

"그 남자가 왜 나를 죽이고 싶어 했는지, 이유를 아
나?"

"모르죠, 거기까지는….'

이 남자가 모르는 건 사실인 것 같았다. 나는 부탁만으로도 쉽게 사람을 죽이려고 했던 그 남자를 찬찬히 뜯어보았다.

"과연 부탁받았다는 이유만으로 그런 짓을 저지를 수 있을까?"

"그 말이 맞습니다. 아무리 부탁을 받았다고 해도 그렇게 쉽게 사람을 죽일 마음이 들진 않겠죠."

상대의 대답은 나의 의문을 한층 더 불러일으켰다.

"그런데 왜 죽일 마음이 생겼지?"

"우연하게도 두 사람한테 똑같은 부탁을 받았기 때문이죠. 게다가 둘 다 상당한 사례금을 주겠다고 했어요. 그런 제안을 들으면 마음이 동하죠."

"그럼, 다른 한 녀석의 이름은 뭐야?"

남자는 자기 책임은 면할 수 있겠다는 흐름을 감지했는지, 그 이름도 털어놓았다. 그러나 그 이름 역시 나로서는 짚이는 바가 전혀 없었다.

"그 남자랑 조금 전 녀석이 같이 부탁했나?"

"아뇨, 따로따로였어요. 두 사람이 서로 아는 사이 같지도 않던데요."

"흠, 그렇군. 여하튼 더 이상 널 괴롭혀도 별 의미

가 없겠어."

나는 남자에게 캐낸 두 개의 주소와 이름을 수첩에 적고, 그를 풀어 주었다.

다음 날, 나는 그 주소 중 한 곳을 찾아가서 이름의 주인공을 근처 공터 구석으로 끌어내는 데 성공했다.

"그놈에게 날 죽이라고 부탁한 이유를 들어야겠다. 널 만난 적도 없는 것 같은데, 대체 나한테 무슨 원한이 있지?"

"무슨 말인지, 전혀 모르겠습니다만…."

그러나 나는 어제 만난 남자에게 했던 것처럼 집요하게 추궁했고, 결국 상대는 내가 슬쩍슬쩍 내비치는 칼보다 내 눈빛에 더 겁을 집어먹었는지 체념하고 털어놓았다.

"나는 당신에게 원한 같은 건 딱히 없어요. 그런데 우연히 두 사람한테 똑같은 부탁을 받은 겁니다. 하지만 저는 살인을 할 만한 배짱이 없어요. 그래서 그 남자한테 부탁했어요."

상대의 대답은 어제 만난 남자와 똑같았다. 나는 상대가 말한 두 사람의 주소와 이름을 수첩에 받아 적었다.

"이 두 사람은 서로 아는 사이인가?"

"그런 것 같지는 않습니다."

곧이어 나는 어제 남자가 말했던, 다른 한 남자의 이름을 대며 물었다.

"이 남자를 아나?"

나는 다시 이성을 잃고 거칠게 다그쳤지만, 상대는 전혀 모르는 것 같았다.

"아무래도 넌 정말 모르는 것 같군. 좋아, 이놈을 만나서 반드시 캐내고야 말겠어!"

나는 수첩 한 권을 다 썼지만, 아직도 나를 죽이려고 했던 자의 정체를 밝혀내지 못했다.

그러나 세상 사람들 모두가 나를 죽이고 싶어 한다는 것만큼은 어렴풋이나마 상상할 수 있었다.

빙의 계획

"자, 안으로 들어가시죠."

소장의 권유를 받은 나는 기대에 부풀어 문을 열었고, 나도 모르게 눈을 휘둥그레 뜨고 말았다.

문 안쪽에 깔린 두툼한 카펫 위에 금색 목줄을 건 엄청난 미인이 웅크리고 있었기 때문이다. 그 미인은 따분해 보이는 얼굴을 들어 나를 바라보았고, 나는 순간적으로 그녀를 끌어안고 싶은 충동에 휩싸였다.

광활한 우주에서는 어떤 상황이 인간을 기다리고 있을지 알 수가 없다. 따라서 인류가 우주로 진출하려면 온갖 방법을 다 동원해서 인간의 능력을 높이는 연구를 실행해야 한다.

나는 그 연구의 일환인 빙의 계획 취재를 허가받아 이 연구소를 방문한 것이다.

"가까이 가서 관찰해도 될까요?"

나는 웅크리고 있는 미인을 가리키며, 최대한 기자다운 말투로 물었다.

"물론이죠, 얼마든지…."

소장은 짐짓 위엄을 부리는 말투로 고개를 끄덕였다. 나는 미인 옆에 웅크리고 앉았다. 그러자 그녀가 부드럽고 관능적인 몸짓으로 바짝 다가왔다. 이게 꿈인가, 생시인가? 교태가 흘러넘치는 꿈틀대는 그 감촉을 참을 수 없었던 나는 소장의 존재도 잊어버리고 미인을 와락 끌어안고 말았다. 그러자 그녀가 반사적으로 소리를 질렀다.

"캬하학…!"

그와 동시에 손톱으로 내 얼굴을 할퀴었다.

"조심하세요…."

소장이 차분한 목소리로 내게 주의를 주고 말을 이었다.

"자자, 얌전히 있어야지."

그러면서 미인의 머리를 쓰다듬었다. 그녀는 다시 얌전하게 바닥에 웅크렸다.

"지금 저를 할퀸 이유가 대체 뭡니까?"

"이 여성에게는 고양이가 빙의되었습니다."

"고양이 빙의라뇨?"

"아 네, 아직 자세한 설명을 못 드렸는데, 우리 연구소에서는 여우에게 홀리는 현상에서 영감을 얻어 여러 가지 실험을 하고 있습니다. 다양한 동물들을 인간에게 빙의시켜 인간의 능력을 높여 보려는 시도랄까요. 최근에는 인간에게 빙의되는 동물 종류가 차츰 늘어나는 추세입니다."

"아하, 그래서 저 여성이 이상한 소리를 내면서 할퀸 거군요. 그런데 고양이를 빙의시키면 무슨 유용한 측면이 있긴 한가요?"

"물론이죠. 높은 곳에서 뛰어내릴 때는 고양이 빙의가 최고예요. 우주선이 불시착할 경우를 가정해 봅시다. 그런 충격 상황에서는 고양이 빙의 쪽이 다른 것들에 비해 대처 능력이 몇 배나 뛰어납니다."

"흐음, 과연…."

나는 여전히 조금 전, 미인이 바짝 다가왔을 때의

감촉을 잊을 수가 없었다.

"우주여행뿐만 아니라, 가정생활에서도 응용이 가능할 것 같군요."

"언젠가는 그렇게 되겠죠. 그런 날이 오면, 손톱에 씌우는 덮개도 상당히 많이 팔릴 거예요."

우리는 다음 방으로 이동했다. 네발로 기어서 다가오는 한 남자를 보고, 내가 소장에게 물어보았다.

"이번에는 순한 동물로 빙의된 것 같군요."

"맞습니다, 무슨 동물 같습니까?"

"글쎄요…."

내가 메모지를 손에 들었다. 바로 그때, 남자가 내 메모지를 입에 물더니 우물우물 씹기 시작했다.

"아하, 알았어요. 양에 빙의했군요."

"맞아요. 돼지 빙의를 해 보고 싶었는데, 어떻게 된 영문인지 아직까지 성공을 못 했습니다. 그래서 그 전단계로 양 빙의를 실험하는 중입니다."

"돼지 빙의가 성공하면, 어떤 이점이 있습니까?"

"다른 별에 가서 식료품이 부족해졌을 때, 뭐든 가리지 않고 먹어 주겠죠."

정말이지, 우주 진출에는 눈물겨운 노고를 필요로

했다. 우주 기지에서 돼지로 빙의되어 채소 부스러기나 잔반을 먹어 치우는 내 모습을 상상하자, 속이 메슥거렸다.

"그밖에는 어떤 빙의가 있습니까?"

재촉하며 묻는 나를 소장이 다음 방으로 안내했다. 거기에는 문에 굵직한 철봉이 몇 개나 끼워져 있었다.

"너무 가까이 다가가진 마세요."

격자 틈새로 들여다보는 나에게 소장이 주의를 줬지만, 그 안에 있는 뚱뚱한 남자의 눈빛은 비교적 온순해 보였다.

"얌전해 보이는데요."

"네, 평소에는 얌전한데, 얼마 전에 한 사람이 밟혀서 큰 부상을 입었어요. 그 후로는 조심하고 있습니다."

"무슨 빙의인가요?"

"기지를 건설하려면 힘쓰는 일을 많이 해야 합니다. 그럴 때는 저 남자처럼 코끼리 빙의를 하죠."

그 다음으로 방문한 방은 천장이 높은 편이었다. 아이들은 그곳에서 신나게 껑충껑충 뛰고 있었다.

"상당히 높이 뛰는군요."

"이건 토끼 빙의입니다."

"높이 뛰려면 개구리 빙의가 더 낫지 않나요?"

"지금 단계에서는 개구리 같은 하등 생물은 아직 안 됩니다."

"그럼, 뱀 빙의도 힘들겠군요."

나는 인간이 아직 뱀 빙의는 할 수 없다는 사실을 알고, 조금 안심이 되었다.

"하지만 우주에서는 대체로 포유류만으로도 충분할 겁니다. 게다가 무리하게 파충류 빙의를 연구하기보다는 절벽을 오를 때는 다람쥐와 원숭이 빙의 중에 어느 쪽이 나은가 등등, 먼저 검토해야 할 문제들이 많이 남아 있거든요."

"가장 최근에 연구된 빙의로는 어떤 게 있나요? 그걸 좀 보고 싶은데요."

"그럼, 이쪽으로 오시죠⋯."

나는 다음 방으로 안내받았다.

"이건 나무늘보라는 동물을 빙의시킨 실험입니다. 상당히 어려웠습니다만, 드디어 성공했죠."

그 나무늘보 빙의 실험체는 방구석에서 꼼짝도 하지 않았다.

"저렇게 꼼짝도 안 하면, 도움이 안 될 텐데요?"

"전혀 그렇지 않습니다. 기나긴 우주여행에서 조바심이 나거나 싸우는 상황을 막기 위해서는 이게 최고입니다. 약을 써서 조바심을 억제하면 아무래도 나중에 부작용이 남아서 문제가 됩니다만, 이런 방법을 쓰면 상관이 없죠. 이 나무늘보 빙의 덕분에 비로소 인간의 장거리 우주여행의 가능성이 확보된 겁니다."

나는 연구소 내부를 한 바퀴 돌아보고, 소장실로 돌아왔다.

"여러 가지 흥미로운 연구를 보여 주셔서 감사합니다. 그런데, 어떨까요? 실제로 빙의하는 장면을 하나만 보여 주실 수 있을까요?"

"좋습니다. 어떤 빙의를 보여 드릴까요?"

"그럼, 가장 간단한 여우 빙의 실험을 보고 싶은데요."

그 말을 들은 소장은 근엄한 표정으로 살짝 쓴웃음을 지어 보인 후 대답했다.

"적절한 선택입니다. 여우 빙의는 우주여행에는 아무런 도움도 안 되지만, 이들 이론의 기초가 된 실험이니까요. 하지만 처음에 여우 빙의 실험을 할 때는 수도 없이 실패했죠."

"혹시 위험한 건지…?"

"아니, 전혀 위험하진 않아요. 그럼, 지금은 공교롭게도 적당한 사람이 없으니, 제가 직접 여우 빙의 실험을 시현해 드리죠."

"그건 너무 죄송한데…. 그건 그렇고, 원래대로 돌아오지 못하는 경우는 없나요?"

"괜찮습니다. 타임스위치로 5분을 설정해 두면 원래대로 돌아오니까…."

소장이 금속 목줄을 자기 목에 감으면서 내게 말했다.

"그 책상 위 장치에 달린 버튼을 눌러 주세요. 그러면 전파가 목줄로 전달돼서 제가 바로 여우로 빙의됩니다."

나는 책상 위에 있는 장치의 버튼을 눌러 보았다. 그러자 윙윙거리는 나지막한 진동 소리가 나더니, 그와 동시에 소장이 순식간에 여우로 빙의되어 짖어 대기 시작했다.

"컹컹…."

지금까지 근엄한 표정으로 점잖게 설명해 왔던 소장이 별안간 입을 삐죽 내밀더니, 날카로운 울음소리를 내며 이상한 손짓을 하기 시작했다. 정말 배꼽이 빠질 정도로 우스꽝스러웠다.

나는 큰 소리로 자지러지게 웃어 댔다. 너무 많이 웃어서 숨이 막힐 정도로. 그러자 목이 말라 왔다. 하지만 방을 둘러봐도 수도꼭지는 눈에 띄지 않았다.

그런데 그때, 책상 밑에서 꺼냈는지 소장은 어느새 미리 준비해 둔 뭔가를 손에 들고 있었다. 찬찬히 보니 유리잔에 담긴 맥주였다.

서비스가 제법 좋은데. 나는 소장이 이상한 손놀림으로 권하는 술잔을 받아 들었고, 무슨 묘한 냄새가 나는 것 같기는 했지만, 거품이 인 그 미적지근한 노란 액체를 벌컥벌컥 들이켰다.

더위

어느 여름날 오후. 숨이 턱턱 막히는 무더위를 머금은 공기는 바람 한 점 일으키지 않고 죽은 듯이 멈춰 있었다. 그늘로 숨어든 개는 볼썽사납게 퍼질러 누워 움직일 기미조차 보이지 않았고, 길모퉁이에 서 있는 커다란 오동나무도 이파리 한 장 흔들리지 않았다.

그곳 나무 아래 자리한 파출소 안에서는 경찰이 작은 책상 앞에 앉아 무슨 서류를 훑어보고 있었지만, 지독한 무더위는 그 내용이 그의 머릿속으로 들어가도록 내버려 두지 않았다.

어디선가 홀연히 나타난 얌전해 보이는 젊은 남자

가 파출소 앞에 섰다. 뜨거운 공기가 만들어 낸 신기루처럼 보이기도 하는 남자. 그 남자가 파출소 안을 향해 이렇게 말했다.

"저어, 저를 좀 체포해 주시면 안 될까요?"

경찰이 천천히 돌아보았다.

"네, 뭐라고요? 자자, 일단 그 의자에 앉아서 말씀이나 해 보시죠."

그러면서 옆에 있는 낡은 의자를 가리켰다.

"아 네, 제 얘기를 좀 들어 주세요. 그리고 저를 체포해 주세요."

"허어 이런, 자수라도 하는 겁니까? 사안에 따라서는 관할 경찰서로 가게 될 수도 있겠죠. 그건 그렇고, 대체 무슨 짓을 저질렀습니까?"

경찰이 경계하는 자세를 취하며 물었다.

"아뇨, 아직 아무 짓도 안 했습니다."

"그럼, 누구한테 협박해 달라는 부탁을 받았다거나 누군가에게 상해를 가하라고 부탁을 했다거나?"

"아뇨, 제가 하고 싶은 말은 그런 게 아닙니다. 제가 지금 당장이라도 무슨 짓을 저지를 것 같아요."

경찰은 땀을 훔쳐 내며 고개를 갸웃거렸고, 곧이어

입가에 독특한 미소를 머금었다.

"아아, 그렇군요. 날이 이렇게 푹푹 쪄 대니 무리도 아니죠. 자기가 뭔가 어처구니없는 짓을 저지를 것 같은 느낌도 들 겁니다. 요즘 들어 그런 호소를 하는 경우가 종종 있는데, 크게 걱정할 건 없어요. 집에 가서 낮잠이라도 한숨 푹 자면 나아질 겁니다. 게다가 우리로서는 사건이 일어나지 않은 한, 어쩔 도리가 없어요. 아무리 죽이겠다고 아우성치는 사람이 있어도 직접적인 행동으로 옮기지 않는 한은 체포할 방법이 없습니다."

젊은 남자는 흐르는 땀을 훔쳐 내지도 않고, 나지막이 중얼거렸다.

"딱 1년 전. 이렇게 무더웠던 어느 날, 제가 죽였습니다…."

경찰은 그 말을 듣고 긴장했다.

"어? 왜 그 말을 먼저 안 했어요? 누굴 죽였는데?"

"원숭이요. 제가 기르던 원숭이를."

남자가 대답하자, 경찰은 긴장이 확 풀렸다.

"이봐요, 자기가 기르던 원숭이를 죽였다고 이렇게 찾아와서 자수까지 할 일입니까? 게다가 1년 전

얘기를 왜 이제야 꺼내는 거죠? 그런 호소를 할 거면, 요 앞 오른쪽에 정신과 병원이 있으니, 그리로 가 보시든가."

"제 머리가 이상하다고 생각하시는 거죠? 하지만 지금까지 몇 번이나 진찰을 받았어요. 그런데 이상한 데는 전혀 없다는 진단을 받았단 말입니다."

"무슨 사건을 저지르지도 않았고, 머리도 이상하지 않다. 그런 사람을 어떻게 체포합니까? 굳이 헌법이니 법률이니 들먹이지 않아도 상식적으로 알 만한 거 아닙니까?"

"그건 압니다. 하지만 제발 제 얘기를 좀 들어 주세요."

"지금은 좀 한가하니, 얘기해서 마음이 풀린다면 거기 앉아서 한번 해 보세요. 단, 얘기는 간단하게 하고, 두 번 다시 찾아오지 마시고."

"고맙습니다. 저는 어릴 때부터 더위가 너무 싫었습니다. 날이 더우면 머리가 멍해지고, 그러면서도 이루 말할 수 없이 초조해집니다."

"그야 누구나 다 그렇지 않겠습니까. 더운데 머리가 맑아지는 사람이 있단 소리는 금시초문인데."

"제 경우는 그 정도가 유난히 심합니다. 뭐든 해야 할 것 같은 충동이 강해지고, 그걸 억지로 억누르면 금 방이라도 미쳐 버릴 것 같거든요."

"그건 누구나 마찬가지에요. 정 그렇다면 운동이든 독서든 본인에게 적당한 배출구를 찾아내면 될 거 아 닙니까."

"저에게도 그런 배출구가 있습니다. 그런 배출구가 있어서 아직까지 안 미치고 버텨 온 거죠."

"그럼, 됐네. 굳이 파출소까지 찾아와서 소란을 피 울 것도 없잖아요. 자, 자….."

경찰이 손사래를 치며 말했다.

"금방 끝납니다. 제발 잠깐 얘기만이라도 들어 주 세요….."

남자가 애원하듯 매달리며 말을 이었다.

"어린 시절, 그 배출구를 찾아냈을 때 얘깁니다. 점 점 높아만 가는 기온과 더위에 어찌할 바를 모를 때였 어요. 우연히 방바닥을 기어가는 개미를 발견하고, 별 생각 없이 짓이겨서 죽였죠. 그러자 그때까지의 조바 심이 거짓말처럼 사라져서 그해 여름은 내내 상쾌한 기분으로 지냈습니다."

"뭐, 괜찮은 취미 아닙니까. 남에게 딱히 피해를 주는 것도 아니고….'

경찰의 대답은 하품과 뒤섞이며 흐지부지 꼬리를 감췄다.

"이듬해, 역시나 여름 무더위가 기승을 부렸고, 조바심도 더욱 심해졌습니다. 그러다 작년 기억이 떠올라서 개미를 또 죽여 봤죠.'

"흐음."

"그런데 소용이 없었습니다. 큰일 났네, 어떡하지? 속이 바짝바짝 타들어 갔죠. 조바심이 절정에 치달았을 때, 우연히 그 해결책을 찾아냈습니다. 그게 뭘 것 같습니까?"

"흐음…."

경찰은 눈을 감고, 대답이 아닌 애매한 맞장구로 얼버무렸지만, 남자는 개의치 않고 이야기를 이어 갔다.

"풍이*를 짓이겨 죽였어요. 그해 여름은 그 후로 계속 기분이 상쾌했죠. 그리고 이듬해 여름, 요령을 좀 알게 돼서 동네 아이가 준 투구풍뎅이를 짓이겨 죽이

***

* 딱정벌레목 꽃무지과의 곤충. 23~29mm 정도의 길이에 어두운 초록빛을 띠고 있다.

80

고 조바심을 가라앉힐 수 있었습니다."

"흠."

"그렇게 해서 저는 미치지 않고, 지금까지 살아온 겁니다. 재작년 여름에는 개를 죽였어요. 그쯤 되니 이젠 완전히 익숙해져서 다음 해 준비를 바로 시작하게 됐죠. 그래서 가을로 접어들자마자 원숭이를 키우기 시작했던 겁니다. 막상 키워 보니 원숭이도 의외로 귀엽더군요."

"흐음."

눈을 감은 경찰은 의자에 앉은 채, 상반신 전체를 끄덕였다.

"죽일 마음은 절대 안 생길 줄 알았습니다. 그런데 작년에도 더위가 점점 심해지면서 도저히 조바심을 억누를 수가 없었어요. 그래서 저는 원숭이를 목 졸라 죽였습니다."

남자의 목소리가 커졌고, 눈을 뜬 경찰은 허둥지둥 땀을 훔쳐 냈다.

"어, 원숭이를 죽였다는 얘기는 좀 전에 하지 않았나?"

"저를 체포해 주세요."

"그렇게 무리한 부탁을 하면 곤란해요. 아까도 말했듯이 당신은 아무런 사건도 저지르지 않았어요. 게다가 곤충채집 비슷한 방법으로 배출구를 찾아내서 머리도 돌지 않았고 정상입니다. 그런 사람을 체포하거나 구속할 순 없어요."

"그런가요? 그럼, 어쩔 수 없군요. 그만 돌아가겠습니다. 실례했습니다."

"으음, 그렇게 하세요. 가서 낮잠이라도 푹 자요. 밤에는 열대야 때문에 잠도 편히 못 잘 테니까."

"그렇겠죠."

자리에서 일어선 남자에게 경찰이 별생각 없이 물었다.

"가족은 있겠죠?"

"아 네, 작년 가을에 결혼해서…."

약속

어느 봄날 오후. 따스한 봄볕이 들판을 가득 메우고, 그 들판에서는 초록빛 풀잎과 형형색색의 꽃들이 아지랑이와 어우러지며 끝도 없이 하늘거렸다.

어디선가 홀연히 나타난 휘황찬란한 은색 비행 물체가 그곳에 조용히 착륙했다. 가벼운 금속성 소리를 울리며 열린 문에서는 몸에 착 달라붙는 진홍색 옷을 입은 사람 셋이 나왔다. 들판에서 술래잡기를 하거나 꽃을 꺾으며 뛰어놀던 아이들이 재빨리 그들을 알아챘다.

"엇, 이상한 사람들이 나왔다!"

"뭐지? 한번 가 보자."

우르르 달려간 아이들이 천진난만한 목소리로 말을 건넸다.

"저기요, 아저씨들. 그걸 타고 어디서 왔어요?"

잠시 후, 진홍색 옷을 입은 사람 중 하나가 기묘한 억양으로 대답했다.

"우리는 하늘 저편에 있는 멀고 먼 별에서 왔단다."

"뭐 하러 왔어요? 어디로 가요?"

아이들이 머뭇머뭇 옷을 만져 보며 잇달아 질문을 던졌다.

"다른 별을 조사하러 가는 중이었는데, 이 별을 발견하고 잠깐 내려와 봤지. 오래 머물 순 없지만, 표본으로 쓸 만한 식물을 조금 수집해 갈까 해서."

그 말을 듣고, 아이들이 말했다.

"그럼, 내가 딴 꽃을 줄게요."

"응. 우리가 도와주자."

아이들은 다시 들판의 아지랑이 속으로 흩어졌고, 잠시 후 하나둘씩 돌아왔다.

"봐요, 이렇게 많이 땄어요."

"난 이것뿐인데."

"고맙다. 너희들 덕분에 일이 일찍 끝났어. 감사의 표시로 뭘 주고 싶은데, 뭐가 좋겠니?"

진홍색 옷을 입은 이가 말하자, 아이들이 소곤거리며 의논하기 시작했다.

"아저씨들, 뭘 할 수 있는데요?"

"우리는 문명이 여기보다 훨씬 발달한 곳에서 왔어. 아마 뭐든 할 수 있을 거야. 원하는 걸 말해 보렴."

"으음, 그럼 말이죠. 어른들을 좀 고쳐 주면 좋겠어요. 어른들이 거짓말을 못 하게 할 수도 있나요?"

"으음, 불가능한 일은 아니지."

"진짜요? 어른들은 나쁜 짓만 골라 해요. 잘은 모르겠지만, 뇌물 같은 것도…."

"알았다. 원하는 대로 해 주마. 그런데 우리는 지금 급히 처리할 일이 있단다. 돌아가는 길에 들러서 꼭 해 줄 테니, 조금만 기다리렴. 약속은 꼭 지키마."

"응. 꼭 와야 해요. 기다릴게요."

아이들은 앞다퉈 큰 소리로 작별 인사를 외쳤고, 저녁 안개 속으로 떠오른 물체는 어디론가 날아가 버렸다.

"기분 좋은 생명체군요."

비행 물체 안에서 우주인이 동료에게 말했다.

"자, 서두릅시다. 그리고 빨리 약속을 지켜 줍시다."

비행 물체는 어두운 허공에서 목적지를 향해 속력을 높였다.

돌아가는 길, 그들은 다시 약속한 별로 내려왔다.

"자, 그런데 그 생명체들은 어디 있을까? 자네들이 좀 찾아 주겠나."

한 명만 남고, 나머지 둘은 약속한 상대들을 찾기 위해 밖으로 나갔다. 그러고는 한참이 지나 돌아왔다.

"왜 이렇게 늦었어?"

"꽤 많이 성장해서 찾기가 쉽지 않았어요."

"그래서 찾긴 했나? 약속했던 상대를?"

"찾긴 했는데, 아무래도 좀 이상하단 말이죠. 이 별에 사는 생명체들은⋯."

"이상하다니, 대체 왜?"

"까맣게 잊었더군요. 그래서 우리가 먼저 말을 꺼냈더니, 툭 튀어나온 배를 문지르며 하나같이 이렇게 대답하는 겁니다. '아 그래, 그런 일도 있었지. 하지만 그 약속은 없었던 걸로 해 주시오. 이제 와서 쓸데없는 짓은 하지 말아 주시오'라고 말이죠."

고양이와 쥐

또다시 25일 밤이 찾아왔다. 조금 딱하긴 하지만, 독촉 전화를 걸기로 했다. 냉혹한 이 세상에서 동정은 부질없는 감정이다. 나는 전화를 걸었다. 신호음이 멈추고, 상대 목소리로 바뀌었다. 나는 그 상대에게 정중하게, 그리고 밉살스럽게 말을 건넸다.

"어허 이런, 아직 댁에 계셨군요. 접니다. 그럼요, 기다리고 있었죠. 오늘은 25일. 설마 잊진 않으셨겠지만, 잠깐 주의를 환기해 드릴까 해서…."

진절머리를 치는 상대의 속내가 목소리에 노골적으로 묻어났다.

"압니다. 당연히 잊지 않았죠. 다만, 갑자기 급한 일이 생겨서 그런데, 내일로 좀 미뤄 주실 수 있을까요? 내일 밤에는 꼭 찾아뵐 테니."

속이 빤히 들여다보이는 말이다. 기일을 질질 끌어서 어떻게든 흐지부지 뭉개 보려는 허무맹랑한 계획이겠지. 누구나 한 번쯤은 해 보는 생각이다. 그런 수법에 넘어갈 수는 없다. 나는 밝게, 깐족거리는 말투로 받아쳤다.

"어이쿠, 저런. 급한 일이라니, 곤란하시겠군요. 가만 있자, 오시기가 힘들면 어쩔 수 없죠. 편하실 대로 하시죠. 다만, 약속을 어기는 경우에는 그만한 각오는 해 주시는 게 좋을 겁니다. 뭐, 각오만 하시면 되니, 간단하죠. 근육 하나도 움직일 필요가 없으니까…."

마음속 안개가 환하게 걷히는 기분이었다. 내 일상에서 속이 후련해지는 기분을 맛보는 순간은 오직 이럴 때뿐이다. 상대가 이를 박박 가는 듯했다.

"알았어요. 오늘 밤에 찾아가면 될 거 아닙니까. 하지만 잠깐 볼일이 있어서 좀 늦어지긴 할 겁니다."

"그렇죠. 진즉에 그렇게 나오셨어야죠. 돈을 마련하러 가시나 봅니다. 부디 열심히 마련해 주십시오. 성공을 기원하겠습니다."

상대가 부서져라 수화기를 내려놓았다. 녀석은 찾
아올 게 틀림없다. 이제는 기다리기만 하면 된다. 나
는 텔레비전 맞은편에 있는 소파에 드러누워 시간을
보냈다. 프로그램 몇 개가 끝났을 즈음, 문을 두드리
는 소리가 들렸다.

"아아, 네. 들어오세요. 기다리고 있었습니다."

불쑥 들어온 남자에게 의자를 권하며, 나는 소파에
서 몸을 일으켰다.

"자, 앉으세요. 어떻습니까? 요즘 주머니 사정은."

위로의 마음을 담아 말을 건넸지만, 상대는 벌레라
도 씹은 표정으로 받아쳤다.

"주머니 사정이 어떠냐고? 그게 지금 할 소리요? 버
는 족족 당신한테 다 뜯기는데. 아니지, 당신한테 갖다
바치려고 돈을 버는 거나 다름없지."

"자자, 진정하세요. 그렇게 험악한 표정을 지으면
건강에 안 좋아요. 그건 그렇고, 이제 와서 그런 말을
하는 게 무슨 소용이겠습니까. 당신은 살인을 저질렀
어요. 난 우연히 그 현장을 목격했고. 그 때문에 당신
은 돈을 지불할 의무가 생겼고, 나는 받을 권리가 생겼

지. 이건 확실하게 정한 약속 아닙니까?"

"내 운이 다한 거지… 하필이면 너 같은 놈한테 들키다니."

"세상사를 그렇게 삐딱하게 받아들이면 안 돼요. 좀 더 긍정적으로 생각하셔야지. 내가 목격자였으니 망정이지… 훨씬 잔혹한, 선량한 일반 시민이었다면 어쩔 뻔했어요? 당신은 이미 체포돼서 재수 없으면 사형, 운이 좋아도 무기징역이었을 겁니다. 그런데 이렇게 자유롭게 지내고 있으니, 자신의 행운을 좀 더 기뻐해야죠. 귀하게 얻은 소중한 인생이잖아요. 불운만 한탄하며 살아도 한평생, 행복을 만끽하며 살아도 한평생 아닙니까?"

세상에서 남에게 훈계를 늘어놓는 것보다 기분 좋은 일도 없다.

"한평생 좋아하네. 네놈은 나한테 들러붙어서 내 한평생을 제물로 삼을 속셈이냐…?"

"그렇게 흥분하시면 곤란합니다. 난 당신의 인생을 보증해 주는 거예요. 국가가 세금을 거둬서 국민 복지를 챙겨 주는 것과 그 원리가 다를 바 없어요. 세금도 몇 년간 냈다고 해서 나중에 면제해 주는 경우는 없잖습니까. 살아 있는 한, 계속 내야죠."

"나쁜 자식! 나한테 뜯어낸 돈으로 하루 종일 소파에 퍼질러 앉아 텔레비전이나 보면서 만사태평하게 사는 주제에."

"말씀을 그렇게 난폭하게 하시면 안 되죠. 인간에게는 누구나 저마다의 고민이 있게 마련이에요."

나는 소파에서 앉음새를 고치며, 고개를 절레절레 흔들었다. 녀석은 발끈해서 자리를 박차고 일어섰다.

"네깟 놈이 무슨 고민이 있어! 더는 못 참아!"

고함을 지르며 나에게 달려들더니, 주머니에서 꺼낸 밧줄로 나를 옭아맸다. 나는 한동안 얌전하게 녀석이 묶는 대로 가만 놔두었다. 그래도 말은 할 수 있었다.

"이런 짓을 하면 안 돼요. 하긴, 내가 먼저 일생을 마치면, 당신이 내는 돈도 면제될 테죠. 당신 일생과 내 인생의 차액을 조금이라도 늘리고 싶은 심정은 이해하고도 남아요. 그런데 내 생명은 당분간은 끊어질 것 같지 않다. 그러니 죽이고 싶기도 하겠죠."

"당연하지."

"그런 생각은 건전합니다. 하지만 실행에 옮기려는

생각은 건전한 머리라면 도저히 떠오를 리 없겠죠. 전에도 말씀드렸지만, 당신의 살인 사건을 기록한 서류를 신탁회사에 맡겨 뒀기 때문에 내가 살해당하면 바로 열어 보게 돼 있어요. 그렇게 되면 살인에 더한 살인이니, 사형이 확실하겠죠. 아시겠습니까? 처형 날짜가 스멀스멀 다가올 테고, 아무리 소리치고 발버둥을 쳐도 소용없어요. 그날이 되면 눈가리개가 씌워지고, 목에는 밧줄이 감기고, 한순간에 안녕이에요. 부디 잊지 마시길."

"그런데 다른 놈한테 살해당하면 어떻게 되지? 만에 하나 그런 일이 벌어지면 나만 궁지에 몰려."

"아뇨, 날 죽이고 싶어 하는 건 당신 한 사람뿐이에요. 그러니 다른 사람한테 부탁해도 마찬가지죠. 나머지는 다 나의 장수를 기도하는 사람들뿐이에요. 그동안 쌓아 온 인덕의 결과라고나 할까. 자, 얼른 이 밧줄을 푸는 게 좋을 텐데."

그야말로 이렇듯 만반의 준비를 갖춰 놨기에 침착함을 잃지 않고 대응할 수 있었다. 그런데도 상대는 밧줄을 풀어 줄 것 같지 않았다.

"그렇게는 안 되지. 인간은 막다른 궁지에 몰리면

어떻게든 방법을 찾아내게 마련이거든. 다행히 내게도 건전한 두뇌가 살아 있어. 그래서 네놈을 완벽한 기억 상실증에 걸리게 해야겠다는 묘안을 떠올렸지. 어때, 기발하지?"

"전혀 기발하지 않아요. 게다가 그건 무리예요. 나 역시 당신이 할 법한 행동은 이미 다 검토해 놨으니까."

그런데도 상대는 움츠러들지 않았다.

"인간이란 존재가 맹점에서 완전히 자유로울 순 없겠죠. 쥐도 막다른 궁지에 몰리면 고양이한테 덤벼드니까요."

상대의 말투가 미묘하게 달라졌다. 누구나 돌연 말투가 친절해지면, 무슨 일을 저지른다. 왠지 기분이 섬뜩했다.

"이봐, 뭔 짓을 하려는 거야? 정말 사형당할 생각이야? 내 머리라도 후려치겠다는 건가, 아니면 약이라도 먹일 속셈인가? 하지만 그런 걸로는 기억이 쉽게 사라지지 않아. 설령 일시적으로는 사라진다 해도 얼마 안 가 돌아올 가능성이 높지. 자, 빨리 밧줄을 풀고, 돈을 놓고 돌아가. 인간은 착실하게 일하는 게 최고야."

아무래도 상대의 낌새가 조금 이상했다. 오늘의 재

미는 이 정도에서 접고, 적당히 돌려보내기로 하자. 너무 궁지로 몰아붙여서 폭발이라도 하면 곤란하다. 그런데 상대는 폭발할 기미도 보이지 않았고, 문으로 걸어가더니 문고리에 손을 얹었다. 내가 말했다.

"이봐, 돌아가는 건 좋지만, 돈이랑 밧줄 푸는 걸 잊으면 곤란해. 작별 인사야 하든 말든 알 바 아니지만."

"아니, 문밖에 재미있는 게 있어서 그걸 좀 보여 드릴까 해서요."

"뭐야, 그런 거였어. 그럼 얼른 보여 주고, 밧줄도 빨리 풀어."

상대는 문밖으로 나갔다 다시 들어왔다. 그리고 정말이지 말도 안 되는 것을 데리고 들어왔다. 나는 그것을 보고 간이 떨어지는 줄 알았다.

"누구야, 저놈은…?"

어디에서 찾아왔는지 모르지만, 그는 나를 쏙 빼닮은 남자로 몸집과 얼굴까지 똑같았다.

"어때요? 이 사람이 바로 기억상실증에 걸린 당신이에요."

"그렇고말고."

나를 쏙 빼닮은 남자가 대답했다. 표현할 길 없이

묘한 기분이었다.

"대체 저놈은 누구야?"

"얼마 전에 어떤 곳에서 우연히 이 녀석을 발견했죠. 그 순간, 이 녀석이면 되겠다는 영감이 확 떠올랐어요. 자초지종을 들려줬더니, 다행히도 서로 뜻이 맞았단 말이죠. 하긴, 이 남자에게는 그에 상응하는 대가를 치르기로 했죠. 당신이 지금까지 나에게 뜯어내서 모아 둔 돈도 상속세 없이 넘겨주기로 했어요. 날 버리는 신이 있으면, 구원해 주는 신도 있게 마련이니까. 자, 이젠 이해가 됐겠죠?"

녀석이 칼을 꺼내 나에게 들이밀었다. 아, 그나저나 인간은 막다른 궁지에 몰리면 기발한 묘안을 짜내는 놀라운 존재다. 빨리 눈치챘으면 좋았겠지만, 아쉽게도 내 머리가 거기까지 미치지는 못했다. 뛰는 놈 위에 나는 놈이 있다더니… 정말 대단한 놈이다.

"내가 한 방 먹었군. 이런 수법이 있을 줄은 꿈에도 몰랐어. 이렇게 된 이상, 나도 남자니 애걸복걸하진 않겠네. 자, 단숨에 끝내 주게. 어차피 언젠가는 응보를 받을 줄 알았어."

"그야 당연하지. 나한테 그렇게 무지막지하게 뜯어

95

가 놓고는 응보가 없으면 곤란하지. 너무 서운해 하진 마."

상대는 조금 착각을 하고 있는 듯했다. 뭐, 그래도 상관없다. 내일이면 모든 게 밝혀진다. 그렇긴 하지만 돈이 전혀 안 모인 건 아니다.

그러나 앞으로 내가 되어 살겠다는 저 녀석도 내일이 되면, 소스라치게 놀라겠지. 어쨌거나 매달 26일이 되면, 옛날에 내가 저지른 살인을 빌미로 아직까지 돈을 뜯어내는 인물이 나타날 테니까.

불면증

잠을 못 자는 게 K씨의 고민이었다. 얼마 전에 경미한 사고로 머리를 다친 후부터 계속되는 증상이었다.

불면의 고통은 경험자가 아니면 모른다. 잠을 자려고 애를 쓰면 쓸수록 머리가 맑아진다. 숫자를 세 보고, 베개를 바꿔 보고, 몸을 뒤척여 보고, 화장실에도 가면서 온갖 방법들을 시도해 본다. 그러나 전혀 도움이 되지 않는다.

온갖 고통에 시달리다 문득 자려고 애쓰는 게 잘못이라는 생각도 해 본다. 그러나 얄궂게도 머리는 점점 더 맑아지고, 결국 희끄무레하게 먼동이 터 온다.

대부분의 불면증은 이렇듯 '잠을 통 못 잔다'고 호소하지만, 실제로는 꽤 잠을 잔다고 한다. 그러나 K씨의 경우는 완전히 한숨도 못 잤다.

라디오 심야방송을 들으면서 K씨는 그 곡의 제목과 광고 상품까지도 전부 메모할 수 있었다. 그렇게 열흘가량 계속했지만, 아무런 도움도 안 된다는 걸 알고 포기해 버렸다.

그러던 어느 날, 무슨 수를 써도 잠을 못 자는데 몸은 전혀 피곤하지 않다는 걸 깨달았다.

숱한 고민을 거듭한 끝에 K씨는 결국 무모한 노력은 그만두기로 결심했다. 어느 날, 그는 자기가 근무하는 회사의 사장에게 부탁했다.

"사장님. 저를 고용해 주시겠습니까?"

"무슨 뚱딴지같은 소리야. 자네는 이미 우리 회사 직원이야. 그런데 이제 와서 고용해 달라니…."

의아해하는 사장에게 K씨가 사정을 설명했다.

"…그렇게 된 겁니다. 집에 가서 멍하게 있느니, 차라리 일하는 게 낫습니다. 어떨까요? 저를 야간 경비로 채용해 주시면…. 다른 회사에서 아르바이트를 하는 것보다는 훨씬 마음이 편할 것 같은데요."

"그건 그렇겠군. 전례가 없는 일이긴 하지만, 마침 야간 경비 한 사람이 그만둬서 자리가 비었네. 자네라면 신원 조사를 따로 할 필요도 없겠군. 채용하기로 하지. 잘 부탁하네."

이렇게 해서 K씨는 야간 경비로 채용되었고, 경비로서 우수한 능력을 발휘했다. 보통 사람 같으면 가끔씩 졸 때도 있다. 그러나 그에게는 그런 실수가 없었다.

야간 경비 근무가 끝나고 아침이 되면, 화장실에서 수염을 깎고 주간 사원의 업무로 돌아왔다. 낮 근무가 소홀해지는 일도 없었다. 어쨌든 잠을 못 자기 때문이다. 오히려 다른 동료들이 더 많이 졸았다.

얼마 후 K씨는 집이 필요 없다는 사실을 깨달았다. 귀가할 필요가 없었으니까. 그는 집을 다른 사람에게 빌려주기로 했다.

금전적인 면에서는 모두 좋은 일뿐이라고 할 만한 상황이었다. 주거비가 안 나가는 데서 그치는 게 아니라, 임대료까지 들어왔다. 교통비도 안 들었고, 다른 무엇보다 만원 전철 속에서 오래도록 시달릴 필요도 없지 않은가. 또한 퇴근길에 한잔하는 쓸데없는 지

출도 사라졌다.

게다가 월급은 다른 사람의 두 배나 받았다. 아니, 두 배가 넘었다. 지각하는 일도 없는 데다, 밤이나 낮이나 근무 태도에서 발군의 능력을 발휘했으니까. 보너스가 나올 때, 그런 점이 고려되었다.

그러나 고민이 전혀 없는 건 아니었다. 모은 돈을 쓸 시간이 없었다. 뭐, 언젠가는 불면증도 낫고, 평범한 생활로 돌아갈 수 있겠지. 그때를 위해서 저축해 둘 생각이었다.

K씨는 그날이 오기만을 간절히 기다렸다. 그러나 완쾌될 기미는 전혀 보이지 않았다. 잠자는 즐거움을 잊어버린 지 꽤 오래되었다. 그렇다 보니 잠에 대한 그리움은 점점 더 간절해졌다.

포기하기로 마음먹었던 잠이 이루 말할 수 없이 멋져 보였다. 그 간절한 마음을 이제 더는 억누를 수가 없었다.

K씨는 결국 회사 휴일을 이용해 전부터 다니던 병원을 찾아가 치료를 부탁했다.

온갖 약과 방법을 다 시도해 봤다. 그러나 어떤 것도 효과를 거두지 못했다. 고집불통인 불면증인 듯했다. K씨가 서글픈 목소리로 말했다.

"선생님. 역시 가망이 없는 걸까요?"

"아니, 절망하긴 이릅니다. 비장의 방법이 아직 남아 있어요."

"어떤 방법인데요?"

"새로 수입한 고가의 약입니다. 그걸 사용하면 완쾌는 보장할 수 있습니다. 낫지 않으면 치료비를 돌려드리겠습니다."

"제발 그 치료를 해 주십시오."

비용을 들어 보니, 역시나 고가였다. 지금까지 저축해 둔 금액과 맞먹었다. 그래도 K씨는 그 치료를 부탁하기로 했다. 여기까지 왔는데, 이제 와서 포기할 수는 없었다. 게다가 성공하지 못하면, 치료비를 되돌려준다고 하지 않는가. 그가 돈을 지불했고, 의사는 주사를 놓았다.

잠시 후, 약 효과가 나타났는지 머리가 멍해지면서 뭔가가 역전되는 기분이 들었다….

눈을 뜨자, 의사가 내려다보며 말을 걸었다.

"잘된 것 같군요."

K씨가 불만을 쏟아 냈다.

"효과가 전혀 없잖아요."

"효과가 있었어요."

"무슨 소리예요? 아직 이렇게 깨어 있는데…."

"그러니 됐다는 거죠. 당신은 사고 이후로 줄곧 잠 들어 있었어요."

"네? 그럼, 지금까지는 모든 게 꿈이었다는…."

깜짝 놀라는 K씨에게 의사가 설명해 주었다. 어떻게든 의식을 깨어나게 하려고 온갖 방법을 시도했지만, 모두 다 소용없었다. 마지막 수단으로 고가의 수입 약을 사용했다고 한다.

그 약의 가격을 들은 K씨는 맥이 탁 풀렸다. 앞으로 당분간은 잠도 못 자고 밤낮으로 일해야만 갚을 수 있는 금액이 아닌가!

생활 유지부

"과장님, 안녕하세요? 요즘은 날씨가 계속 좋아서 기분도 상쾌하네요. 하긴, 오후가 되면 조금 더워질지는 모르겠지만."

활짝 열어 둔 창으로 흘러드는 바람을 맞으며, 나는 상사의 책상 앞에 섰다.

"그래, 잘 쉬었나? 오늘 업무는 이것뿐이야."

과장이 표정 없는 눈빛으로 하늘 저편에서 뭉게뭉게 피어오르는 소나기구름을 바라보며 말했다. 그리고 책상 위에 있는 카드 몇 장을 한 손으로 짚어 내 쪽으로 밀었다.

과장의 이런 무뚝뚝한 태도는 비단 어제오늘의 일이 아니다. 나는 전혀 개의치 않고, 그 카드를 포개서 주머니에 넣고는 자리로 돌아가 옆자리 동료에게 말을 건넸다.

"자, 이제 슬슬 일하러 나가 볼까? 오전에는 네가 운전해. 오후에는 내가 교대할게."

차에 올라탄 후, 동료가 운진대 위에 손을 얹은 채 물었다.

"그런데 오늘 코스는 어떻게 잡지?"

나는 주머니에서 조금 전에 넣은 카드 다발을 꺼내려다, 생각을 바꾸고 이렇게 제안했다.

"으음 저기, 이러면 어떨까? 오늘은 날씨도 좋으니, 코스니 뭐니 능률 따지는 얘긴 접어 두고, 그냥 드라이브 겸 천천히 돌아보지 않을래? 카드를 뽑아서 나오는 순서대로 도는 거지."

"그것도 괜찮지. 우리야 정해진 일을 그날 안에만 끝내면 되는 공무원이니까."

그가 고개를 끄덕여서, 나는 한 손을 주머니에 넣고 카드 한 장을 뽑았다.

"응. 먼저 국도를 타고 곧장 달려가면 돼."

동료가 시동을 걸었고, 우리는 나무들로 둘러싸인 빨간 벽돌 건물, 다시 말해 우리의 일터인 '생활 유지부'를 벗어났다.

"빨리 내근직으로 발령받고 싶다."

"으응, 하지만 앞으로 2~3년은 더 외근을 돌아야 내근직으로 발령 날걸."

자동차는 인적이 드문 동네의 큰길을 느릿느릿 지나갔다. 길 양쪽의 가로수는 포장도로 위로 조용히 아침 녹음을 드리웠다. 그 포장도로 곳곳에는 유모차를 미는 엄마, 손자의 손을 잡은 노인, 정신없이 뛰어다니는 개를 데리고 산책을 나온 아름다운 부인 등이 보였다.

빨간색과 하얀색 줄무늬 차양을 드리운 상점가의 행렬은 잠시 후 끝났고, 자동차는 곧이어 주택가로 들어섰다.

"내근직으로 옮기면 결혼해서 저런 집에 살 거야."

나는 어느 집을 가리키며 동료에게 말했다. 장미 넝쿨 울타리 안쪽에 있는, 커다란 느릅나무 아래에 지은 고풍스러운 주택이었다. 창에서는 조용한 옛날 멜로디를 연주하는 피아노 선율이 흘러나왔다. 피아노를 연주하는 사람은 속눈썹이 긴 아름다운 여성일까, 아니면 가녀린 손가락에 피부가 하얀 소년일까.

저런 집에 살면 잠에서 깼을 때, 침대에서 작은 새들이 아침 이슬을 맞으며 지저귀는 노랫소리를 들을 수 있겠지. 또 나른한 오후의 한때에는 나무 기둥 구멍 속에서 다람쥐 몇 마리가 열매를 갉아 먹는 소리도 울려 퍼지겠지.

"난 저런 집에 살 거야."

동료가 운전대를 잡은 채로 나에게 턱짓을 했다. 커다란 연못가에 있는 집이었다. 열어 놓은 창에서는 그 집의 주인인 듯한 중년의 남자가 캔버스에 붓을 놀리고 있는 모습이 보였다. 밤이 되면 잉어들이 가벼운 물소리를 내며 튀어 오르고, 달그림자가 반짝반짝 흩어지는 모습을 저 창가에서 내려다볼 수 있겠지.

"평화롭다."

"평화롭네."

우리는 한동안 입을 다물고, 흔들리는 자동차에 몸을 맡겼다. 주택도 차츰 뜸해지고, 자동차는 울창한 숲을 품은 완만한 언덕을 몇 개나 넘어갔다.

연인 사이일까. 다정하게 대화를 나누며 자전거를

타는 젊은 커플이 우리 차를 앞질러 갔다. 동료가 그 모습을 바라보며 중얼거렸다.

"사회가 이렇게 평온하게 유지될 수 있는 건 역시 정부의 정책 덕분이겠지? 국민 개개인이 충분한 면적의 토지를 확보해야 한다는 방침 말이야."

그 말에서는 아주 살짝 의문의 뉘앙스가 풍겼다. 내가 말했다.

"당연하지. 너도 책에서 읽어서 알겠지만, 그 옛날의 상태와 오랜 세월에 걸쳐 간신히 정책을 궤도에 올린 지금을 비교해 보면, 확연히 알 수 있잖아. 지금은 모든 악이 사라졌어. 강도니 사기니 하는 모든 범죄가 다 사라졌다고. 게다가 교통사고나 질병도 사라졌지. 옛날에는 자살이란 걸 하는 녀석도 있었다지. 상상도 할 수 없어."

"그야 그렇지. 딱 한 가지만 빼면."

"하지만 그 딱 한 가지까지 없애려 드는 건 무리야. 필요악은 더 이상 악이 아니야. 그걸 없애려고 들면, 모든 게 순식간에 혼란스러웠던 옛날로 돌아가 버릴 테니까."

그는 내 말에 대답하지 않고, 천천히 브레이크를 밟

았다. 주위를 살펴보니 길가 풀숲에서 토끼 한 마리가 도로로 튀어나온 것이다. 곧이어 가쁜 숨을 헐떡이며 소년 하나가 모습을 드러냈다.

"꼬마야, 거의 다 됐네. 힘내서 확 잡아 버려!"

내 목소리에 걸음을 멈춘 소년이 이쪽을 돌아보며 활짝 웃었지만, 곧바로 다시 토끼를 쫓아 풀숲으로 뛰어들었다.

저 소년은 틀림없이 이제 곧 토끼를 잡겠지. 그리고 소년네 집 저녁 식탁은 발그레한 볼로 무용담을 늘어놓는 소년의 새된 목소리로 시끌벅적해질 것이다.

자동차를 다시 출발시키며 동료가 말했다.

"이 근처에 주유할 곳이 없었나?"

"으음, 옆 동네에 분명 주유소가 있었을 거야. 거기서 넣자."

자동차는 파란 하늘을 비추며 흐르는 냇가를 따라 한동안 달려서 다음 동네로 향했다.

"오늘은 이쪽에서 일하시오?"

작은 레스토랑 겸 주유소를 운영하는 노인이 우리를 보고 눈을 내리깔며 물었다.

"아 네, 조금 더 가야 합니다. 주유 좀 부탁드릴게

요."

우리가 생활 유지부의 공무원이라는 걸 알고 있는
지, 노인은 더 이상 말을 건네지 않았다.

"수고하시오."

주유를 마친 노인이 눈을 껌벅거리며 우리의 차를
배웅했다.

"흐음, 이 근처 아니었나?"

동료가 물어서, 나는 아까 뽑아서 시트 위에 올려
둔 카드를 집어 들고 읽었다.

"조금만 더 가서 왼쪽으로 들어가."

우리는 조금 좁은 길로 들어섰다.

"이쯤에서 세우자. 화단이 있는 저 집 같아."

차에서 내려 화사한 꽃들이 흐드러지게 피어 있는
화단을 지나 현관으로 향했다. 초인종 소리가 맑게 울
려 퍼졌다.

"누구세요?"

그 집의 주부로 보이는 가무잡잡한 여성이 문을 열
고 현관에서 우리를 맞았다.

"이 댁에 아리사 씨라는 아가씨가 사시죠?"

"네, 그런데요. 어디서 오신 분이신지?"

그 말에 대답하는 대신, 내가 왼손으로 겉옷 옷깃을 살짝 열고, 가슴에 달린 생활 유지부 배지를 드러냈다.

"아아, 사신死神…."

순식간에 파랗게 질리며 쓰러지는 그녀를 동료가 익숙한 손놀림으로 부축하며 입에 재빨리 각성제를 넣어 주었다. 한동안 현관 기둥에 기대어 있던 그녀가 떨리는 목소리로 나지막이 외쳤다.

"왜 하필 아리사를. 지금까지 곱게 키워 온 사랑스러운 우리 아리사를…."

내가 그 말에 대답했다.

"가슴 아픈 일인 줄은 알지만, 어쩔 수가 없습니다."

"차라리 나를 대신 데려가세요. 부탁이에요."

"간혹 그런 말씀을 하는 분이 계시지만, 그런 부탁을 들어주기 시작하면 한도 끝도 없습니다. 사회질서가 근본부터 뒤집혀 버리죠. 그건 그렇고, 아리사 씨는…."

"지금 근처 숲으로 나무딸기를 따러 갔는데, 하다못해 가족과 이별할 시간만이라도 허락해 주세요. 지금 당장이 아니라도 상관없잖아요."

"그것도 곤란합니다. 본인도 괴롭고, 가족들의 슬픔

도 더 커질 뿐입니다."

그녀는 손가락으로 눈물을 훔쳐 내며, 꺼져 들어가는 목소리로 중얼거렸다.

"왜 이런 방침을 따라야만 하는 거죠. 도무지 견딜 수가 없어…."

"부인, 이제 와서 그런 말씀을 하시면 곤란합니다. 잘 아시잖습니까. 사람들이 이렇게 넓고 조용한 환경 속에서 느긋하게 살 수 있는 사회. 일을 거의 하지 않아도 원하는 물건을 얻을 수 있고, 독서나 원예나 음악 같은 좋아하는 취미를 즐기면서 살아갈 수 있는 사회. 부인은 그런 생활에 너무 익숙해진 나머지 그 고마움을 잊으셨나 보군요. 게다가 범죄로 인한 괴로움도 없고, 병으로 고통받는 일도 없어요. 이렇게 멋진 사회를 유지하려면 모두가 정해진 방침을 따르는 것 말고는 달리 방법이 없지 않습니까."

"하지만 왜 하필 우리 아리사를…."

"다들 자기주장만 내세우며 이 방침을 지키지 않으면 어떻게 되겠습니까? 순식간에 옛날처럼 인구가 늘어나서 이 주변도 눈 깜짝할 새에 아파트가 빽빽이 들어서겠죠. 그리고 창문마다 시끄러운 갓난아기 울음

소리가 흘러나오고, 광장에는 교육의 손길이 미치지 않는 악동들이 넘쳐날 겁니다. 도로에서는 끊임없이 교통사고가 발생할 테고요. 지금이 그런 시대였다면, 아리사 씨도 이 나이까지 살 수 있었을지 어떨지 장담 못 하는 거 아닙니까? 게다가 한시도 긴장을 늦출 수 없는 생존경쟁에서 비롯된 노이로제, 발광, 자살, 도처에 떠도는 더러운 공기… 그렇게 되면 우리 앞에 남는 건 외길뿐이에요. 규격화된 인간들, 소음을 동반한 자극적인 오락, 그리고 종국에 도달할 종착역은 언제나 예외 없이 전쟁뿐입니다."

나는 지금까지 수없이 되풀이했던 말을 단숨에 쏟아 냈다.

"그래도….'

"지상의 대부분을, 문명과 함께 폐허로 만들어 버리는 전쟁이 더 좋다면 몰라도, 사람들은 결코 전쟁을 좋아하지 않습니다. 저 역시 싫어요. 그렇다면 모두가 공평하게 그 부담을 나눠야 합니다. 생활 유지부의 계산기가 매일매일 골라내는 카드는 절대적으로 공평합니다. 사사로운 정에 이끌린 폐단이 있다는 소문도 없었어요. 그래요. 노인이라고 해서, 아이라고 해서 차별하는 건 용납할 수 없습니다. 살 권리와 죽을 의무는 누구에게나 공평하게 주어져야 합니다."

"하지만, 그래도…."

그러나 그녀에게 더 이상 따지고 들 논리가 있을 리 없었다. 이 방침은 모든 사람들이 따르고 있고, 반드시 따라야만 했다.

현관 밖에서 들려오는 밝은 노랫소리가 점점 가까이 다가왔다.

"아리사 씨군요."

부인이 힘없이 고개를 끄덕였다.

"소리 내지 마십시오. 눈치채지 못했을 때, 조용히 끝내도록 하죠. 그게 본인에게도 더 편할 테니까."

나는 현관 뒤쪽에 몸을 숨기고, 안주머니에서 소형 광선총을 꺼내 안전장치를 풀었다. 그리고 노랫소리와 나무딸기 바구니를 든 사람을 향해 조준했다. 어디선가 날아온 등에의 부드러운 날갯짓 소리가 방아쇠를 당기기 직전의 짧은 공백을 메워 주었다.

끊긴 노랫소리 언저리에 자욱하게 피어오른 연기가 산들바람에 실려 화단 위로 흘러가다 정처 없이 어딘가로 사라져 버린 후에야 우리는 자동차로 돌아왔다. 다시 큰길로 나왔을 때, 동료가 물었다.

"자, 다음은 어디야?"

나는 주머니에서 다음 카드를 한 장 뽑았다.

"으음, 아까 지나온 냇가 근처가 좋겠군."

"무슨 소리야, '좋겠군'이라니. 잠깐 쉬려고?"

그쯤에서 나는 손에 든 카드에 쓰여 있는 내 이름을 그에게 보여 주었다. 그리고 주머니에 남아 있는 카드와 광선총을 꺼내서 그에게 건네주었다.

"오후에도 네가 운전해야겠네."

"그렇게 서두를 건 없어. 맨 나중에 해도 되잖아."

그러나 나는 평화로 가득한 밝은 경치를 두 눈에 깊이 새기며 대답했다.

"상관없어. 내가 결정한 순서니까. 아, 생존경쟁과 전쟁의 공포가 없는 시대에서 이만큼이라도 살 수 있어서 즐거웠어."

개탄스러운 일

크리스마스 밤. 커다란 저택에 사는 N씨가 라디오에서 흘러나오는 음악을 들으며 홀로 술잔을 기울이고 있는데, 옆방에서 무슨 소리가 들렸다.

살며시 들여다보자, 벽난로 속에서 한 남자가 모습을 드러냈다. 빨간 옷에 빨간 모자. 긴 장화를 신고 큼지막한 자루를 등에 멘, 하얀 수염이 달린 노인이 주위를 두리번거리고 있었다.

N씨는 산타클로스가 틀림없다고 판단하고 노인에게 인사를 건넸다.

"잘 오셨습니다. 수고가 많으시군요. 그런데 저희

집은 괜찮습니다. 어린 아이가 있긴 하지만, 우리는 뭐 그런대로 부유한 축에 끼거든요. 이왕 하실 거라면, 가난하고 환경이 열악한 아이들이 있는 집을 방문해 주시죠."

그러자 상대가 말했다.

"올해는 예년과는 달라. 돈이 좀 있을 만한 집을 찾아온 거니까."

"그건 또 무슨 까닭인가요?"

"돈을 받아 내기 위해서지. 사리 분별을 잘하는 사람인 것 같아 조금 미안한 마음이 들긴 하지만, 어쩔수 없네. 자, 돈을 내놓으시오."

"대체 무슨 말씀인가요? 당신은 산타클로스입니까, 도둑입니까? 어느 쪽이에요?"

"양쪽 다지. 진짜 산타클로스라는 증거는 몸을 전혀 안 더럽히고 굴뚝으로 들어온 것만 봐도 알 텐데? 하늘을 날아다니는 순록 썰매는 밖에 두고 왔지. 동시에 이렇게 돈을 요구하는 걸 보면, 도둑이라는 걸 잘알 테고."

분명 옷도 자루도 깨끗했다. 인간이었다면 불가능한 일이다. 커튼 사이로 밖을 내다보니 썰매를 끄는 순록들이 허공에 정지해 있었다. N씨는 그의 주장을 인정하고 말했다.

"진짜 산타클로스인 것 같군요. 만나 뵙게 되어 영광입니다. 그런데 왜 강도 같은 행동을 하시는 거죠? 뭔가 곤란한 상황에 처한 것 같군요. 사정에 따라서는 돈을 마련해 드릴 수도 있어요."

"고맙군. 그럼, 지금 바로 주게."

"아니, 이유부터 들려주셔야죠. 이쪽 방으로 오세요. 술도 있습니다."

N씨는 산타클로스를 방으로 안내하고 의자를 권했다. 산타클로스는 의자에 앉아 이야기를 시작했다.

"잘 알겠지만, 나는 옛날부터 크리스마스 날 밤에 가엾은 아이들에게 선물을 나눠 줬지. 다들 기뻐했어."

"말씀하신 대로 고마운 일입니다. 당신은 인류의 마음에 등불 같은 존재입니다."

"그런데 말이야, 그러기 위해서는 돈이 필요하다는 걸 이해해 줘야 하네. 기뻐해 주는 건 좋은데, 돈에 관한 걱정은 아무도 안 해. 내가 비축해 둔 자금은 이미 오래전에 바닥이 났어. 그다음에는 가구나 장식품을 처분해서 선물을 마련하는 비용으로 썼지."

"그건 몰랐습니다."

"그 후로는 계속 빚이야. 북쪽 끄트머리에 있는 내 집을 저당 잡히고 돈을 마련했지. 갚을 길도 없고, 나날이 이자만 쌓여 가. 이젠 빌릴 데도 전혀 없고, 상환하라는 압박에 시달리는 신세야."

"아아, 말씀을 듣다 보니 제 마음도 아프군요."

"더 이상 방법이 없어. 내일이 되면, 난 집에서 쫓겨나. 썰매는 경매에 오르고, 순록들은 정육점으로 끌려간다고! 이렇게 된 이상, 당면한 큰일을 위해서는 다른 희생을 감수할 수밖에 없지. 자, 어서 돈을 내놓게."

"물론 드리죠. 진심으로 동정하고 협력하겠습니다. 그런데 아무리 그렇더라도 이게 대체 무슨 일인지…."

N씨는 한숨을 내쉬고, 잠시 생각에 잠겼다 말을 이었다.

"당신 같은 분을 그런 입장에 처하게 만들다니… 정말이지 용서가 안 됩니다. 개탄스러운 일이에요. 가슴이 에이는 동시에 참을 수 없는 분노를 느끼는 바입니다."

산타클로스는 이를 갈며 분개하는 N씨가 조금 부담스러웠다.

"난 그저 빨리 돈을 받고 싶을 뿐이야. 그렇게 큰 소리로 흥분할 일은 아닌 듯한데…."

"아니죠, 이런 일을 보고 어떻게 화를 안 냅니까! 세상을 좀 보세요. 하나같이 당신을 미끼로 상품을 팔아 대고 있어요. 저는 잘 알아요. 당신의 인품을 교묘하게 이용해서 초상권을 무단으로 사용하고 있단 말입니다. 원래는 당신을 위해 모아 둬야 하는 돈이에요. 그것만 정당하게 받아도 상당한 목돈이 들어올 겁니다. 마땅히 그래야 합니다."

"그런 방법이 있다면 도움이 되겠지. 그런데 어디에 가면 그 돈을 받을 수 있을까?"

"변호사에게 의뢰해서 소송을 하면 좋겠지만, 그러면 당장 급한 상황에 맞출 수가 없어요. 당신을 구실로 돈을 가장 많이 벌어들인 곳에서 받아 내야 합니다. G백화점이 좋겠어요. 그곳은 가장 큰 백화점인데, 이번 크리스마스 세일로 엄청난 매출을 올렸습니다."

"그런 곳이 있었단 말인가?"

산타클로스가 몸을 내밀었고, N씨가 고개를 끄덕였다.

"그럼요. 오늘 밤에 그곳 금고에 들어가면, 큰돈을

손에 넣으실 수 있을 겁니다. 그렇게 하세요. 주저하실 필요 없습니다. 당신은 당연히 그 돈을 보수로 받을 권리가 있어요."

"자네 말대로 하지. 그게 나로서도 양심에 덜 찔리니까. 왠지 용기가 솟아나는군. 가르쳐 줘서 고맙네."

N씨는 G백화점의 위치를 지도에 표시해서 건네주었고, 경비원에 대한 주의 사항도 알려 주었다.

"그건 그렇고, 금고를 부술 도구 같은 건 갖고 있나요?"

"으음, 일단 준비는 해 왔지."

산타클로스가 등 뒤의 자루를 두드리며 말했다. 금속으로 된 도구들이 달그락거리는 소리가 났다. 준비는 해 온 듯했다. N씨가 문밖까지 배웅을 하며 격려했다.

"확실하게 해 주세요. 성공을 기원하겠습니다."

"고맙네."

산타클로스가 채찍을 내리쳤다. 순록이 끄는 썰매가 밤하늘로 떠올라서는 N씨가 알려 준 G백화점 쪽으로 날아갔다. 감쪽같이 숨어드는 능력이 있는 산타클로스니 틀림없이 성공하겠지. 도망칠 때는 아무리도로를 폐쇄해도 걱정이 없을 터. N씨는 오래도록 서서 배웅을 했다.

"좋은 일을 했어. 이제 산타클로스는 당분간 돈 때문에 시달리진 않을 거야. 가난한 아이들도 기뻐할 테고. 게다가 나에게도 고마운 일이지. 이걸로 업계 1위인 G백화점이 몰락해 주면, 내가 경영하는 백화점이 1위 자리로 올라갈 테니까."

새해 손님

"새해 복 많이 받으십시오."

새하얀 창호지 너머에서 비쳐 든 이른 봄날 햇살이 방 안 가득 환하게 흘러넘쳤다.

"그래, 자네도 복 많이 받게."

도코노마(일본식 방의 상좌上座에 바닥을 한층 높게 만든 곳- 옮긴이) 앞에 앉아 있던 기업가풍의 노인을 향해 서른 살가량의 남자가 새해 인사를 올렸고, 노인이 그에 대한 덕담을 건넸다.

"작년에는 신세를 너무 많이 져서 뭐라 감사의 말씀을 드려야 할지 모르겠습니다. 보살펴 주신 덕분에 저희 가게도 간신히 다시 일어설 수 있었습니다."

"너무 그렇게 격식을 차릴 건 없어. 올해는 사업이 더 번창하길 바라네. 뭐, 그런 딱딱한 얘기는 그만하자고. 자, 한잔 들지."

"아 네, 감사합니다."

찰랑거리는 술잔에서 풍기는 향긋한 술 향기가 따뜻한 방 안에 가득 찼다. 멀리서 사자춤 북소리가 들려왔다.

"정말 기분 좋은 정월이군요."

"지나치게 조용해서 정신없이 분주했던 그믐이 거짓말처럼 느껴지는군."

노인이 눈을 감고 차분한 목소리로 중얼거렸다. 지난해를, 그리고 젊은 시절을 그리워하는 모습이었다.

"이런 말을 여쭤봐도 될지 잘 모르겠습니다만…."

젊은 남자가 머뭇거리며 말했다.

"어어, 괜찮고말고. 뭐든 말해 보게."

"정말 실례되는 이야기일지도 모르겠습니다만, 사실 그렇게까지 많이 도와주실 줄은 꿈에도 몰랐습니다."

"자네가 젊고 열심히 사니까 그렇지."

"솔직히 말씀드리면, 이곳을 찾아오기 전에 여러 사람과 상의를 해 봤습니다. 본래 남을 그다지 도와주는 분은 아니니, 찾아가도 소용없을 거라고 말하는 사람이 많았습니다."

노인이 눈을 감은 채로 말했다.

"흐음, 실제로 그랬던 것 같군."

"그런데 제가 찾아뵀을 때는 왜 그렇게 쉽게 승낙을 해 주셨는지 너무나 궁금합니다. 괜찮으시면, 얘기를 좀 들려주실 수 있을까요?"

"이 사람아, 그건 나이 탓이야. 나이가 들면 남을 도와주고 싶어지게 마련이지."

"그런가요? 저는 아직 잘 모르겠는데… 그런 거군요."

남자는 선뜻 이해가 안 간다는 듯이 말하며, 자기 술잔을 채웠다. 잠시 침묵이 흘렀고, 남자는 화제를 바꾸기 위해 도코노마에 장식된 후지산 그림으로 눈길을 돌려 그림에 찍힌 낙관落款(글씨나 그림 따위에 작가가 자신의 이름이나 호를 쓰고 도장을 찍는 일-옮긴이)을 읽으려 했다. 그런데 바로 그때, 노인이 눈을 뜨며 남자 쪽으로 고개를 돌렸다.

"그냥 얘기해 버릴까."

"괜찮으시다면…."

남자가 앉음새를 고치며 고개를 살짝 숙였다.

"얘기해 버리면 마음이 좀 후련해질지도 모르지. 자네는 환생이라는 걸 믿나?"

갑작스러운 질문에 남자는 조금 당황스러웠다.

"글쎄요, 생각해 본 적이 없어서. 하지만 아직 건강하시니까 그런 생각은 안 하셔도…."

"내 말을 좀 들어 보게나. 자네도 잘 알다시피 나는 젊은 시절부터 돈과 사업에만 매달려 왔어. 세상에 믿을 건 돈과 힘뿐이라고 생각했고, 그걸 위해서라면 모든 걸 희생했지."

"지당하신 말씀입니다. 그런 피나는 노력 덕분에 오늘날의 지위를 일궈 내신 거군요. 저는 그저 부러울 따름입니다."

"하지만 언젠가 이런 일이 있었지. 가만있자, 벌써 30년도 더 지난 일이로군. 어느 날, 초라한 행색의 남자가 회사로 날 찾아왔더군."

"본 적도 없는 사람이었나요?"

"아니, 처음에는 잠깐 못 알아봤는데, 학창 시절 친

구였어. 그런데 그 친구가 다니던 회사에서 잘렸다며 돈을 빌려 달라더군."

"그래서 어떻게 하셨습니까?"

"얘기를 들어 보니 도저히 갚을 형편이 아니더란 말이야. 그 당시에 나는 이익을 낼 수 없는 곳에 돈을 투자하는 걸 죄악처럼 여겼었지⋯."

노인이 남자를 바라보며 옅은 미소를 머금었다.

"하지만 돈을 안 빌려 주셨다 해도 선생님께 딱히 책임은 없을 텐데요⋯."

"그 친구가 아마 네다섯 번은 찾아왔을 거야. 항상 어깨를 구부정하게 움츠리고 돈을 달라고 졸라 댔지. 그 자세가 묘했어. 그런데 매번 거절했더니, 차츰 뜸해 지다 발길을 끊더군."

"잘된 거 아닌가요? 그런데 그게 무슨 문제라도 됐 습니까?"

"죽어 버렸어. 생각해 보면 어디 몸이라도 안 좋았 는지 늘 기운이 없었지."

"기분이 별로 좋진 않으셨겠네요."

"마지막으로 찾아왔을 때, 녀석이 내게 이런 말을 했어. 너는 오로지 돈만 믿는 것 같은데, 나는 환생을 믿는다고. 다음 생에는 금전적인 어려움이 없이 태어날 거라는 말도 하더군. 별 희한한 소릴 한다 생각했지만, 그 무렵에는 내 사업이 점점 성장하고 있을 때였고, 나의 신념에는 변함이 없었지."

"그런데 작년에 변하셨다는 말씀이신가요?"

"맞네. 자네가 우리 집에 처음 찾아왔던 날부터지."

노인은 그 말을 마치고 또다시 눈을 감았다. 해가 기울어서인지 그 얼굴의 주름이 얼마간 더 깊어진 것 같기도 했다.

남자는 입으로 가져가던 잔을 이에 부딪쳐서 무릎에 술을 쏟았지만, 닦을 생각조차 못하고 허둥지둥 물었다.

"그, 그 남자의 얼굴 생김새가 어땠나요? 혹시 저랑 닮기라도…?"

복도를 뛰어오는 발소리가 대답 없는 노인의 고요한 침묵을 깨뜨렸다. 별안간 장지문이 벌컥 열리더니 화려한 색채가 뛰어들었다. 정신이 퍼뜩 든 남자가 말했다.

"아하, 손녀분이었네. 굉장히 예뻐졌네요."

그렇게 인사를 건넸지만, 화려한 설빔을 차려입은

소녀는 조르르 달려가 노인 곁에 앉더니, 철부지처럼 노인의 무릎을 흔들며 말했다.

"으응? 할아버지. 용돈 좀 주세요."

소녀가 졸라 대며 어깨를 구부정하게 움츠렸다.

무릎이 흔들리는 와중에 노인이 남자에게 말했다.

"자네가 우리 집에 처음 왔던 날 아침에 말이야, 대체 어디서 배웠는지 이 녀석이 이렇게 졸라 대기 시작했단 말이지…."

표적이 된 별

"이번에는 저 별에 사는 무리를 박살 내며 즐겨 보자고!"

금속성 비늘로 온몸이 뒤덮인 생물이 그들의 우주선 안에서 동료에게 말했다.

"좋지."

다른 이들도 비늘을 곤추세우고 몸을 꼬며 신이 나서 대답했다. 손으로 가리킨 곳에는 달 하나를 가진 초록빛 행성이 있었다.

"상황은 어때?"

그들은 고성능 망원경을 조종하며 그 별을 살펴보

왔다.

"와, 있다, 있어! 두 다리를 사용해서 꼬물꼬물 움직여. 그건 그렇고 이번에는 어떤 방법으로 박살 내버릴까?"

"흠, 글쎄… 적외선으로 다 태워 버리는 방법은 이미 써 봤고, 지난번 행성에서는 포악해지는 가스를 흡입시켜서 서로 죽이게 하는 수법을 써먹었지. 좀 더 자극적으로 해치우는 좋은 방법이 없을까?"

"그래, 뭔가 좀 지독한 걸로…."

그들은 공격 방법을 의논했다. 그들 중 하나가 소형 우주선을 타고 지상으로 향했다. 그리고 몇 시간쯤 후에 돌아와서 보고했다.

"다녀왔습니다."

"수고했어. 그래, 조사는 잘 마쳤나?"

"한 마리를 잡아서 그 가죽을 벗겨 왔습니다."

"꽤 난폭하게 저항했을 텐데."

"물론이죠. 고래고래 비명을 질러 대며 저항했습니다. 하지만 우리 힘이 더 세잖아요. 그렇긴 한데, 이 별의 녀석들은 좀처럼 죽질 않더군요. 가죽을 벗겨도 여전히 계속 움직이고…."

"그건 재미있었겠군. 그래서 이제 어떻게 하지?"

"지금 놈의 가죽을 연구 팀에 넘기고 왔어요. 그것을 녹일 바이러스를 만들라고 지시했습니다."

"잘했어! 우리는 여기서 놈들의 피부가 바이러스에 감염돼서 흐물흐물 녹아내리는 광경을 구경할 수 있겠군. 빨리 보고 싶은걸."

그들은 설레는 마음으로 기다렸다. 잠시 후, 연구 팀에서 완성 소식을 알리러 왔다.

"완성됐습니다."

"좋아, 당장 퍼뜨리자!"

그들의 우주선은 그 별을 한 바퀴 빙 돌면서 바이러스를 구석구석 빈틈없이 퍼뜨렸다.

"자, 이제 곧 녀석들이 몸부림치며 괴로워하는 모습을 볼 수 있겠지."

"저 봐, 효력이 나타났어."

그러나 그들은 불만스러운 목소리로 대화를 나눴다.

"이상하네. 녀석들이 당황은 하는데, 아무도 죽질 않아. 안 죽는 건 고사하고, 개중에는 오히려 좋아하는 놈들까지 있잖아."

"이상하네요. 왠지 좀 섬뜩합니다. 이제 그만하고

빨리 철수하죠."

"그래, 다른 별로 가자."

바로 그때, 그들이 떠나가는 별 지구에서는 짐짓 점잖은 표정을 짓는 학자들이 모두가 돌연 알몸이 되어버린 현상을 해결하기 위해 조사에 착수했다.

겨울 나비

혹독한 추위가 공기를 수정처럼 바꿔 버리는 계절. 단단한 가루로 변해 내리기 시작한 눈발은 해질녘 하늘에서 차츰 속도를 더해 갔지만, 집 안은 초여름처럼 상쾌한 밝은 빛으로 가득했다.

"여보. 잠깐만 와 봐요."

생기발랄한 아내의 목소리가 온 집 안에 울려 퍼졌다. 큰 소리로 외쳐서가 아니라, 각 방에 설치된 인터폰을 통해 그 목소리가 모든 방으로 부드럽게 전해졌기 때문이다.

"으응, 지금 갈게."

남편은 열중해서 손질하고 있던 화초를 그대로 두고 일어섰다. 책상 위의 플라스틱 상자 속에는 10센티미터 정도 높이의 작은 해바라기가 강한 조명을 받으며 꽃을 매달고 늘어서 있었다. 그는 더 작은 변종을 개발해서 5센티미터 정도 높이에 꽃을 피우고 싶었다. 그 연구를 성공시켜 친구에게 자랑할 날만 간절히 고대하며 푹 빠져 지내는 중이었다.

"어휴, 또 무슨 일일까."

그의 나지막한 중얼거림에 대답하듯, 벽에 비친 무지갯빛 광선이 그보다 앞서 복도로 흘러갔다.

"뭐야, 또 거울 방이야?"

벽을 타고 흘러온 빛은 어느 방 문 위에서 깜박거렸고, 그가 가까이 다가가자 그 문이 자동으로 열렸다.

"어때, 이거…?"

거울 앞에 선 아내는 한껏 들떠 있었다. 그녀가 마주 선 거울 주위를 작은 스크린이 구요성九曜星(태양, 달, 수성, 화성, 목성, 금성, 토성의 칠요성 외에 가상의 별 두 개를 포함시킨 아홉 개의 별. 고대 인도에서 점성술에 이용했다고 전해진다-옮긴이)처럼 에워싸고 있었고, 그 하나하나에 뒷모습, 좌우 옆모습, 비스듬한 앞모습 등이 비쳤다. 그 각각의 거울

들은 한가운데 있는 그녀가 머리에 손을 얹음과 동시에 일제히 함께 움직였다. 방 곳곳에 설치된 카메라의 기능 덕분이었다.

"아주 좋은데. 그게 요즘 유행인가?"

남편이 다정하게 말을 건넸다.

"자, 이 옷 좀 봐요…."

아내가 천천히 방 안을 돌았다. 새파란 바다 빛깔의 낙낙한 로브는 아내의 동작에 맞추어 흔들거렸다. 그러자 거기에 그려진 수많은 나비 무늬들이 빛을 발하며 날갯짓을 하기 시작했다.

그녀는 거울과 남편을 번갈아 보며 나지막한 소리로 노래를 불렀고, 가볍게 뛰어올랐다. 그러자 나비들도 떼를 지어 이리저리 어지럽게 날아다녔다.

"예쁘지? 정말 기뻐."

남편에게 달려온 그녀가 그의 품 안에 쏙 안겼다. 나비들은 잠시 날갯짓을 멈추고, 입맞춤이 끝날 때까지 얌전히 기다렸다.

"외출하긴 아직 일러."

그는 벽에 걸린, 별자리 모양으로 보석을 박아 둔 시계를 바라보며 밤에 열릴 파티에 관해 언급했다.

"으응. 하지만 빨리 입어 보고 싶었단 말이야."

아내는 잠시 생각에 잠겼다 말을 이었다.

"아, 참. 몽한테 보여 줘야겠다."

몽은 그들이 키우는 반려동물 원숭이였다.

"몽…."

"몽.""몽."

소리는 각 방으로 울려 퍼졌다. 잠시 후 문이 열렸
고, 팔다리를 3대 7로 사용하며 안으로 들어온 원숭이
몽이 구석에 있는 의자로 뛰어올랐다.

"몽. 어때?"

아내는 몽 옆에서 빙그르르 돌며 옷의 나비들이 춤
추는 모습을 보여 주었다. 몽은 푹 꺼진 깊은 눈 속에
서글픈 빛을 머금고, 무표정하게 나비들을 바라보았
다. 나비들은 뽐을 내듯 파란 바다를 날아다니며 몽
을 비웃었다.

살짝 무료해진 남편이 무의식적으로 담배를 꺼냈
다. 인체에는 무해한 시가를 입에 물고 케이스를 닫자,
그 소리에 반응해 방 네 귀퉁이에 있는 열선 방사기가
열선을 휙 쏘며 담뱃불을 붙였다. 이 장치는 표적을 절
대 놓치는 법이 없었다.

하늘거리는 연기가 퍼져 나가고, 방 안에 담배 향이 차오르기 시작했다. 그러나 몽에게는 달갑지 않은 냄새였는지, 연기가 다가오자 얼굴을 찡그리며 나지막하게 콜록거렸다.

"그럼, 난 꽃을 좀 더 돌보다 오지."

그는 담배를 던지듯 버리고 방에서 나갔다. 바닥에 깔린 카펫이 잔물결을 일으키며 재와 담배꽁초를 구석으로 옮겨 처리했고, 방은 다시 조용히 원래 상태로 돌아갔다.

그 고요함을 깨뜨리듯 아내가 또다시 거울을 마주보며 버튼을 눌렀다. 봄 안개 같은 음악이 사방의 벽에서 흘러나오기 시작했고, 그녀는 음악에 에워싸여 화장을 계속했다. 아내의 기억에서 사라진 몽은 의자 위에서 무릎에 턱을 괴고 눈을 감고 있었다. 음악에 푹 빠져든 걸까, 아니면 안 들으려고 잠을 청하는 걸까.

시간은 평화롭게 흘러갔고, 아내는 화장을 마쳤다.

"자, 다음은…."

그녀가 형광색 매니큐어를 바른 손가락으로 진주빛깔 버튼을 눌렀다. 그것을 누르면, 발밑에서 서서히 향수 안개가 피어올라, 화장이 최종적으로 마무리

되는 것이다.

"어머, 어떻게 된 거지?"

그런데 안개는 나오지 않았고, 거울 주변의 스크린이 부옇게 흐려지기 시작했다. 주위가 갑자기 어두워졌고, 방 안에는 결국 창문으로 비쳐 드는 흐릿한 노을빛만 남았다.

"여보…."

그러나 그 목소리는 어느 방에서도 들리지 않았다.

"여보…."

소리가 전달되지 않는다는 걸 알아차린 그녀가 목소리를 살짝 높이며 잰걸음으로 방에서 나가려고 했다. 전기가 끊긴 문은 활짝 열려 있었고, 복도에는 불빛이 전혀 없었다. 그녀가 더듬거리며 남편이 있는 꽃방으로 다가갈 때, 옷의 나비들은 빛을 뿜어내며 즐거운 듯이 춤을 추기 시작했다. 하지만 그것도 어두운 복도를 비추는 데는 별 도움이 되지 않았다.

"여보…."

"어어, 여기야. 대체 어떻게 된 거지? 이런 일이 벌어질 리가 없는데."

"하지만 모든 게 멈춰 버렸어. 어떡해?"

"어떡하냐니, 낸들 아나. 정말 큰일이군, 애써 키운 해바라기가 엉망이 되겠어. 텔레비전도 라디오도, 게다가 전화까지 다 먹통이야."

"그럼 누구한테 물어볼 수도 없는 거잖아."

"우리 집만 이럴까?"

두 사람은 추위가 슬금슬금 숨어들기 시작한 창가로 다가가 밖으로 시선을 돌렸다. 평소 같으면 황혼과 함께 그 빛을 더욱 발산할 조금 떨어진 집들도 지금은 차디찬 눈에 뒤덮여 밤의 짙은 어둠 속에 죽은 듯이 누워만 있었다. 멀리 있는 번화가 주변의 하늘에도 조명이라곤 전혀 없었다. 그곳은 거짓말처럼 쓸쓸한 적막이 점령하고 있었다.

"우리 집만 그런 게 아니야. 온 도시가 다 그래."

"으응, 이럴 때는 우주선도 착륙할 수 없으니, 대형 사고가 생기겠군."

"너무 싫다."

희미하게 남아 있던 창밖의 빛마저 서서히 사라지고, 그 대신 매서운 추위가 유리창을 뚫고 숨어들었다.

"추워."

나비 무늬가 그려진 로브 옷깃을 여미는 아내의 살

갖에 소름이 돋았다.

"그거 말고 입을 옷 없어?"

"전에 입었던 옷은 오늘 아침에 다 녹여 버렸잖아. 속옷도 이것뿐이야."

"조금 남겨 두면 좋았을걸."

"이제 와서 그런 말을 해 봐야 무슨 소용이야. 택배 파이프로 바로바로 구할 수 있는데 여분 옷을 챙겨 두는 집이 어딨겠어. 그리고 이런 일이 벌어질 줄은 꿈에도 몰랐잖아."

아내가 그렇게 말하며 손을 더듬어 책상 옆의 버튼을 만졌다. 평소 같으면 컵이 나오고, 거기에 뜨겁고 진한 커피가 채워지겠지만, 지금은 소리조차 나지 않았다.

"뭐, 금방 끝나겠지."

남편은 아무 근거도 없는 말을 중얼거리며 담배를 물고는 케이스로 탁탁 소리를 냈지만, 열선은 어디에서도 나오지 않았다.

어둠 속에서 옷의 나비들과 손톱에 칠한 매니큐어만 이따금 흐릿하게 반짝이며 움직였다. 모든 것이 멈췄고, 정적만 남았다. 두 사람은 소파에 나란히 앉아

창 쪽을 바라보고 있었다.

"눈이 내릴 때, 소리가 나네. 무섭다."

태어나서 지금까지 한 번도 경험한 적이 없는 정
적 속에서 두 사람은 눈이 쌓이는 소리를 들었다. 그
것은 어딘가에서 서서히 좁혀 오는 운명의 발자국 소
리 같기도 했다.

"아, 맞다! 지하 차고 자동차 안에 휴대용 라디오가
있었지. 내가 가지고 올게."

"빨리 와야 해."

남편이 벽을 짚으며 방에서 나갔다. 홀로 남겨진 아
내는 추위와 불안감을 잊기 위해 일어서서 살며시 댄
스 스텝을 밟았다. 나비들이 어둠 속을 어지럽게 날
아다녔다.

"찾았어."

남편의 목소리가 들리더니, 그가 발을 질질 끌며
오렌지색의 작은 불이 밝혀진 라디오를 손에 들고 돌
아왔다.

"뭐 좀 들려?"

두 사람이 주시하는 오렌지색 주파수 판 위에서 바
늘이 천천히 움직였지만, 아무런 소리도 나지 않았다.

"고장 났나?"

"그럴 리가 없어. 그제 드라이브할 때는 잘 나왔잖아."

"그렇다면 방송국 전기도 모조리 다…."

당황한 남편이 다이얼에서 손을 뗐다. 완전한 기능을 갖췄으면서도 아무런 역할도 하지 못한 채 오렌지색으로 빛나기만 하는 이 기계가 왠지 섬뜩하게 느껴졌기 때문이다.

"저기, 우리 옆집까지 한번 가 보자."

아내가 울먹이는 목소리로 말했다.

"하지만 어떻게 가겠다는 거야? 도로 전기도 끊겨서 자동차도 안 움직여. 걸어서 가려고 해도 문을 열면 그 즉시 다 얼어 버릴 거라고. 게다가 그렇게까지 고생해서 가 본들 거기나 우리 집이나 마찬가지야."

"그럼, 이제 어쩌면 좋아. 너무 추워…."

아내가 나지막이 흐느껴 울었다.

"이제 곧 원래대로 돌아올 거야. 자, 눈을 감아."

남편이 다정하게 안아 줬지만, 유리창을 넘어 바닥을 타고 매섭게 밀려드는 추위로부터 이미 차갑게 얼어 버린 그녀의 몸을 막아 줄 방법이 없었다. 그리고 그의 몸 또한 슬금슬금 습격해 오는 추위 때문에 점점 더 차가워질 뿐이었다.

"배고파."

아내가 가녀린 목소리로 말했다.

"아까 밸브를 다 열어 봤는데, 아무것도 안 나와. 이렇게 기다리는 것 외에는 달리 방법이 없어."

누가 먼저랄 것도 없이 입술을 맞대었다. 벽시계는 멈췄지만, 시간은 냉정하게 흘러갔다.

"졸려."

"어, 나도."

"조용하고, 이렇게 기분 좋은 졸음은 처음이네."

두 사람은 서로의 어깨에 머리를 기대고 속삭였다.

"악몽이야. 눈을 뜨면 모든 게 완벽하게 제자리로 돌아와 있을 거야."

"파티도, 향수 안개도 돌아오겠지?"

"으응. 그런데 몽은 어떻게 됐을까? 어느 방에서 추위에 떨고 있진 않을까?"

"몽은 털이 있어서 좋겠네."

두 사람은 띄엄띄엄 대화를 나누다 어느새 잠이 들고 말았다. 두 번 다시 깨어날 수 없는 잠이라는 것도 모른 채. 라디오의 희미한 오렌지색 불빛 속에서 나비들은 조용히 날개를 접었고, 이따금 생각이 난 듯이 어렴풋이 움직이다 얼마 안 가 완전히 멈춰 버렸다. 빛이 닿지 않는 책상 위에서는 해바라기들이 서서히 고개를 떨어뜨리며 소리도 없이 시들어 갔다.

죽음의 장막이 이 집을 에워쌌다. 아마 다른 모든 집들도 마찬가지일 것이다.

그런데 그때 부드러운 소리가 집 안을 돌아다니기 시작했다. 몽이 집주인이 된 기쁨을 만끽하고 있었기 때문이다. 번쩍거리는 전기 조명의 놀림에 더 이상 시달리지 않게 된 몽이 어디에 숨겨 뒀었는지 식료품들을 끄집어내 손님용 방 한가운데에 쌓아 올렸다.

그러고는 잡아뗀 의자 다리를 들고, 귀중한 골동품이었던 나무 책상 위로 올라가 양손으로 비벼 대기 시작했다.

창밖의 칠흑 같은 어둠 속에서 몽은 춤추는 눈발은 아랑곳도 않고, 보는 이 하나 없는 어둠 속에서 신나게 자기 일을 계속했다.

디럭스 금고

나는 전 재산을 거의 다 쏟아부어 더할 나위 없이 호화로운 커다란 금고를 만들었다. 바보 같은 짓을 하는 놈이라고 비웃는 녀석도 있다. 그러나 그런 자들도 나랑 별반 큰 차이가 없다.

자동차를 사서 전보다 두 배가 넘는 시간을 들여 출퇴근하면서도 의기양양한 사람. 시간 약속도 잘 안 지키면서 보석이 박힌 고급 시계를 차고 다니는 사람…. 인간은 취미라면 맹목적으로 돈을 쓰고는 후회하지 않는다. 내 경우도 마찬가지다.

집을 팔아 버렸기 때문에 조그만 다세대주택에 살

고 있다. 그런데 세상에 금고 자체를 훔치려 드는 자는 없을 테니, 외출할 때도 걱정이 없다.

나는 시간만 나면 금고를 닦느라 여념이 없다. 강철로 만들었지만, 표면에는 은박을 입혔다. 이리저리 꼼꼼히 살펴보고 조금이라도 뿌연 데가 눈에 띄면, 부드러운 천으로 정성껏 문지른다. 살며시 부드럽게. 흡사 사람들이 미인의 살갗을 만지듯이. 그럴수록 금고 표면은 점점 더 빛을 발산하며 내 모습을 비추고, 나는 희열을 만끽한다.

즐거운 그 일이 끝나고 밤이 오면, 금고 쪽을 향해 침대에 누워서 충만한 만족감과 함께 잠 속으로 빠져든다. 이 얼마나 멋진 취미인가.

"야, 일어나!"

어느 날 밤, 난데없이 누군가가 나를 마구 흔들어 깨웠다. 눈을 떠 보니 옆에 복면을 쓴 남자가 서 있었고, 나에게 칼을 들이밀고 있었다.

"금고만은 건드리지 마!"

나는 무심코 그렇게 소리쳤다. 누구라도 이상한 놈이 자기가 취미로 삼은 물건을 만지는 건 싫어하게 마련이다. 그러나 정신을 차렸을 땐 이미 손발이 묶인 상태였기 때문에 더는 어쩔 도리가 없었다.

"조용히 해! 전부터 눈독을 들였어. 자, 어서 여는 방법을 말해."

"그렇지만 안에는…."

"입 다물어!"

남자가 나에게 재갈을 물리며 말했다.

"자, 이 종이에 다이얼 번호를 써!"

하는 수 없었다. 나는 몸이 묶인 채로 손가락만 간신히 움직여 번호를 썼다. 남자가 거친 손놀림으로 다이얼을 돌렸다. 차라리 시선을 피해 버리고 싶은 심정이었다.

'금과 은'이라는 오르골 연주와 함께 문이 열렸고, 내부에 조명이 켜졌다. 눈부신 황금색 빛이 밖으로 흘러넘쳤다. 금고 안쪽에 금박을 입혔기 때문이다. 나처럼 도가 지나치게 취미에 열중하는 사람은 이렇듯 안 보이는 곳에 돈을 쏟아붓는다.

남자는 흡족한 표정으로 실눈을 뜨며 그 빛에 매료된 듯 무심코 금고 안으로 들어갔다. 그와 동시에 금고 문이 스르륵 닫혔다. 적외선을 이용한 이 장치도 나의 자랑거리였다.

"뭐야, 아무것도 없잖아! 이봐, 문 열어!"

안에서 희미하게 소리가 들렸다. 그러나 몸이 묶여 있으니, 열어 줄 수가 없다. 곧이어 발버둥을 치는 기미가 전해졌다. 일이 순조롭게 풀려 갔다. 발버둥을 치면 자동으로 사이렌이 울리는 장치도 설치해 뒀기 때문이다. 이제 곧 누군가가 달려오겠지.

이로써 또다시 범인 체포 포상금을 받게 된다. 그러면 금고 내부의 금박도 두꺼워진다. 어떤가, 보기보다 실익도 확실하게 챙기고 있지 않은가.

거울

"오늘은 13일의 금요일이군."

방 한쪽에 있는 탁상시계의 날짜와 요일 표시로 시선을 돌리며 남편이 말했다.

"별 쓸데없는 걸 신경 쓰네. 그렇지만 조심은 할게. 오늘 밤은 조금 늦을지도 모르거든. 그러면 돌아오는 시간이 14일 토요일이 될 거야."

아내가 웃으며 말했다.

"그때는 재미있는 게 손에 들어와 있을지도 몰라."

아내는 남편의 말을 뒤로하고, 해질녘 거리로 나섰다.

두 사람은 어느 고층 맨션에 살고 있었다. 남편은

상사商事의 과장이었고, 아이가 없는 아내는 결혼 전부터 해 오던 성우 일을 계속했다. 그래서 가끔은 녹음 상황 때문에 밤에 나가야 할 때도 있었다.

"오늘 밤에는 꼭 해 봐야지. 오늘 밤을 놓치면 또다시 몇 개월을 기다려야 하니까."

남편은 담배를 물고 텔레비전을 보면서 밤이 깊어지길 기다렸다. 뮤지컬, 서부영화…. 네모난 화면 속에서 활기찬 변화가 이어지며 시간이 흘러갔다.

"이제 슬슬 준비를 시작해 볼까."

그는 일어서서 욕실에 걸린 거울을 뗀 후, 방에 있는 화장대 옆으로 들고 갔다. 그러고는 주머니에서 꺼낸 편지를 읽으며 화장대 거울의 각도를 조금씩 돌렸다.

"먼저, 지구의 자력선을 기준으로 각도를 맞춰라… 이렇게 하란 말이지. 뭐야, 거의 안 움직여도 되네."

조그만 자석을 화장대 가장자리에 올려놓고, 편지에 쓰여 있는 대로 각도를 맞췄다.

"다음은 두 거울의 면을 평행하게 하는데, 그 간격은…."

그는 자를 대 가며 두 거울의 면을 평행하게 맞추

려 했다. 이것은 조금 까다로운 작업이었지만, 의자, 상자, 철사 등을 이용해서 간신히 맞출 수 있었다. 그는 완성도를 확인하듯 거울 안을 들여다봤다. 거울은 서로를 비추며, 깊고 깊은 저 안쪽까지 긴 복도를 만들었다.

"이제 됐어! 아 참, 성경이 필요했지…."

그는 학창 시절에 산 성경을 책장에서 꺼내 입으로 먼지를 훅 불었다. 그러고는 그걸 가지고 거울 장치를 해 둔 곳으로 돌아왔다.

"…이 방법으로 악마를 잡을 수 있습니다. 저도 어릴 때 해 봤습니다. 시도해 보는 건 상관없지만, 그다지 재미있지는 않습니다."

그는 편지의 뒷부분까지 다 읽었다. 그런데 대체 악마가 어떤 것인지, 무슨 일을 당했는지에 관해서는 아무런 말도 쓰여 있지 않았다.

이 편지는 그가 학생일 때, 스페인의 펜팔 친구에게 받은 편지였다. 젊은 시절에는 누구나 이성적이라 납득이 안 되는 일은 시도해 보려 하지 않는다. 그 역시도 그랬지만, 요즘 들어 지나치게 합리적인 회사 업무에 신물이 나서 옛날 상자를 뒤져 이 편지를 찾아냈다.

"자, 드디어 시간이 됐군."

그가 찬 손목시계의 긴 초침과 짧은 초침이 12시 지점에서 포개지기 시작했다.

"오호, 역시 진짜였어!"

그의 나지막한 중얼거림대로 거울 깊은 곳에서, 저 멀리서 조그만 검은 그림자가 번지듯 부옇게 떠올랐다.

"온다!"

그 검은 그림자는 1초에 한 걸음씩 나란히 늘어선 거울을 넘어 점점 다가왔다. 그는 성경을 펼치고, 자세를 취한 뒤 기다렸다.

"자, 이제 5, 4, 3….."

조그만 악마는 계속 가까이 다가왔다.

"야압, 잡았다!"

그가 소리쳤다. 화장대 거울에서 나와 맞은편 거울로 뛰어들기 직전에 그가 성경을 탁 덮으며, 악마의 꼬리를 잡은 것이다. 악마는 컥컥거리는 소리와 함께 성경 틈새에 끼어 대롱거렸다. 그는 재빨리 거울 방향을 틀어서 악마가 그 속으로 도망치지 못하게 했다.

"얼굴은 과연 어떻게 생겼을까?"

그는 성경에서 악마의 꼬리를 끄집어내 손으로 잡

고는 환한 책상 위로 가지고 갔다. 긴 꼬리만 빼면 생김새는 인간과 비슷했지만, 쥐보다는 얼마쯤 크고 고양이보다는 얼마쯤 작았다.

그것은 만년필처럼 광택이 나는 검은빛을 띠었고, 귀만 유난히 컸다. 그러나 얼굴 생김새는 악마라는 이름에 걸맞지 않게 왠지 측은하고 쓸쓸해 보였다.

"살려 주세요. 절 놔주세요."

새되고 가는 그 목소리도 기운이 없긴 마찬가지였다.

"악마가 이 모양일 줄이야. 좀 더 당당할 줄 알았는데."

그는 기대를 배반당한 기분이었다.

"부탁이에요. 돌려보내 주세요."

악마가 또다시 애처로운 목소리로 애원했다.

"그럴 순 없어. 내가 얼마나 힘들게 잡았는데. 매일 시시한 일만 해서 좀이 쑤시던 참이야. 뭐든 하나만 해 봐."

"안 됩니다. 아무것도 못해요. 제발 풀어 주세요."

"거짓말 마. 악마가 아무것도 못 한다는 게 말이 돼? 뭐라도 보여 주기 전에는 절대 놔줄 수 없어."

악마가 서글픈 표정을 지었다. 그 모습을 바라보던

그는 어떻게든 괴롭히고 싶어져서 머리를 쿡 쥐어박았다. 악마는 점점 더 겁에 질린 표정을 지으며 몸을 잔뜩 움츠렸다.

"야. 뭐든 해 보라고 했잖아!"

"정말로 아무것도 못 해요. 괴롭히지 말아 주세요."

그 말을 듣고 잔혹한 충동이 더욱 고조된 그는 악마의 꼬리를 잡고는 한 바퀴 휙 돌려 벽으로 내던졌다. 커억 하는 비명과 함께 바닥으로 나동그라진 악마가 힘없이 비틀거리며 몸을 일으켰다. 그는 일어서는 악마를 발로 냅다 걷어찼다. 그런데도 악마는 계속해서 머리를 조아릴 뿐이었다.

"여보, 뭐 해? 쥐라도 나왔어?"

집으로 돌아온 아내가 몽둥이로 뭔가를 때리고 있는 남편에게 물었다.

"아니, 악마야."

"별 희한한 걸 얻어 왔네."

"얻어 온 게 아니야. 여기서 잡았어."

남편이 악마의 꼬리를 잡고 대롱대롱 흔들며, 스페인 전설대로 시도해서 악마를 잡은 얘기를 간략히 들려주었다.

"그런 걸 괴롭혀도 괜찮을까?"

아내가 살짝 걱정스러운 듯이 물었다.

"나도 악마가 이렇게 형편없는 겁쟁이인 줄은 몰랐어. 자, 환한 데서 좀 보라고."

남편이 전등불 아래로 악마를 들고 갔다.

"어머, 진짜네. 얼굴이 너무 한심하게 생겼다."

"그렇다니까. 할 줄 아는 게 하나도 없어."

남편이 악마의 큰 귀를 손가락으로 비틀었다.

"제발 괴롭히지 마세요. 돌려보내 주세요."

그 목소리는 아내의 가학성까지 부채질했다.

"좀 재밌어 보인다. 나도 해 볼래."

아내가 다른 쪽 귀를 비틀었다. 그러자 악마의 얼굴은 더더욱 참혹하게 일그러졌다.

"뭐든 보여 줄 때까지 상자 속에 가둬 둬야겠어."

"그보다는 단지가 더 낫지."

아내가 부엌에서 잼을 담아 두었던 주둥이가 넓은 단지를 들고 와서 악마를 집어넣고 뚜껑을 닫았다.

"숨을 못 쉴까?"

"그런 걱정할 필요 없어. 악마는 절대 안 죽는다니까."

"그럼, 먹이를 줄 필요도 없겠네."

"새 키우는 것보다 훨씬 쉽지."

두 사람은 얼굴을 마주 보며 신이 난 듯 웃어 젖혔다.

다음 날 아침이 되어도 악마는 단지 안에 그대로 있었다. 아침 식사를 마친 남편이 담배를 피우며 뚜껑을 열고 말했다.

"야, 뭐라도 해 봐."

"그건 무리예요…."

악마가 갈라진 목소리로 말끝을 흐렸다. 남편이 그 귀를 잡고 그대로 악마를 끄집어내더니 담뱃불로 등을 지졌다. 악마는 껙껙 울부짖으며 몸부림을 쳤지만, 그렇다고 반항을 하는 것도 아니었다.

"정말 한심한 겁쟁이 악마로군."

그러고는 또다시 벽으로 내동댕이쳤다. 그러나 악마는 죽지도 않았고, 바닥에 꼼짝 않고 웅크려서 한심스럽게 눈을 치켜뜨며 올려다봤다.

"여보, 회사 늦겠어. 이제부터는 내가 알아서 할게."

아내가 남편에게 말을 건넸다.

"벌써 시간이 그렇게 됐나? 명심해, 저 녀석을 놓치면 안 돼."

남편은 회사로 출근했다. 아내는 그날 온종일 집에 있었지만, 악마를 괴롭히느라 따분한 줄을 몰랐다.

이렇게 해서 두 사람은 아무도 갖지 못한, 엄청난 반려동물을 손에 넣었다. 그러나 이 반려동물은 악마라는 이름과는 정반대로 두 사람에게 행복을 안겨 주었다.

"여보, 나 부장으로 승진했어. 이게 다 그 악마 덕분이야."

"대체 어떻게 된 거야?"

"나도 모르는 새에 회사에서 내 평판이 상당히 좋아졌더라고. 상사에게 아무리 야단을 맞아도 부하 직원들에게 화풀이를 하지 않는 사람은 나 혼자였다나. 그 말을 듣고 보니, 그랬는지도 모르겠어. 스트레스는 몽땅 이 녀석한테 풀었으니 말이야. 아무리 화나는 일이 있어도 이 녀석만 괴롭히면 다음 날까지 질질 끌고 갈 일이 없잖아. 그렇게 보면 부하 직원들에게 화풀이를 해 대고, 안주나 파친코 같은 걸로 기분을 푸는 자들이 딱하군."

"하긴, 당신 요즘에 나한테도 많이 상냥해졌어. 화를 전혀 안 내잖아."

악마는 의자 다리에 꼬리를 묶인 채 두 사람이 즐겁게 나누는 대화를 벌벌 떨며 듣고 있었다.

두 사람은 스트레스란 스트레스는 모조리 악마에게 풀었고, 그 스트레스의 강도는 부부가 얼마나 심하게 악마를 괴롭히는지를 보면 알 수 있었다.

"아, 너무 분해! 그거 빨리 이리 줘."

어느 날 집으로 돌아온 아내가 문을 닫자마자 소리쳤다.

"뭐야, 왜 그래?"

그러나 아내는 남편의 말에는 대답도 안 하고, 핸드백에서 굵은 바늘을 꺼내더니 악마의 몸에 있는 힘껏 찔렀다. 악마는 비명과 함께 고통에 몸부림치며 신음을 흘렸다.

"대체 나한테 왜 이렇게 끔찍한 짓을…."

그러나 아내는 신음 따윈 아랑곳도 않고 바늘을 빼내 다시 찔렀고, 그 짓을 몇 번이나 되풀이했다.

"아, 이제야 속이 좀 후련하네."

"도대체 무슨 일이 있었던 거야?"

"이번에 새로 시작하는 프로그램에서 좋은 역할을 못 따냈어. 그런데 생각해 보면 어쩔 수 없는 일이기도 해."

아내는 그새 기분이 다 풀려서 평상시와 다름없는 밝은 말투로 대답했다.

"그 바늘은 어디서 가져온 거야?"

"들어오는 길에 샀어. 제일 큰 걸로."

"준비성이 철저하군. 이제 슬슬 저녁이나 먹을까."

두 사람은 단지 속에 악마를 집어넣고, 즐겁게 식사를 하기 시작했다.

남편도 부장으로 승진한 후로는 업무가 많이 고된지, 집에 돌아와 스트레스를 푸는 강도가 나날이 과격해졌다. 어느 날은 망치를 사 온 적도 있었다. 그러나 악마는 머리가 깨져도 단지 속에서 하룻밤만 지내면, 다음 날 아침에는 원래대로 돌아와 웅크리고 있었다.

아내가 커다란 가위로 악마의 꼬리를 조금씩 잘라도 역시나 하룻밤만 지나면 원래 길이로 되돌아왔다. 두 사람은 이 반려동물 얘기를 아무한테도 하지 않았고, 물론 보여 주지도 않았다. 이렇게 자극적이고 즐거운, 게다가 도움까지 되는 반려동물을 남에게 빼앗기라도 하면 큰일이기 때문이다.

그렇게 몇 달이 지난 어느 날 밤. 아내는 잠들기 전

에 화장대 앞에 앉아 머리를 빗었다. 악마는 그 옆에서 매듭으로 묶어 놓은 꼬리 때문에 괴로워하고 있었다. 그녀는 별생각 없이 빗질을 끝낸 머리를 보려고 손거울을 들어 뒤쪽 머리를 비췄다.

바로 그 순간, 악마가 쏜살같이 튀어 오르며 손거울 속으로 뛰어들었다.

"큰일 났어!"

아내의 비명에 남편이 허둥지둥 달려왔다.

"무슨 일이야?"

"악마가 도망쳤어. 손거울을 살짝 움직였는데, 그 속으로 들어가 버렸어."

남편이 부랴부랴 거울을 마주 보게 했지만, 간격이 제대로 맞춰졌을 때는 이미 저 깊은 곳으로 악마가 조그맣게 사라진 후였다.

"어처구니없는 짓을 저질렀군. 앞으로 어떡할 거야!"

"나도 이런 데로 도망칠 줄은 몰랐지."

"내가 전에 분명히 얘기했잖아."

"난 그런 얘기 못 들었어!"

두 사람은 차츰 언성을 높이며 욕설을 퍼부었다. 화풀이할 대상은 이미 사라졌지만, 두 사람의 몸에 깊이 밴 습관은 사라지지 않았다. 어느새 남편의 손에는 망치가, 아내의 손에는 가위가 들려 있었다.

거울 파편이 사방으로 튄 바닥으로 핏물이 흘렀고, 곧이어 신음 소리가 끊겼다. 고요해진 방 한구석의 탁상시계가 13일의 금요일이 표시된 캘린더를 소리도 없이 바꿔 놓았다. 이젠 볼 사람도 하나 없는데, 아무 일도 없었다는 듯 캘린더는 다음 날짜와 요일을 가리키고 있었다.

유괴

애타게 기다리던 박사 앞에서 전화벨이 울렸다.

그는 수화기로 손을 뻗었다. 수화기 너머 칠흑 같은 어둠 속에서 나지막한 목소리가 흘러나왔다.

"여보세요? 댁의 주인 계십니까?"

"아 네, 접니다만."

"그 유명한 에스트렐라 박사님이 틀림없나요?"

"틀림없습니다만, 대체 누구십니까?"

"그건 말씀드릴 수 없지만, 용건이 뭔지는 대충 짐작하셨을 텐데요."

말끝이 차디찬 웃음으로 바뀌었다.

"앗, 그럼 네놈이-"

박사의 말이 중간에 끊겼다. 상대의 목소리는 태연했다.

"맞습니다. 박사님의 자녀분은 여기서 편안히 잠들어 있습니다."

"내 소중한 아이를 데려가다니, 대체 무슨 꿍꿍이야! 태어난 지 아직 1년도 안 된 아이를…."

"그토록 소중한 자녀 분이라면, 자동차 안에 놔두고 볼일을 보러 가진 않을 텐데요."

"아, 역시 그때 데려갔군. 잡지를 사려고 잠깐 내렸을 뿐인데. 그렇다면 전부터 노리고 있었단 말 아닌가."

"자자, 박사님. 이제 그만 허둥대시고, 과학자답게 현실을 인정하시는 게 어떨까요?"

"대체 왜 그런 짓을 했지? 내게 무슨 원한이라도 있나? 그렇다면 나한테 풀어야지. 비겁하게…."

"아니, 저는 박사님에게 원한 같은 건 없습니다. 오히려 존경할 정도니까요."

"그럼, 대체 무슨 꿍꿍이야? 아내도 너무 슬퍼서 몸져누워 버렸어."

바로 그때 상대의 목소리에 께름칙해하는 기색이 감돌았다.

"박사님, 설마 경찰에 알린 건 아니겠죠?"

"아직이다. 만일의 경우를 생각해서 조금 더 연락을 기다려 보는 중이었지. 그러니 아이한테는 절대 손대지 마."

"역시 박사님이라 다르군요. 이 정도로 대화가 통한다면 심려를 끼치진 않겠습니다. 자녀분은 무사합니다. 그럼, 바로 거래로 넘어가죠."

"거래라니? 아이를 납치해서 돈을 요구하는 게 얼마나 무거운 죄인지는 잘 알고 있겠지?"

"그야 물론 충분히 알죠. 하지만 섣불리 이상한 짓을 했다가는 자녀분이 어떻게 될지 장담할 수 없습니다."

"기, 기다려. 얼마를 원하지?"

"탁 터놓고 말씀드리죠. 박사님이 완성해서 극비에 부치고 있다는 로봇 설계도가 필요합니다. 소문이 자자하더군요."

"뭐라고? 안 돼, 그건 곤란해."

"곤란한 건 그쪽 사정이겠죠."

"그건 내가 이 세상의 악을 응징하기 위해 만든 거야. 너 같은 놈의 손에 넘겨줄 순 없다고. 돈은 얼마든지 줄 테니, 제발 돈으로 끝내!"

"하지만 박사님이 늘 말씀하셨듯이, 연구는 돈으로 살 수가 없어요. 게다가 그 설계도를 돈으로 바꾸는 일은 보나마나 박사님보다는 제가 훨씬 잘할 겁니다."

"아, 이런 지독한 놈을 봤나. 네놈이 그러고도 인간이냐?"

"인간이고말고요. 로봇이 아닌 증거는 보시는 바대로 이렇게 욕망이 있잖습니까."

"너 같은 놈은 절대로 살려 둘 수 없어."

"너무 흥분하진 마세요. 제가 자녀분을 데리고 있다는 사실을 잊으시면 곤란합니다."

"나 참. 어쩔 수 없군. 내키진 않지만 거래에 응하지."

"그러셔야죠. 그래야 현명한 박사님이시죠."

"그건 그렇고, 우리 아이가 거기 있는 건 틀림없겠지?"

"그런 걱정은 마십시오. 옆에 있는 소파에서 아까부터 곤히 잘 자고 있으니까."

"그래, 그렇다면 안심이군. 그래도 만약을 위해 목소리라도 들려주게."

"아직 아무 말도 못 하잖습니까."

"아니, 울음소리라도 좋아. 울음소리만 들려주면, 나도 안심하고 거래에 응하겠다."

"울려도 괜찮겠습니까?"

"나는 아이의 안전을 확인하고 싶을 뿐이야. 한쪽 귀를 잡아당겨 보게. 우리 아이는 왜 그런지 귀 신경이 예민해서 얌전히 자고 있을 때도 귀를 잡아당기면 바로 울음을 터트리니까."

"이상한 버릇이군요. 뭐, 좋습니다. 들려드리죠. 그런데 혹시 울음소리를 듣고 사람들이 오면 곤란하니까 창문부터 닫고 하죠."

"그건 맘대로 해. 신경이 쓰이면 문을 잠가도 상관없어."

"뭐라고요?"

"뭘 하든 상관없다고! 빨리 울음소리나 들려줘. 무사하다는 증거를 보여 달라고."

"기다리세요. 지금 바로 들려드릴 테니까. 그게 끝나면, 거래 방법에 관한 얘기를 진행시키죠."

상대의 목소리가 잠시 끊기고, 창문 닫는 소리가 들렸다. 그리고 뒤이어 작은 소리가 들렸다.

"아가야, 아빠가 네 울음소리를 듣고 싶다는구나. 아프겠지만 잠깐만 참으렴."

박사는 힘껏 움켜쥔 수화기를 귀에 바짝 대고 기다렸다. 곧이어 격렬한 폭발음 소리가 울려 퍼졌다.

수화기를 제자리에 내려놓은 박사가 기쁜 듯이 웃었다.

"귀가 방아쇠인 줄은 미처 몰랐겠지. 악인이 또 하나 줄었군."

친선 키스

"휴우, 드디어 도착했군. 정말 긴 여행이었어."

지구에서 출발한 친선 사절단 일행을 태운 우주선이 광활한 공간 여행을 마치고, 은빛을 뿜어내며 칠 행성의 수도 인근 공항에 착륙했다.

"다들 잘 들어, 대기 검사가 끝나는 대로 문을 연다. 번역기는 다시 한번 점검해 두도록. 선물 상자는 별 탈 없겠지? 이봐, 면도는 했나? 옷매무새도 좀 단정하게 매만져. 우리는 지구를 대표하는 사람들이야. 창피당하지 않게 조심해."

함장은 흥분과 긴장이 뒤섞인 분위기를 풍기며 주

의를 주었다. 승무원들은 이미 지시가 내려오기 전부터 거울 앞에 서서 빗과 옷솔로 매무새를 가다듬고 있었다.

몸단장을 재빨리 끝내고 망원경으로 창밖을 내다보고 있던 요령 좋은 승무원 하나가 망원경에서 시선을 떼며 함장에게 말했다.

"역시 도시도, 사람들도 지구와 거의 비슷합니다. 하지만 남자 여자 모두 짧은 치마를 입은 모습이 신기한데, 스코틀랜드에도 그런 풍습이 있긴 했죠. 그런데 함장님, 아무래도 문명은 지구가 좀 더 발전한 것 같습니다."

"그야 당연하지. 그러니 우리가 먼저 이쪽으로 온 거 아닌가. 이 칠 행성에서는 아직 지구까지 올 수 있는 우주선을 못 만들어. 뭐, 그러니 지구가 좀 더 선진국이라고 할 수 있겠지."

"그런데 함장님. 지금 막 떠오른 생각인데요."

"뭐야, 말해 봐."

"지금까지 지구와 칠 행성이 주고받은 통신 내용 중에 키스에 관한 것들이 있었나요?"

"글쎄, 기억이 가물가물한데…. 통신에 그런 내용까

진 없었을 텐데. 그건 왜 묻나?"

"그래서 말인데요. 함장님이 적당한 기회를 봐서 지구에는 이렇게 인사하는 방식이 있다고 시범을 보여 주세요. 그러면 우리도 많은 아가씨들과 자유롭게 키스할 수 있잖아요. 이렇게 힘들게 긴 여행을 했으니, 그 정도 보상은 괜찮잖아요?"

"흐음, 생각해 보지. 그런데 문명이 이렇게 비슷하니, 의외로 칠 행성에서도 지구 이상으로 키스를 주고받을지도 모르지."

드디어 모든 준비가 완료되어 가벼운 소리와 함께 문이 열리기 시작했고, 주민들의 환호성이 우주선 내부로 흘러들었다. 함장이 위엄이 묻어나는 몸짓으로 군중 앞에 모습을 드러냈다. 그리고 헛기침을 한 번 한 뒤, 번역기를 이용해 연설의 포문을 열었다.

"여러분, 우리는 아득히 먼 지구라는 별에서 왔습니다. 여러분과는 이미 오래전부터 광활한 공간을 넘어 전파 통신을 해 왔습니다. 그 결과, 양쪽 문화에 공통점이 많다는 사실, 양쪽 다 평화를 사랑한다는 사실을 알게 됐습니다. 이러한 점들을 바탕으로 우리 사절단은 서로의 이해와 우호를 더더욱 돈독히 다지고 높여 가고자 하는 지구인들의 소망을 짊어지고, 고된 여행을 감내하며 여기까지 찾아온 것입니다. 우리는 여러분을 만나게 되어 대단히 기쁩니다. 여러분도 우리의 방문을 기뻐해 주시리라 믿습니다."

함장의 인사가 끝나자, 공항을 가득 메운 칠 행성의 주민들이 일제히 손을 흔들고 발을 구르며 뜨거운 함성을 내질렀다.

물론 제아무리 번역기라 해도 폭풍처럼 밀려드는 '부-부-'라는 소리까지 번역할 능력은 없었다. 그러나 그 외침의 저변에 깔린 따뜻한 환영의 마음은 모든 승무원들의 가슴속 깊이 스며들었다.

승무원들은 서로의 어깨를 두드렸다.

"야하, 정말 오길 잘했네. 봐, 저렇게들 기뻐하잖아."

"어어, 그 동안의 길고 지루했던 우주여행의 피로가 한순간에 녹아내리는 것 같아."

"왜 이래, 눈물까지 내비치고…."

우주선 안팎으로 감격의 분위기가 퍼져 있었다. 환호성이 조금 가라앉자, 이번에는 칠 행성의 수장이 공항에 설치된 무대 위에 올라서서 확성기로 환영 인사를 했다. 함장 옆에 있는 번역기가 그 말을 번역해서 기내로 흘려보냈다.

"지구인 여러분, 환영합니다. 앞으로는 서로 형제 행성으로서 깊은 우호 관계를 다져 나갑시다. 뭐, 형식적인 인사는 이 정도로 해 두죠. 먼저 이것을 받아 주십시오. 그리고 환영회장까지 퍼레이드를 합시다."

또다시 치솟는 열렬한 환호성 속에서, 지상까지 내려뜨린 우주선의 계단으로 아름다운 여성이 올라왔다.

"칠 행성에도 엄청난 미인이 있었네."

"보나마나 미스 칠 행성쯤 되겠지."

계단을 다 올라온 그 여성이 함장 옆에 서서 품에 안고 온 뭔가를 내밀었다. 그것은 다이아몬드가 가득 박힌 커다란 열쇠였다.

"문명이 비슷한 곳에서는 관습 역시 마찬가지로 비슷하게 형성되는 모양이군."

"으음, 그렇다면 친선 관계도 잘 풀리겠어."

승무원들은 속삭임을 주고받았고, 함장은 폭풍우가 휘몰아치는 해안가처럼 격렬하게 쏟아지는 박수갈채 속에서 칠 행성의 우정을 상징하는 아름다운 열쇠를 받아 들었다.

"고맙습니다."

함장은 흥분에 겨워 미스 칠 행성을 끌어안았다. 달콤한 향기가 코끝으로 밀려들었고, 그 자극에 무심코 자기 입술을 상대의 입술에 갖다 댔다. 그러나 그녀는 당황한 듯 거부하는 몸짓을 보였고, 폭풍우처럼 몰아치던 군중의 환호성도 썰물이 빠지듯 순식간에 고요해졌다.

선진 문명인으로서의 자긍심을 품고 있던 함장은 이제 와서 중단할 수가 없었다. 기나긴 여행 끝에 오랜만에 만난 여성이기도 했고, 조금 전 승무원이 제안했던 의견도 떠올랐다. 그는 침착한 태도를 흐트러뜨리지 않고, 번역기를 통해 군중에게 큰 소리로 외쳤다.

"이것은 지구에서 친밀함을 표현하는 인사입니다. 지구의 방식으로 친애하는 마음을 표현할 수 있게 해 주십시오."

이 말이 군중에게로 흘러가면서 환호성은 전보다 훨씬 높아졌다. 사정을 이해했는지 미스 칠 행성도 더는 거부하지 않았고, 의외로 작은 입술을 함장의 얼굴 가까이 내밀었다.

입맞춤을 하는 내내 군중의 환호성은 열광적으로 울려 퍼졌다. 그녀는 승무원들과도 잇달아 입맞춤을 하고, 다시 함장 옆으로 돌아와 그의 손을 잡았다.

　장엄한 음악이 연주되었고, 그 선율 속에서 미스 칠 행성이 함장의 손을 이끌고 계단을 내려갔다. 승무원들도 그 뒤를 따랐다.

　잰걸음으로 다가온 칠 행성의 뚱뚱한 수장이 함장의 어깨를 끌어안고 키스를 했다. 함장은 내심 당혹스러웠지만, 방금 자기가 뱉은 말 때문에 수장의 행동을 거부할 수도 없었다. 여성에만 한정되는 인사라고 정정할 수도 없는 노릇 아닌가. 그래서 부랴부랴 번역기를 들이밀며 무슨 얘기든 하라고 재촉했다.

　"양쪽의 사상이나 관습 등에 세세한 차이가 좀 날 수는 있겠지만, 우호라는 큰 방향성에 입각해서 굳건하게 손을 맞잡기로 합시다!"

　"지당하신 말씀입니다."

　함장이 맞장구를 치듯 고개를 끄덕이며 수장의 손을 힘껏 잡았다. 한편, 함장 뒤에서는 야단법석이 났다. 승무원들이 밀려드는 군중에게 이리 치이고 저리 치이며 쉴 새 없이 키스 세례를 당하고 있었기 때문이다. 남자와 노인도 섞여 있었지만, 젊은 여성들도 있었기에 꼭 곤란하다고만은 할 수 없었지만….

"모두들 당신들이 소개한 지구의 인사 방식을 재미있어 하는 것 같습니다. 우리 칠 행성에서도 새로운 유행이 되겠군요."

칠 행성의 수장이 그렇게 말하며 신호를 보냈다. 경쾌한 행진곡이 연주되었고, 승무원 일동은 준비된 자동차에 올라탔다.

"자 그럼, 환영회장으로 가시죠."

대규모 퍼레이드가 시작되었다. 함장은 수장과 나란히 선두 차량에 올랐고, 승무원들은 아름다운 아가씨들과 함께 몇 대나 되는 차량에 나눠 타고 그 뒤를 따랐다.

퍼레이드 행렬은 공항에서 도심의 대로로 이어졌다. 인파, 깃발, 테이프, 종이 꽃가루, 환호성, 박수갈채. 승무원들은 감격에 겨웠고, 이따금 그 감격을 요령 있게 중단하며 옆에 있는 미인들과 키스를 나눴다.

"엄청난 환영이야. 지구랑 완전히 똑같은 방식이네."

"저기 좀 봐, 저런 것까지 비슷해."

한 승무원이 눈치 빠르게 발견하고, 동료들에게 알려 주었다. 그가 가리킨 쪽에는 인파 너머의 건물 그늘에서 한 남자가 토하고 있었다.

"행성 전체가 떠들썩한 축제 분위기잖아. 엄청 퍼마셨겠지. 그나저나 점점 더 친숙한 느낌이 드는군."

"우리도 좀 있으면 코가 삐뚤어지게 마실 수 있어."

열광의 소용돌이 속에서 퍼레이드는 계속되었고, 그 별에서 최고로 좋아 보이는 호텔에 도착했다. 일동은 티끌 한 점 없이 잘 닦인 대리석으로 만들어 놓은 공간으로 안내되었다. 향이 짙은 꽃으로 장식한 테이블 위에는 정교하게 세공된 술잔들이 늘어서 있었다. 모두 함께 술잔을 높이 들었다.

"자 그럼, 두 행성의 우호 관계를 위해 건배!"

감격은 최고조에 다다랐다. 칠 행성인들은 일제히 그 짧은 치마를 우아한 몸짓으로 들어 올리더니, 엉덩이 언저리에 달린 꼬리 비슷한 입에 대고 술잔을 기울였다.

머니 에이지

어느 날 아침. 여느 때처럼 전기 닭 울음소리에 눈을 떴는데, 응접실 쪽에서 낯선 사람의 목소리가 들렸다. 문틈으로 살짝 내다보니, 누군지는 모르겠지만 아빠를 찾아온 젊은 남자 손님이 있었다. 나는 귀를 쫑긋 세우고 대화를 잠깐 엿들었다.

"저희 은행에서도 차명 계좌를 하나 만들어 두시면 어떨까요?"

대화 내용을 듣고, 은행 영업 사원이라는 걸 알았다. 아빠가 고개를 흔들며 말했다.

"차명 계좌는 지금까지 거래해 온 은행에도 있어

서 말이지."

그러나 은행에서 나온 사람은 포기하지 않고 열심히 설득했다.

"물론 그러시겠죠. 하지만 고객님처럼 우주 무역 사업을 하시는 분이라면, 계좌 하나쯤은 더 있어도 좋지 않을까요? 게다가 이용해 보시면 바로 아시겠지만, 저희 계좌는 매우 신속합니다. 전화 한 통이면 상대방 계좌로 바로 송금할 수 있고, 상대에게도 그 즉시 입금 정보가 갑니다. 그리고 차명 계좌 일간지도 매일 보내 드리고요."

"그런 일간지야 어느 은행이나 다 만들잖소."

아빠는 여전히 고개를 가로저었다.

"그래서 저희 조건을 잠깐 소개해 드리면, 만약 저희 쪽으로 계좌를 만들어 주실 경우…."

아빠와 손님 사이에 놓인 테이블 위에서 소형 계산기 버튼이 경쾌한 리듬으로 울리기 시작했다.

"자, 이 정도면?"

"조금만 더 조정해 줄 수 있을까?"

아빠의 목소리는 신이 난 듯했다. 아빠의 말투가 이렇게 변하면, 얘기가 몹시 길어진다는 걸 나는 익히 알고 있었다. 오늘 우주 식물원에 같이 가기로 약속했는데, 보나마나 그 약속도 날아가 버리겠지.

그래서 나는 옷을 갈아입고 응접실로 들어갔다.

"아빠, 안녕히 주무셨어요? 손님이 오셨네요. 안녕하세요?"

그러고는 바로 아빠에게 말했다.

"…저기 아빠. 오늘은 회사 휴일이니까 식물원에 같이 갈 거죠?"

"그런데 말이다, 아빠가 일이 좀 생겼어. 다음에 가기로 하자."

충분히 예상했던 대답이다. 나는 바로 울상을 지었다.

"그런 게 어딨어! 응? 나랑 약속했잖아…."

큰 소리로 떼를 쓰려 했다. 그러자 아빠가 주머니에 손을 넣더니, 금화 한 닢을 꺼냈다. 나는 한쪽 눈만 울음을 그쳐 주었다. 그러자 아빠가 한 닢을 더 꺼내서 나는 금세 울음을 그치고 두 눈 가득 미소를 머금었다.

"그럼, 다음에는 약속 꼭 지켜야 해."

다시 시작된 계산기 소리를 뒤로하고 다실로 갔다. 주머니 속에 든 금화 두 닢 덕분에 한껏 신이 나서 무심코 식탁 의자를 쾅 소리가 나게 끌고는 화들짝 놀랐다. 엄마가 듣기라도 하면 볼기를 맞을 테니까. 매를 피하려면 금화 한 닢을 드려야 한다. 아무리 기뻐도 예의범절은 늘 조심해야겠다.

다행히도 엄마는 아직 부엌 쪽에 있는 듯했다. 나는 가슴을 쓸어내렸다.

아침 식사를 마치고, 학교에 가기로 했다. 아빠가 식물원에 같이 가 주질 않으니, 어쩔 수가 없다.

문밖으로 나오자, 오늘은 운이 나쁜지 매번 나를 놀리는 짓궂은 녀석이 기다리고 있다가 소리쳤다.

"야, 겁쟁이!"

나는 스스로를 겁쟁이라고 생각하진 않지만, 이건 짓궂은 아이의 인사말이나 다름없어서 어쩔 수가 없다. 좀 나은 인사말을 만들어 주면 좋을 텐데, 이따금 그런 생각이 들기도 한다.

하지만 오늘은 시간이 늦었다. 느긋하게 상대해 가며 값을 깎다가는 학교에 지각한다. 지각하면 선생님에게 은화 두 닢을 내야 한다. 그래서 나는 짓궂게 구는 녀석에게 물었다.

"너, 잔돈 있어?"

"물론 있지."

하긴 잔돈을 준비해 두지 않는 심술쟁이는 없지만, 이 말 역시 평상시처럼 지불하겠다는 인사치레다. 나는 금화 한 닢을 건네고, 은화 아홉 닢을 받아 들었다. 심술쟁이 녀석이 환하게 웃었다.

"오케이!"

"너도 이제 별 이익도 안 되는 이런 방법은 그만두고, 좀 더 좋은 방법을 짜내 봐."

"응. 하지만 난 머리가 나쁘잖아."

그 말대로 '심술쟁이 장사'는 머리가 나쁜 애들만 했다. 너무 비싸지면 아이들이 멀리할 테고, 그들 중 몇몇이 선생님한테 일러바치기라도 하면 심술쟁이 장사치들로선 한 푼 두 푼 모아 둔 돈을 거의 다 뺏겨 버릴지도 모르니까.

학교 방향으로 가는 버스는 조금 혼잡했지만, 나는 운 좋게 자리에 앉았다. 다음 정류장에서 탄 할머니가 내 앞으로 오더니 말했다.

"으음 얘야, 자리 좀 양보해 주겠니?"

그러면서 은화 한 닢을 꺼냈지만, 나는 모른 척했다. 왜냐면 세상에는 시세라는 게 있으니까. 그러자 할머니가 마지못해 한 닢을 더 꺼냈다. 나는 생글생글 웃으며 자리를 양보했다.

"자, 여기 앉으세요. 조심하시고요."

다행히 학교엔 지각하지 않았다.

1교시는 사회 시간.

"여러분, 잘 들으세요. 옛날부터 사회 흐름을 지배하는 요인은 다양하게 변화해 왔어요. 종교, 권력, 이념, 과학 등등 여러 가지 시도들이 있었죠. 하지만 결론은 역시 돈이에요. 사회를 기계에 비유한다면 돈은 윤활유고, 생물에 비유한다면 혈액이겠죠. 누구지? 거기서 조는 사람? 다 아는 내용이라도 수업 시간에는 잘 들어야 해요."

선생님이 친절하게 주의를 주었다. 뒤쪽 자리에 앉아 있는 남학생이었다. 안됐지만 나중에 벌금을 내야겠네. 선생님의 이야기가 이어졌다.

"물론 법률은 있어요. 하지만 여러분도 잘 알다시피, 교도소는 있지만 수감자가 없고, 사형대는 있지만 사형은 집행되지 않는 상태입니다. 옛날 사람들은 모든 일을 법률로만 결정하려 했어요. 윤활유도 안 쓰고 기계를 작동시키려는 거나 다름없었죠…."

선생님은 잠시 말을 멈추고는 이어서 다시 말했다.

"…여러분은 경찰이 아무리 작은 범죄라도 놓치지 않고 반드시 체포한다는 걸 알고 있죠. 물론 뇌물을 받고 그걸 눈감아 줄 수는 있어요. 그러나 너무 자주 그러면 실적이 떨어질 테고, 승진에 영향을 미쳐서 장래에 좀 더 많은 뇌물을 받을 길을 포기하는 셈이 됩니다. 검사도 마찬가지에요. 변호사한테 뇌물을 받을 때도 장래를 고려하면서 잘 조절해야 합니다. 검사 중에는 빨리 승진하고 싶어서 변호사에게 뇌물을 보내 유죄 비율을 높이는 경우도 있어요. 변호사가 그걸 상대해 주기 때문에 비용이 계속 불어나는 겁니다. 다시 말해 현재는 범죄로는 절대 수지 타산이 맞질 않아요."

별로 재미있는 얘기는 아니었다. 그렇지만 딴청을 부리다 들키면, 벌금을 내야 한다.

"하지만 범죄는 수지 타산이 안 맞는다는 사실을 모든 사람이 숙지하기까지 꽤 오랜 세월이 걸렸습니다. 뇌물이 죄악이라는 사고방식을 깨뜨리기가 아주 힘들었죠. 그런데 사건이 발생하면, 그걸 해결하는 데 필요한 관계자가 두 사람 더 있습니다. 그게 누굴까요?"

선생님이 나를 지명했다.

"네. 판사입니다. 검사와 변호사를 잘 타협시켜서 적당한 선에서 벌금을 정합니다."

"그렇죠. 벌금을 못 내서 징역이나 사형을 받는 것인데, 현재와 같이 경제가 풍요롭고 모두가 똑똑해진 시대에서는 그런 건 사실 문제가 되질 않아요. 자 그럼, 나머지 한 사람은 누굴까요?"

나는 대답할 수 없었다. 오늘은 식물원에 갈 예정이었기 때문에 예습을 제대로 해 오지 않았다.

앞에 앉은 아이가 손을 뒤로 돌리며 '알려 줄까?' 하는 신호를 보냈다. 내가 가볍게 기침을 하면, 손가락을 움직여서 가르쳐 준다. 하지만 나는 기침을 하지 않았다. 이 아이는 요즘 알려 주는 비용이 조금 비싸졌기 때문에 가끔은 거절해 둘 필요가 있었다.

"예습을 못 했어요."

선생님에게 그렇게 대답했다. 돌아가는 길에 선생님에게 가서 벌금을 내야 한다. 아 진짜, 예습을 안 해 오면 손해라니까.

"그러면 안 되죠. 답은 증인이에요. 도움이 되는, 돈을 많이 받을 수 있는 증인이 되려면 사건을 잘 봐 둘 필요가 있어요. 잘못된 증언을 하면, 벌금이나 변호사비 때문에 아주 큰돈을 잃게 되니까요. 여러분은 항상 정확하게 관찰하고 계산해서 판단해야 한다는 점을 명심해야 해요."

오늘은 수학 수업도 있는 날이다. 수학에 자신이 있는 나는 옆에 앉은 아이와 뒤에 앉은 아이에게 답을 알려 주고 돈을 받았다. 그걸로 사회 시간에 생긴 벌금을 보전할 것이다.

방과 후, 선생님에게 벌금을 내러 갔다.

"여기 있어요, 선생님. 예습 안 해 온 돈….."

선생님이 그 돈을 주머니에 넣었다. 그러고는 지난번 시험의 답안지를 꺼내더니 나에게 보여 주었다.

"지난번 시험, 채점한 거야. 봐라, 60점이야."

"어휴, 많이 틀렸네. 점수가 이 모양이면 집에 가서 아빠한테 야단맞아요. 선생님, 어떻게 좀 안 될까요?"

나는 선생님에게 매달리며 교섭을 시도했다. 우리 집은 아빠 벌금이 훨씬 비싸요, 라고 살짝 거짓말을 보탰다. 하지만 너무 높게 불렀다 선생님한테 들통이 나면, 오히려 내가 약점을 잡히기 때문에 조금 까다로운 협상이었다.

긴 시간의 교섭 끝에 선생님은 금화 한 닢에 95점

으로 고쳐 주셨다. 100점으로 고치려면 돈이 많이 들 뿐더러, 아빠한테 들킬지도 모른다.

"선생님, 정말 감사합니다!"

나는 선생님에게 인사를 하고 집으로 돌아왔다.

아빠는 자기 방에서 계산기를 두드리며 깊은 생각에 잠겨 있었다. 나는 아빠에게 가서 인사했다.

"아빠, 학교 다녀왔습니다. 이거 봐요, 95점이에요."

조금 전 답안지를 보여 주며 말했다.

"으음 그래, 열심히 공부했구나. 자, 상금이다."

아빠가 주머니에서 금화 세 닢을 꺼내서 건네주었다. 선생님에게 드린 돈을 빼면, 두 닢이 남는 장사다. 하지만 좀 더 열심히 공부했더라면 선생님에게 돈을 안 드려도 됐을 텐데. 역시 공부는 열심히 해 둬야겠다. 내일부터는 선생님에게 벌금을 안 낼 수 있게 열심히 공부하자.

잠들기 전에 오늘 번 돈을 커다란 저금통에 넣었다. 이젠 꽤 불어나서 내 힘으로는 들 수 없을 정도다. 힘껏 밀자, 저금통은 아주 살짝 움직이며 짤랑거리는 소리를 냈다. 정말 기분이 좋았다.

침대에 누워서도 계산기 카탈로그를 들고 팔랑팔

랑 넘겨 보았다. 컬러 인쇄라 정말 예뻤다. 나도 이제
슬슬 어린이용 계산기를 사 볼까. 벌금 시세도 금방 알
수 있고, 어디서 얼마큼 벌었는지도 버튼 하나로 바로
합계를 낼 수 있다. 계산이 틀리면 내 손해니까.

　카탈로그 뒤쪽에는 어른들이 사용하는 뇌물 계산
기도 나온다. 크고 아주 멋졌다. 아, 빨리 어른이 돼서
저런 걸 써 보고 싶다.

　방의 전기 부엉이가 부엉부엉 울더니, 전등 불빛이
서서히 어두워졌다. 나는 카탈로그를 덮고 이불 속에
들어갔다.

　오늘은 뇌물 계산기와 금화가 지천에 넘쳐 나는 꿈
을 꾸게 될까. 그런 꿈을 꾸면 좋을 텐데. 그런데 옛날
아이들은 무슨 꿈을 꾸고 싶어 했을까? 그리고 머나먼
미래의 아이들은 무슨 꿈을 꾸고 싶어 할까?

웅대한 계획

한 청년이 있었다. 그의 이름은 사부로다. 그는 R산업의 입사 시험을 치렀다. 그 결과를 기다리고 있는데, 어느 날 그 회사의 사장이 찾아왔다. 사부로는 너무 놀랍고 신기해서 사장에게 물었다.

"아니, 이게 대체 무슨 일이죠? 합격이면 보통 통지서 한 장으로 끝날 텐데요. 그렇다고 해서 불합격 소식을 알려 주러 굳이 여기까지 오실 리도 없고⋯."

"아니, 자네는 최고 성적으로 합격했네. 그래서 기대를 걸고, 회사 차원에서 부탁을 좀 하러 왔지."

아무래도 상당히 중대한 용건 같았다. 사부로는 두

근거리는 마음으로 이야기를 들었다.

"무슨 부탁이신지요? 제가 할 수 있는 일이라면…."

"사실은, 우리 회사에 불합격한 걸로 하고 K산업에
입사 시험을 치러 줬으면 하네. 자네라면 반드시 합격
할 수 있을 거야."

"무슨 말씀이신지… K산업이라면 귀사의 경쟁 회
사 아닙니까? 게다가 그쪽이 항상 한 발 앞서 가는 회
사잖아요. 저는 그런 형세를 역전시킬 수 있다면, 일
하는 보람이 정말 클 것 같아서 귀사에 지망한 겁니
다. 그런데 왜…."

사장이 빙긋이 미소를 지으며, 몸을 청년 쪽으로
내밀었다.

"자네의 그 말을 들으니, 더더욱 든든하군. 그래서
자네한테 꼭 부탁하고 싶은 거야. 자네 말대로 우리 회
사는 아무리 노력해도 K산업을 앞지르지 못할 뿐 아
니라, 따라가지도 못하고 있어. 그래서 그 비밀을 캐내
서 보고해 줄 인물이 필요한 거지."

"아아, 스파이로 잠입해 달라는 말씀이시군요."

"그렇지, 자네라면 분명 잘 해낼 거라 믿네. 성공하
면 보수는 얼마든지 줄 수 있고, 바로 중역 자리에 앉

힐 수도 있어. 재촉은 안 할 테니, 서두르지 말고 애써 주게. 기한도 얼마가 걸리든 상관없어. 또한 자잘한 비밀은 보고할 필요 없어. 사소한 일로 정체가 발각 나면 모든 게 물거품이 되니까."

"저에게 기대를 걸고, 그렇게까지 말씀해 주신다면…."

사부로는 결국 설득당했고, 웅대한 계획이 시작되었다. 당장 K산업에 입사 시험을 봐서 합격했으며, 그곳의 직원이 된 것이다.

물론 입사해서 1~2년 만에 회사의 중요 사항에 접촉할 수는 없었다. 그러나 그는 조급해하지 않고, 꾸준히 노력했다. 성실하게 업무에 힘써서 상사와 동료의 신용을 얻는 것을 첫 번째 목표로 삼았다. 또한 회사 밖에서도 몸가짐을 늘 바르게 하며 바보스러운 짓은 최대한 멀리했다. 주위에서 의심을 사면 안 됐고, 스파이로 활동하려면 빨리 유리한 지위에 올라야 했기 때문이다.

평범한 직원들은 대개 3년차 무렵에 권태기가 찾아온다. 직장이 재미없거나, 자기 재능에 의문이 들거나, 슬럼프 때문에 도무지 능률이 오르지 않게 마련이었다.

그러나 사부로의 경우는 흔들림 없이 꾸준하게 일에 정열을 쏟아부을 수 있었다. 어쨌거나 그에게는 명확한 사명이 있었기 때문이다. 주위에서는 아무도 눈치채지 못했지만, 그는 가공할 만한 역할을 맡고 있었다. 다른 직원들과는 다르다. 이렇게 재미있는 일은 없다. 그런 생각을 하면, 불만은커녕 오히려 일하는 게 즐거웠다. 얼굴에 저절로 번지는 미소를 숨기느라 애를 먹었다.

이렇듯 인재로 떠오르자, K산업에서도 가만 놔둘리가 없었다. 그는 단기간에 이례적인 승진을 하며 과장이 되었다. 회사 기밀에 한 발작 가까이 다가선 것이다. 그러나 그런 내색은 조금도 드러내지 않으려고 노력했다. 이런 상황에서 정체가 발각 나면, 지금까지의 노력은 모두 물거품이 된다.

사부로는 점점 더 업무에 혼신을 다했다. 한번은 돈을 받고 다른 회사에 비밀을 누설하던 부하 직원의 부정행위를 파헤쳐서 곧바로 쫓아낸 적도 있다. 그런 직원이 있으면, 원대한 계획을 품고 어렵게 스파이로 잠입한 자기의 가치가 사라져 버린다.

그런 공적까지 인정받은 사부로는 한층 더 두터운 신용을 얻었다. 그러다 보니 유망한 인물로 기대를 한 몸에 받게 되었고, 중역이 자기 딸과 결혼해 달라는 요청까지 하게 되었다.

거절하면 이유를 캐물을 테고, 그러다가 의심을 사게 될지도 모른다. 사부로는 그 요청을 받아들였다. 자진해서 흔쾌히 승낙했다. 자신의 정체를 숨기기에 이보다 좋은 방패는 없었다. 스파이는 냉정해야 한다. 이용할 수 있는 건 모두 이용해야 한다. 중역의 딸은 그런대로 미인이었고, 성격도 좋았다.

사부로는 가정에서도 좋은 남편이 되었다. 적을 완벽하게 속이려면 먼저 아군부터 잘 속여야 한다. 아내는 친정에 갈 때마다 사부로를 칭찬하기 바빴다. 그것이 좋은 결과를 초래했다는 말은 굳이 할 필요도 없으리라.

그는 지칠 줄 모르는 사람처럼 열심히 일해서 승진을 거듭했고, K산업의 중추부로 접근해 갔다. 열심히 일한 보람이 있어서 아직 젊은 나이인데도 중역 회의까지 참석하게 되었다.

사부로는 이쯤에서 생각했다. K산업의 전모를 거

의 알아냈다. 이제 슬슬 보고를 정리해서 R산업으로 돌아가 일단락을 지어도 좋을 시기였다. 그런데 한편으로는 이런 생각도 들었다. 어렵사리 여기까지 도달했다. 조금만 더 참으면 훨씬 큰 수확도 거둘 수 있을지 모른다. 사부로는 후자의 길을 선택했다.

마침내 목표에 도달하는 날이 왔다. K산업의 모든 비밀을 알 수 있는 지위에 도달했다. 다시 말해 사장이 된 것이다. 업계에서는 오로지 실력 하나로 승리를 쟁취한 젊은 사장이라는 평판이 자자했다. 물론 단지 회사의 전모를 알 수 있는 데서 그치는 게 아니라, 그는 이제 자기 뜻대로 K산업을 경영할 수 있었다.

"흐음, 이제 K산업이 죽고 사는 문제도 모두 내 마음먹기에 달렸군. 이쯤에서 교묘하게 도산시키면, 나의 사명은 성공을 거두고 순조롭게 마무리되겠지…."

그렇게 중얼거리던 그가 말을 이었다.

"…그런데 왜 그래야 하지? 지금까지 피나는 노력을 해 왔어. 어중간한 보수로는 도저히 수지가 맞질 않아. 돌아가서 R산업의 중역이 된대도 별다를 게 없지. 사장 후계자가 된다고 해도 지금보다 떨어지는 셈이고."

몸에 밴 냉정한 사고방식만은 여전했다.

한편, R산업의 사장은 성공의 탄탄대로를 밟는 그의 모습을 기뻐하며 지켜보았다. 하지만 아무리 기다려도 이쪽에 이렇다 할 성과를 거둬 주지 않았다. 은밀하게 연락을 시도해도 차가운 답변만 돌아올 뿐이었다. 분풀이로 'K산업의 사장은 우리 회사의 스파이'라는 소문을 퍼뜨렸다. 한낱 헛소문이 아니라 진실이었지만, 그것은 오히려 역효과를 불러왔다.

그 소문을 듣고 화가 난 K산업 직원들이 새로운 사장을 중심으로 똘똘 뭉쳐 격렬한 판매 경쟁을 벌인 결과, 끝내 R산업을 도산시켜 버렸기 때문이다.

인류애

"SOS·SOS…."

헤아릴 수 없이 많은 별들이 아름답게 반짝이는, 정적에 휩싸인 우주 공간. 저 멀리서 너무나 미약한 전파가 금방이라도 끊어질 듯이 띄엄띄엄 전송되었다. 나는 홀로 우주선을 조종하며 그쪽을 향해 전속력으로 날아갔다. 전파가 발신된 지점에서는 조난당한 누군가가 공포와 고독에 몸부림치며 도움의 손길을 애타게 기다리고 있기 때문이다.

나는 우주 구조대원이다. SOS 신호를 받으면, 그 즉시 현장으로 달려가 자신의 위험 따윈 아랑곳 않고 구조 작업에 임한다. 이 제복의 가슴팍에서 푸른색으로 조그맣게 빛나는 것은 반딧불 50마리가 아니다. 또한 단순한 장식품도 아니다. 지금까지 50번의 조난을 구조해 낸 실적을 증명하는 명예로운 표식이었다.

그러나 나는 표식의 숫자를 늘리기 위해 이 일을 하는 건 아니다. 끝도 없이 광활한 우주에서는, 지상에서는 상상도 못할 만큼 강렬하게, 인간 생명의 존엄성에 대해 생각해 보게 된다. 표식 따윈 문제가 되지 않는다. 지구에 있는 집에는 어쩌다 한 번밖에 못 가는 고된 일이었지만, 내 마음속에서 불타오르는 인류애가 나를 자긍심 높은 이 임무에서 떠나지 못하게 했다.

"힘내. 이제 곧 구조하러 간다!"

내가 보낸 전파에 안심한 듯한 목소리로 답변이 들려왔다.

"고마워. 혼자서는 어쩔 수가 없었어. 날 구해 주러 오는 건가?"

"그렇다. 나는 구조대원이다. 대체 무슨 사고가 났지?"

"운석에 부딪쳤다. 이 주변에는 운석이 많아. 그쪽도 조심하도록."

"알았다."

나는 물론 운석에 주의를 기울였다. 그러나 나의 안전만 생각하며 구조 시간을 늦출 수는 없었다. 단 1초만 늦어도 모든 게 수포로 돌아갈 때가 많다. 나는 속도를 더 높이며 소리쳤다.

"괜찮나? 버틸 수 있겠어?"

"어어. 산소는 괜찮은데, 온도조절기가 고장 나서 추위가 지독해. 왠지 자꾸 잠이 온다."

"잠들면 안 돼. 동사한다고! 정신 차려. 잠들지 마!"

나는 그를 계속 격려했다. 하지만 레이더에 잡히는 운석 숫자가 많아져서 우주선 속도를 낮출 수밖에 없었다. 이래서는 예상보다 구조 시간이 길어진다. 그때까지 그가 잠들면 안 된다. 그가 깨어 있도록 어떻게든 계속 말을 걸어야 한다.

"이봐, 당신은 어느 별 사람이야?"

"지구다."

그의 답변이 돌아왔다.

"그래? 나도 지구야. 이렇게 말하면 좀 그렇지만, 역시 지구가 최고지. 화성이나 금성 식민지, 달 기지의 무리는 아무래도 좀 거칠고 덜렁대. 좀만 기다리라고.

반드시 구출해 줄게."

반가운 마음에 내 목소리가 커졌다. 인류애에 불타오르는 나는, 물론 거주 행성에 따라 구조 노력에 차별을 두거나 하지는 않는다. 그러나 지구에서 자란 내가 지구 출신에게 특별히 더 친근감을 느끼는 건 당연한 일이다. 향토애라고 해야 할까. 나는 무슨 일이 있어도 이 남자를 꼭 구조해 내겠다고 마음속으로 결심했다.

"아아, 지구란 말이지. 많이 그립군. 다시 한번 지구에 돌아갈 수 있을까. 지구의 푸른 산과 파란 바다를 볼 수 있을까."

그가 말을 조금 했다. 그래, 그렇게라도 계속 무슨 말이든 해.

"볼 수 있고말고. 내가 갈 때까지 절대 잠들면 안 돼."

그러나 잠시 후, 하품 같은 나른한 소리가 전파를 타고 흘러왔다. 그에게 계속 말을 하게 만들기 위해 무슨 얘기든 자꾸 시켜야 했다.

"지구의 어느 지역이야?"

"일본."

꺼져 들어가는 졸린 목소리였다.

"뭐라고? 일본이라고? 나도 일본이야."

나는 더욱 긴장했다. 내게 인종적인 편견 같은 건 전혀 없었지만, 같은 일본 사람이라는 사실을 알고 나니 친근감이 더 느껴졌다. 이런 걸 민족애라고 부르겠지. 그래서 우주선을 조종해 교묘하게 운석들을 피하며 접근했다. 물론 조종에만 정신이 팔려 그에게 말을 거는 걸 소홀히 해선 안 된다.

"일본이면 좋지. 힘내! 이 우주선에는 일본 음식도 있어. 이제 곧 그걸 같이 먹으면서 일본 얘기도 나눌 수 있어. 꽤 가까워졌다고."

"어어…."

여전히 졸린 목소리가 들려왔다.

"이봐, 일본을 다시 한번 보고 싶지 않아? 아름다운 후지산, 일제히 흐드러지게 핀 벚꽃, 붉게 타오르는 가을 단풍…."

뭐든 좋으니 그를 생각하게 만들고, 대답하게 만들어야 했다.

"어어…."

"뭐라고 대답 좀 해 봐. 이봐, 일본 어디야?"

"도쿄."

느릿한 목소리가 들려왔다.

"그래? 나도 도쿄야."

나는 세 번이나 이어지는 우연에 놀랐다. 이 광활한
우주에서 같은 도쿄 출신을 만날 줄이야. 운명의 신의
인도에 답하기 위해서라도 이 남자를 반드시 구해 내
자. 그리고 돌아가는 길 내내 도쿄 얘기를 나누자. 하
지만 그러기 위해서는 내가 구해 낼 때까지 그가 잠들
지 않고 깨어 있어야만 한다.

"도쿄면, 나랑 계속 같이 돌아갈 수 있어. 돌아가면
우리 집에 놀러 와. 나도 당신 집에 놀러 갈게. 그런데
당신 집은 어디야?"

"A구."

"그렇군. 나는 B구야. 서로 방문하기에도 아주 가
까운 위치군."

이제 그의 부서진 우주선이 육안으로 보일 정도로
가까이에 있었다.

"이봐, 당신 우주선이 보여. 이제 금방이야."

나는 방향을 바꾸고 조심스럽게 접근했다.

"이봐, 일어나!"

내가 다시 말을 건넸지만, 한동안 아무 대답도 들리
지 않았다. 안 돼, 잠들어 버렸나? 나는 당황해서 또다

시 두 번 세 번 상대를 불렀다.

"어어…."

대답하는 소리가 들렸다. 다행이다. 아직 살아 있다. 그러나 그 목소리는 훨씬 더 연약해졌고, 훨씬 더 잠에 취해 있었다. 말을 안 걸면 금세 깊이 잠들어 버려서 동사할 것이다. 뭐든 상관없다, 아무튼 계속 대답하게 만들어야 한다.

"A구의 어디야? 가르쳐 줘. 내가 놀러 가려면 주소를 알아야 하잖아."

"302 아파트."

바로 코앞에 그의 우주선이 보였다. 공기가 있는 곳이라면 목소리가 전달될 만한 거리였다. 나는 수많은 버튼들을 신속하게 조작하며 이쪽 우주선을 정지시키는 작업에 들어갔다.

"이제 다 왔어. 이봐, 아직 잠들지 않았지? 당신 이름은 뭐야?"

나는 우주복을 입으며 그를 격려했다. 중얼거리는 그의 목소리가 우주복 헬멧을 쓰려고 하는 내 귀로 흘러 들어왔다.

"뭐? 누구라고? 다시 한번 말해 봐."

금방이라도 숨이 끊어질 듯한 목소리로 그가 자기 이름을 다시 말했다. 나는 헬멧을 내려놓고 브랜디를 마셨다. 조금만 기다리면 그는 잠이 들 테고, 곧바로 죽을 것이다. 그러면 저 고장 난 우주선만 끌고 돌아가면 된다. 표식 하나쯤 더 늘어나지 않아도 아무 상관 없다. 제아무리 인류애, 향토애, 민족애에 불타올라도, 예전에 자기 와이프에게 손을 댔던 놈을 구해 줄 만큼 아량이 넓은 사람이 어디 있겠는가.

주도면밀한 생활

아침, 끝없이 이어지는 빌딩 산맥 저 너머. 하얀 구름 사이로 여름 태양이 솟아오르기 시작했고, 이 방 안으로도 그 햇살이 비쳐 들었다. 이곳은 80층짜리 아파트의 72층이다. 침대 위에 누워 있는 남자는 이 집 주인으로, 우주여행 전문 보험회사에 근무하는 테일 씨다.

태양은 더 높이 떠올라 창가에 장식해 둔 유리 조각을 비추며 반사되었고, 그 빛은 벽에 설치된 자동 캘린더의 날짜 주변에 동그란 빛 웅덩이를 만들었다.

창으로 비쳐 드는 햇살도 차츰 더 강해졌다. 다만

푸른빛을 살짝 머금은 커다란 유리창은 열을 차단하는 기능이 있어서 안에는 햇살의 밝은 빛만 들어왔다.

실내에 설치한 장치 덕분에 건물 내부엔 쾌적한 온도와 은은한 꽃향기를 머금은 신선한 공기가 방 구석구석까지 맴돌고 있었다. 온도는 항상 일정하게 유지되지만, 꽃향기는 계절과 사람의 취향에 따라 바꿀 수 있다. 지금은 여름이라 테일 씨의 취향에 맞춰 백합꽃을 기본으로 배합한 향기가 방 한쪽에 있는 장치에서 조용히 흘러나왔다.

벽에 내장된 캘린더 위의 시계가 여덟 시를 가리키며 째깍 하고 나지막한 소리를 냈다. 곧이어 큼지막한 꽃잎 모양을 한 은색 스피커에서 음악이 흘러나왔고, 정중한 목소리가 말을 건넸다.

"자, 이제 일어나실 시간이에요. 자, 이제 일어나실…"

시계를 비롯한 모든 장치들과 완벽하게 연동된 그 '목소리'는 같은 말을 세 번씩 반복했다. 그러나 테일 씨가 일어날 기미를 보이지 않자 목소리는 멈췄고, 그 대신 벽 속에서 희미하게 톱니바퀴가 교체되는 소리가 들렸다.

천장에서 조용히 '손'이 내려왔다. 어느 집에나 있고, 사람들이 손이라고 부르는 이 장치는 부드러운 플라스틱으로 만들어진 커다란 매직핸드 같은 장치였다.

"지금 일어나지 않으시면 회사에 지각합니다. 많이 졸리시겠지만, 일하러 가셔야 합니다."

목소리와 함께 손이 담요를 걷어 내고, 테일 씨를 안아 일으켰다. 그리고 욕실 쪽으로 데리고 갔다. 테일 씨는 그 옛날 꼭두각시 인형처럼 움직이며, 자동으로 문이 열린 욕실로 옮겨졌다. 손이 테일 씨를 샤워기 아래로 옮기자, 먼저 벽에서 작은 손이 나오더니, 그의 얼굴에 면도 크림을 발랐다. 이 크림은 5초 동안만 발라 두면, 피부에는 아무런 해도 없이 수염만 완전히 녹여 버리는 작용을 한다.

한편, 큰 손은 정교하게 움직이며 테일 씨의 몸에서 헐렁한 잠옷을 벗기고, 그것을 옆에 있는 전자 세탁 장치로 집어넣었다.

"그럼, 샤워를 시작하겠습니다."

목소리에 이어서 시원한 소리와 함께 적정한 온도의 물이 쏟아져 내리기 시작했다. 그리고 잠시 후, 소나기가 물러가듯 샤워기의 물줄기가 약해지며 멈췄다. 그 순간을 기다리고 있었다는 듯이 건조한 바람이 불어와 테일 씨의 몸을 휘감으며 물기를 닦아 냈고, 눈 깜짝할 사이에 피부에 남아 있던 물방울을 제거했다.

그 과정이 끝나자, 분무기에서 뿜어져 나온 오드콜 로뉴(화장수의 일종-옮긴이)가 테일 씨의 몸을 가볍게 감 쌌다. 손은 테일 씨에게 세탁을 끝낸 청결한 새하얀 옷 을 입혔다.

"아침 식사가 준비되어 있으니, 이쪽으로 오시죠."

목소리와 함께 손이 테일 씨를 식당으로 안내해 의 자에 앉혔다. 식탁 위에는 부엌에서 컨베이어로 옮겨 진 아침 식사가 차려져 있었고, 커피와 우유 향이 감 돌았다.

"자, 어서 드세요."

그와 동시에 텔레비전 전원이 켜졌다. 어제의 뉴스 하이라이트가 커다란 스크린 위에서 아름다운 색채로 방영되며 3분간 이어졌다.

뉴스가 끝나자 텔레비전 전원이 꺼졌고, 나머지 세 벽에서 은은한 음악이 흘러나왔다. 화사한 선율은 밝 은 햇살 속에서, 상쾌한 공기 속에서 한참을 춤추듯 감돌았다.

음악 소리가 잦아들며 목소리가 말했다.

"다 드셨으면, 치우겠습니다."

모든 것은 일과에 맞춰 차근차근 물 흐르듯 진행됐다. 테일 씨가 옆의 버튼을 눌러 거부 의사를 드러내지 않았기 때문에 컨베이어가 움직이기 시작했다. 식탁 위의 식기는 도기와 금속이 부딪치는 가벼운 소리를 내며 부엌 쪽으로 움직였다.

음악 소리가 다시 커졌고, 약품 세트가 이동하며 테일 씨 앞에서 멈췄다. 소화제, 흥분 억제제, 활력제 등 다양하게 있었지만, 웬일인지 오늘 아침의 테일 씨는 그 약들로 손을 뻗으려 하지 않았다.

음악은 한동안 곡명을 바꾸며 계속 흘러나왔다.

시계가 8시 55분을 가리켰고, 음악 소리는 다시 잦아들다 끊겼다. 목소리가 대신 주의를 환기시켰다.

"자, 이제 나가실 시간입니다."

손은 테일 씨를 일으켜 세워 방 한쪽으로 데리고 갔다. 문으로 다가가자, 자동으로 열렸다. 거기에는 견고한 투명 플라스틱으로 만든 누에고치 모양의 물건이 있었다. 그것은 누구나가 이용하는 교통수단이었다. 손이 테일 씨를 거기에 태웠다.

"그럼, 오늘도 건강하게 잘 다녀오세요. 밖에서 일하시는 동안, 청소와 정리는 평소대로 말끔히 해 놓겠습니다."

목소리의 인사와 동시에 누에고치 모양의 교통수단이 문을 닫았고, 옆에 있는 버튼이 눌렸다.

찰칵 하는 소리와 함께, 누에고치 모양의 교통수단이 압착공기의 작용으로 커다란 파이프 속으로 빨려 들어갔다. 이 파이프는 도시 곳곳에 있는 빌딩들의 모든 사무실과 연결되어 있었고, 강력한 공기압력을 통해 누구라도 단시간에 목적지에 도착할 수 있도록 해 주었다.

테일 씨의 누에고치도 파이프 속으로 빨려 들어갔다. 누에고치 끝에 달린 소형 장치는 끊임없이 무전을 보냈고, 파이프는 그것을 수신해서 복잡하게 얽힌 파이프 도로 속에서 탑승자를 실수 없이 목적지까지 안내했다.

5분 후, 테일 씨의 누에고치가 그의 회사 현관 앞에 멈췄다.

출근 시간이라 현관은 수많은 직원들로 북적였다. 그중 한 사람이 플라스틱 너머로 테일 씨를 불렀다.

"잘 쉬었나? 테일 군. 그런데 어떻게 된 거야? 얼굴 색이 너무 안 좋은데."

그러나 테일 씨는 누에고치에서 내리려고도 하지 않았다. 인사를 건넨 동료가 손을 뻗어 테일 씨의 손을 잡아당기려다 소스라치게 놀라며 소리쳤다.

"차가워. 이봐, 빨리 의사를 불러!"

잠시 후, 역시나 파이프 도로를 타고 의사가 도착했다. 술렁거리는 와중에 의사가 테일 씨의 몸을 진찰했다.

"상태가 어떻습니까?"

"이미 늦었습니다. 테일 씨는 전부터 심장이 약했는데, 발작을 일으킨 것 같습니다."

"언제 그랬을까요?"

"글쎄요. 사후 약 10시간쯤 지났으니, 어젯밤이었겠죠."

어둠의 눈

밤, 그 방에는 고요한 어둠이 깃들어 있었다. 새카만 새 벨벳으로 덮어 놓은 듯한 어둠이.

커튼이 없는 유리창을 통해 어둠이 문밖까지 고르게 이어졌다. 구름이 짙게 낀 하늘. 오늘 밤은 달그림자는 물론이고, 별빛조차 찾아볼 수 없었다. 숲속에 위치한 이 집은 도심에서 멀리 떨어져 있었으므로 휘황찬란한 네온사인도, 자동차의 헤드라이트 불빛도 미치지 못했다.

소리라고는 숲속 나뭇잎들이 바람결에 살랑대며 내는 희미한 바스락거림뿐이었다. 그리고 집 안에서 이따금 생각이 난 듯이 흘러나오는 깊은 한숨 소리뿐.

"여보, 텔레비전이라도 켤까요? 잠깐이라도 기분 전환을 해 줘야죠."

고요한 어둠 속에서 여자는 더는 견딜 수 없다는 듯이 초조한 목소리로 말했다.

"아냐, 됐어. 난 이 어둠 속에서 가만히 있는 게 더 좋아. 하지만 당신이 보고 싶으면 켜도 돼."

그렇게 대답하는 남자 목소리에서도 피로감이 묻어났다.

"아니에요. 사실은 나도 이게 더 좋아요. 텔레비전을 볼 기분은 아니에요. 으음… 우리, 예전과는 완전히 달라져 버렸네요. 우리 둘 다 훨씬 밝았는데, 아이가 태어난 후로는…."

"어어…."

남자 목소리는 그쯤에서 끊겼고, 이어서 그 언저리에서 가벼운 금속성 소리가 나더니 어둠 속에서 작은 라이터 불꽃이 나타났다. 그 빛은 한순간, 고뇌에 가득한 남자의 표정을 아른아른 드러냈지만, 담뱃불이 붙자 곧바로 사라졌다. 그 후에는 빨간 담뱃불이 숨을 쉬듯 타오르다 이따금 재떨이를 찾아 방황했다.

"그런데 애는 뭐하고 있어? 벌써 자나?"

"아직 안 잘걸요. 보나마나 옆방에서 책이라도 읽고 있겠죠. 그 애는 책을 좋아하니까."

또다시 한동안 대화가 끊겼고, 어둠 속에서 움직이던 담뱃불은 재떨이 위에서 신경질적으로 잘게 쪼개지며 흔들리다 사라졌다.

그때 옆방 문이 열리는 소리가 났다. 그러나 어둠은 여전히 그대로였다. 복도를 걸어오는 작고 여린 발자국 소리가 들렸다.

"엄마, 아빠. 아까 여기쯤에 크레파스를 뒀는데. 어디였더라?"

어린 아이의 목소리였다.

"엄마가 찾아 줄게. 지금 불 켤 테니까 기다려."

그러나 그 말이 채 끝나기도 전에 아이가 다시 밝게 외쳤다.

"앗, 찾았다! 바로 옆 책상 위에 있었네. 불 안 켜도 돼."

"우리 아들은 좋겠네. 엄마 아빠랑 달리 캄캄한 데서도 뭐든 다 아니까. 그걸 어떻게 알지?"

남자 목소리가 어린 목소리에게 물었다.

212

"어떻게 아냐고 물어도 난 대답 못 해. 그냥 머릿속에 또렷하게 비치는걸. 그리고 앞뒤, 위와 옆까지 한꺼번에 다 그려져. 가끔 오는 선생님도 늘 물어보시는데, 뭐라고 설명을 못 하겠어. 그냥 아는 거라 어쩔 수가 없다고. 아빠랑 엄마가 의자에 앉아서 웃고 있어. 아, 엄마가 고개를 갸웃거렸다. 벽시계 초침이 지금 막 긴 바늘을 앞질렀네. 난 고개를 안 돌려도 다 안단 말이야."

자랑스러워하는 아이의 목소리가 방 안에 울려 퍼졌다.

"좋겠네. 아빠랑 엄마는 밝은 곳에서만, 그것도 얼굴 앞쪽만 볼 수 있는데. 그건 그렇고, 우리 아들은 이제부터 그림 그릴 거니?"

"으응, 꽃을 그리려고."

아이의 목소리는 발소리와 함께 옆방으로 멀어졌다.

잠시 후 다시 나지막한 남자 목소리가 들렸다.

"우리 애는 어둠 속에서도 그림을 그릴 수 있는데, 나로서는 상상도 못 할 능력이야. 학자들 말로는 텔레파시의 일종이라고 하지만, 나는 도무지 이해가 안 가. 게다가 주변을 한 번에 다 알 수 있다니…."

그러나 그의 목소리에는 부러워하는 기색이 전혀 없었다.

"학자라고 하니까 생각났는데, 선생님이 좀 전에 돈을 주고 가셨어요. 늘 그렇듯이 책상 서랍에 넣어 두셨더라고요."

"이건 완전 실험동물 취급이군. 하지만 그 돈 덕분에 우리가 여기서 남의 눈을 피해 살아갈 수 있으니 불평할 처지도 못 되지. 그런 돈도 없이 우리가 저 애와 함께 도시에서 지내야 했어 봐. 그 고통을 생각하면, 아이가 실험동물 취급을 받더라도 그나마 이게 더 나은 건지도 모르겠어."

"선생님이 오늘도 당부하셨어요. 엄청난 능력을 가진 아이니까 앞으로도 부디 주눅 들게 키우지 말라고 말이죠. 하지만 솔직히 이것도 힘들어요. 속으로는 아무리 괴로워도 아이 앞에서는 그 표정을 억누르고 늘 웃어야 하니까. 게다가 우리는 어둠 속에서 아이를 볼 수 없지만 아이는 우리를 볼 수 있잖아요."

"그래, 조금 전에도 난 황급히 웃는 표정을 지었어. 당신도 괴롭겠지. 내 책임이니까."

"아니, 그건 알 수 없죠. 당신 책임이라고 단정 지을 순 없다고요. 내 탓일지도…."

서로를 위로하는 목소리는 어둠 속으로 잦아들었
고, 견디기 힘든 침통한 심정만 짙게 남았다.

"선생님 말씀에 따르면, 이건 누구의 책임도 아니
고 진화의 흐름이라더군. 격심해진 교통 상황이나 복
잡한 기계 조작에 대응하기 위해 계속 노력하다 보니,
그런 요소들이 차츰 축적돼서 유전자에 변화가 초래
되었다고. 그 결과 우리 아이 같은 아기가 태어났다고
보는 모양이야."

"난 잘 모르겠어요."

"나도 잘 모르긴 마찬가지지만, 먹이를 구해야 하는
절박한 상황에 처한 파충류가 하늘을 나는 능력을 가
진 새로 진화한 것과 같은 이치라고 하더군."

"그러고 보면, 우리 애 같은 능력을 갖추고 있으면
아무리 교통 상황이 심각해도 우리처럼 두리번거릴
필요도 없고, 어두운 곳에서도 필요 이상으로 경계할
필요도 없긴 하겠어요."

"그렇지. 진화의 방향이 그렇게 흘러가는 거야 상
관없지만, 그렇다고 해서 하필 우리 아이가 그 시작이
될 필욘 없잖아."

남자의 목소리에는 불운을 한탄하는 울림이 가득
했다.

"또 만날 하는 소리를 해 버렸네. 우리 아이는 평범
한 아이들보다 뛰어난 능력을 갖고 있고, 선생님이 했
던 테스트에서도 지능이 훨씬 앞선다고 나왔으니 오
히려 기뻐해야 할 일 같기도 한데… 그게 전혀 기쁘
질 않네요."

"뛰어난 그 능력이 바로 불행의 씨앗이잖아. 세상
사는 자고로 남들과 똑같아야 행복한 거야. 거기에는
이치고 뭐고 다 필요 없어. 뛰어난 능력을 가진 사람
의 사소한 결함을 빌미 삼아 웃음거리로 만들거나 박
해하는 건 일종의 자위 본능이겠지."

"그렇네요. 우리도 저 애가 다른 집 아이였으면 그
랬겠죠."

"으응. 만약 학자의 말대로 진화의 흐름이라면, 앞
으로는 곳곳에서 우리 애 같은 아이들이 태어나겠지.
그리고 어느 부모나 우리처럼 괴로워할 테고. 아무리
과도기의 심술이라고는 해도 이건 너무 가혹해. 우리
애도 너무 일찍 태어나는 바람에…."

"그러니까 말이에요. 먼 미래에 우리 아이 같은 인

간들만 사는 사회였다면, 평온한 인생을 살았을 텐데. 우리 같은 인간들만 있는 세상에서 앞으로 어떤 인생을 살아가게 될지 생각하면, 너무 가슴이 아파요."

"나도 늘 그런 생각을 해. 지금은 다른 사람과 교제를 안 해도 되고, 찾아오는 사람이라곤 아이에게 공부를 가르치고 시험을 치고, 아이의 능력을 연구하는 선생님뿐이지. 현실에서는 가슴 아픈 일을 거의 겪지 않아도 돼. 하지만 평생을 이렇게 연구 재료로 취급당하는 삶을 사는 건 너무 가엾어."

"하지만 세상 속으로 데리고 나갈 수도 없잖아요."

"그래. 저 애는 순수하지만, 너무 심한 박해를 받으면 원치 않아도 범죄자가 될 수밖에 없어. 아이가 가진 능력들은 모두 범죄에도 쓸 수 있는 것들이니까. 아이에겐 그런 삶 역시 실험 재료로 사는 일생과 마찬가지로 똑같이 불행할 거야."

이런 대화는 지금까지도 수없이 되풀이됐고, 또한 매번 아무런 결론도 내지 못한 채 한숨으로 끝날 뿐이었다. 두 사람은 또다시 어둠 속에서 침묵에 잠겼다.

"엄마, 아빠."

갑자기 옆에서 아이 목소리가 들렸다.

217

"어, 너 언제 왔어?"

남자가 놀란 목소리로 물었다.

"엄마랑 아빠는 왜 또 걱정스러운 표정을 짓고 있어? 또 나 때문에 그래?"

"아니야, 아빠랑 엄마는 걱정 같은 거 안 해."

"거짓말. 굉장히 슬픈 표정을 짓고 있었잖아."

"그래. 우리 아들한테는 거짓말을 못 하겠네. 어두운 곳에서도 뭐든 다 아니까."

"내가 어둠 속에서도 다 아는 게 싫으면, 앞으로는 그런 말은 안 하도록 조심할게."

"아니, 괜찮아. 다른 문제 때문에 걱정한 거야. 네가 어둠 속에서도 아는 힘, 주변을 단번에 아는 힘. 그건 어느 누구에게도 없는 능력이라 자랑스럽단다."

"아 그렇지. 아빠, 무슨 걱정거리가 있다면, 술을 마시면 되잖아!"

"자 그럼, 네 말대로 술이라도 좀 마셔 볼까. 당신도 마시지?"

"그래요."

"그럼, 내가 가져올게."

활기차게 달려가는 발소리와 함께 아이의 목소리

가 방에서 멀어졌다.

"어쩜 이렇게 부모를 위할 줄 아는 거지? 그런 능력만 타고나지 않았으면, 우리가 얼마나 행복했을까. 머리는 보통 아이들보다 좀 떨어져도 상관없는데."

"이제 그만하지. 이제 와서 그런 말을 해 봐야 무슨 소용 있겠나."

잠시 후, 술잔과 쟁반이 부딪치는 소리를 내며 아이가 돌아왔다.

유리를 스치는 소리와 술 따르는 소리. 어둠 속에서 술 향기가 어렴풋이 번지기 시작했다.

"자, 이건 아빠 거. 음, 그리고 이건 엄마 거. 손 내밀어."

"고맙다. 자 그럼, 뛰어난 능력을 갖춘 우리 아들을 위해 건배!"

남자가 애써 쾌활한 척하는 목소리로 말했다.

"그럼, 잘 마실게."

바로 그때, 술잔이 바닥에 떨어지는 소리가 울려 퍼졌다.

"어머, 어떡해. 쏟아 버렸어. 당신 손이 거기 있을 줄은 몰랐어요. 빨리 닦아야겠다. 불부터 켤게요."

스위치 돌리는 소리와 함께 전등이 켜졌다. 지금까지 방을 점령하고 있던 짙은 어둠이 한순간에 물러나며, 술에 젖은 옷을 입은 부모의 모습을 환하게 드러냈다.

그 옆에서는 뛰어난 능력을 가진 아이가 생글생글 웃고 있었다.

"어두운 데서는 아무것도 모르다니, 정말 불편하겠다."

그 능력을 가진 사람에게는 불필요한 기관, 눈이 없는 얼굴을 두 사람에게 향한 채.

인심 후한 집

야심한 어느 날 밤. N씨가 자기 집 방에서 책을 읽고 있는데, 문이 살며시 열리며 누군가가 들어왔다.

"누구십니까?"

돌아보며 묻자, 거기에는 얼굴에 검은 복면을 쓰고 손에 칼을 든 남자가 서 있었다.

남자가 살벌한 말을 내뱉었다.

"얌전히 있어. 시끄럽게 굴면 뜨거운 맛을 보여 주겠다."

그러나 N씨는 침착한 말투로 대답했다.

"그런 복장을 하고, 지금 뭐 하자는 거야? 강도 놀

이라도 하자는 건가. 장난칠 생각이면 딴 데 가서 해. 여긴 우리 집이야."

"헛소리하지 마! 난 돈을 노리고 왔다. 자, 빨리 돈을 내놔!"

"아하, 그럼 강도로군."

"당연하지. 정말 성가신 놈이군. 이 집은 '좀 산다'는 소문이 자자해. 일하는 사람들은 밤이 되면 다 퇴근한다는 것도, 물론 혼자 산다는 것도 조사해 놨지. 그래서 이렇게 찾아온 거야."

"실행 전에 조사도 치밀하게 끝냈다는 말이군."

"돈이 없다는 말은 안 통해. 자, 얼른 저 금고를 열어!"

"싫은데."

"싫다면 너부터 먼저 죽이고 드릴과 폭약으로 금고를 억지로 따게 되겠지. 하지만 그러면 넌 목숨을 잃을 테고, 난 쓸데없는 수고를 해야 해. 양쪽 다 손해야. 가능하면 그러고 싶진 않은데. 자, 어떻게 하겠나?"

강도가 칼을 휘둘렀다. 결국 N씨는 고개를 끄덕이며 말했다.

"흐음, 꽤 논리적으로 얘기를 끌어가는 녀석이군. 죽어도 금고는 안 열어 주려 했지만, 논리적인 그 점이 마음에 들었어. 좋아, 열어 주지."

N씨가 다이얼을 돌려서 금고를 열자, 안에는 금화
가 가득 들어 있었다. 강도는 흐뭇한 표정을 지었다.

"엄청나군."

"동서고금의 금화들이야, 내 컬렉션이지. 이걸 뺏긴
다 생각하니, 너무 유감스럽군."

강도는 그것을 주머니로 다 옮긴 후에 말했다.

"이걸 보니, 뭔가 좀 더 있을 것 같은데. 자, 값나가
는 물건을 어서 내놔."

"어처구니없는 소릴 하는군. 이건 약속이랑 달라."

"약속은 무슨 약속? 날을 잡아 다시 오게 되면, 그
때는 이렇게 순순히 풀리진 않아. 계속 그렇게 투덜대
면 칼을 쓸 수밖에 없어."

"알았어, 알았다고. 내놓지. 기회를 잡으면 절대 놓
치지 않고 철저하게 이용하는 성격이 마음에 들었어.
사실은 여기에도 넣어 뒀지."

N씨가 벽에 걸린 그림을 살짝 비켜 놓고는, 그 뒤에
있던 금고를 열었다. 거기에도 금화 한 자루가 들어 있
었다. 강도는 그것을 받아 들며 말했다.

"인심이 꽤 후하군. 정말 신기해."

"지금이라도 안 늦었어. 다 널 위해 하는 말이야. 금화를 놓고 그만 돌아가."

"웃기는 소리. 그게 말이 되나? 여기까지 온 이상, 이미 내친걸음이야. 샅샅이 뒤져서 챙겨 가야지. 자, 있는 걸 다 내놔!"

"이건 정말 놀랍군. 아무리 그래도 그건 너무하잖아."

"잔말 말고 시키는 대로 해. 대신 두 번 다시 강도로는 찾아오지 않겠다."

강도가 또다시 칼을 휘두르며 위협했다.

"모조리 쓸어 가면, 두 번 다시 올 생각은 안 들겠지. 좋아, 내주지. 너의 욕심, 아니 만족을 모르는 이익 추구 정신에 감탄했기 때문이다."

N씨가 책상 서랍을 열자, 거기에는 각종 은화들이 빽빽이 들어 있었다.

"엄청나군."

"이걸로 끝이다. 담아 갈 곳이 없을 테니, 가방을 주지. 조금 옛날 가방이라 무겁긴 하지만, 가는 길에 새진 않을 거다."

"이상하게 친절하군."

"뭔가 좀 꺼림칙하면 얼른 반성하고 빈손으로 돌아가는 게 어때?"

"어림없는 소리. 이걸 갖고, 재빨리 이곳을 뜬다. 준비해 둔 오토바이로 잽싸게 도망친다. 그보다 더한 해피 엔딩이 어디 있겠어. 그쪽을 선택하는 게 현명하잖아? 그럼, 잘 있으라고."

강도는 금화와 은화를 가득 담은 가방을 들고, 서둘러 방에서 나가려 했다. 그러나 잽싸게 도망칠 수는 없었다.

바로 그때, 문 앞의 바닥이 갈라져서 아래로 곤두박질쳤기 때문이다. 강도는 구멍 속에서 잠시 어리둥절했지만, 이윽고 소리를 질렀다.

"이게 대체 뭐지?"

"이건 내가 발명한 방범용 비상 장치야. 중량계와 연결돼 있는데, 들어올 때와 비교해 무게가 늘어나면 자동적으로 바닥이 갈라져서 사람을 떨어뜨리는 장치지."

"빌어먹을 장치로군. 빨리 꺼내 줘."

"그렇게는 안 되지. 경찰을 불러야 하니까."

"자, 잠깐만. 그것만은 안 돼. 금화와 은화를 다 돌려줄 테니, 제발 용서해 줘."

강도로부터 가방을 가로채며 N씨가 말했다.

"칼도 이리 내. 그걸 갖고 있으면 또다시 휘두를 게 뻔해."

"어쩔 수 없군. 자, 칼 받아."

"그리고 종이랑 만년필을 줄 테니, 여기에 강도로 들어왔다는 자백을 쓰고 지문을 찍어. 그걸 받아서 내가 믿는 친구에게 우편으로 보낸 뒤에 꺼내 주지. 그 말은 즉 앞으로 결코 내게 반항하지 못하도록 너의 약점을 잡아 두겠단 뜻이야."

강도는 투덜투덜 불만을 쏟아 냈지만, 그래도 경찰에게 잡혀가는 것보다는 나으니, 시키는 대로 따르기로 했다. 일련의 과정이 끝나고, 강도를 구멍에서 꺼내 준 N씨가 말했다.

"자 그럼, 앞으로 너는 내 밑에서 일해 줘야겠다."

"으윽, 정말 죽을 맛이군. 내가 싫다고 했다간 경찰서에 끌려가겠지. 나더러 대체 무슨 일을 하라는 거야?"

"판매야. 영업 사원이 돼서 매출을 크게 올려 줘야겠어."

"뭘 팔지?"

"바로 내가 발명한 이 방범 장치지. 뛰어난 효과에 관해서는 누구보다 네가 뼈저리게 실감했잖아. 설명할 소재도 부족할 리 없을 테고. 게다가 너의 계획성, 강력한 추진력, 논리, 기회를 놓치지 않는 점, 이익 추구 정신. 그런 요소들이 밑거름이 돼서 틀림없이 실적을 올릴 수 있을 거야."

"그런 식으로 소문을 퍼뜨린 거군."

"그래. 덕분에 우리 집 사정은 점점 더 좋아졌지. 우리 회사에 구인난 같은 건 없어. 판매원은 너까지 딱 30명이 됐거든."

추월

밝은 햇빛이 내리쬐는 고속도로는 곧고 길게 뻗어 있었다. 그 남자가 운전하는 최신형 자동차는 교외를 향해 미끄러지듯 달려가고 있었다. 새 차는 모든 면에서 성능이 뛰어났다. 그는 지금 새로 사귀기 시작한 여자의 집으로 가는 길이었다.

"차는 역시 신형이 최고야. 아니, 꼭 자동차만 그런 건 아니지. 여자도 마찬가지야. 구형은 뭐든 다 차례로 없애 버리고 신형을 손에 넣는다. 그게 바로 내 모토지."

그는 혼잣말을 중얼거리며 속도를 높였다. 살짝 열

어 둔 차창으로 흘러든 바람이 그야말로 돈 후안처럼 생긴 그의 얼굴에 부딪쳤다.

가볍고 기분 좋게 이어지는 진동이 그로 하여금 조금 전 팔아 치운 구형 자동차를 떠올리게 했다. 그리고 그 생각은 얼마 전 헤어진 여자에 관한 것으로 이어졌다.

"당신은 내가 싫어진 거지? 그렇지?"

그가 헤어지자는 말을 꺼냈을 때, 모델로 일하던 그 여자는 굳은 표정으로 매달리듯 말했다.

"아니 뭐, 꼭 그런 건 아니고…."

그가 애매하게 대답을 얼버무렸지만, 그녀는 점점 더 심각해졌다.

"안 돼, 난 헤어지기 싫어. 제발 날 버리지 마."

"하지만 이대로 계속 사귀는 건 서로를 위해서도 의미가 없는 것 같은데."

"당신을 못 만나면, 난 차라리 죽어 버릴 거야."

흔히 하는 말이다. 여자들은 헤어지자는 말을 꺼낼 때마다 늘 이렇게 나온다. 그러나 그런 수법이 통용된다면, 세상에서 여자와 인연을 끊는 남자가 있을 리 없다. 그는 그렇게 간단히 정리해 버리고, 다른 여자에게

집중하기 시작했다.

그런데 설마 정말로 죽어 버릴 줄이야….

얼마 후 그녀가 자살했다. 그는 그 생각을 떠올릴 때마다 기분이 안 좋았다. 헤어진 여자가 죽었는데 기분 좋을 사람이 어디 있겠느냐만은 그의 경우, 마음을 더욱 무겁게 만드는 요인이 또 있었다. 그것은 헤어질 때 그녀가 덧붙인 말이었다.

"난 죽어서도 어디선가 당신을 만날 거야. 반드시 만날 거야. 그때는 최소한 손이라도 잡아 줘."

대체 무슨 생각으로 그런 말을 했을까. 그는 그 말이 잊히지 않았고, 생각이 날 때마다 섬뜩한 기분에 사로잡혔다.

"보나마나 심술이야. 그 자리에서 순간적으로 떠오른 말을 별생각 없이 내뱉었겠지. 신경 쓸 거 없어."

그는 혼잣말을 중얼거리며, 무거운 기분을 떨쳐 내듯 속도를 더욱 높였다. 그리고 앞에서 달리고 있던 차 한 대에 바짝 따라붙었다.

그런데 앞차를 추월하려던 그가 갑자기 속도를 낮췄다. 앞차 뒷좌석에 타고 있는 여자의 뒷모습이 헤어진 그 여자와 비슷해 보였기 때문이다. 그는 한동안 바라봤지만, 잠시 후 고개를 세차게 흔들었다.

기분 탓이야. 그래, 기분 탓이라고. 오늘은 상태가 좀 이상해. 그녀는 분명히 죽었어. 방금 그런 생각을 했기 때문에 언뜻 본 저 여자가 비슷하게 느껴졌을 뿐이야. 이런 기분은 빨리 떨쳐 버려야 해. 추월하는 건 간단해. 앞지르면서 얼굴을 확인하면 돼.

그는 다시 속도를 높여 앞차를 추월하면서 그녀의 얼굴로 시선을 돌렸다.

"으아악!"

그가 비명을 질렀다. 그것은 틀림없는 그녀였다. 게다가 그를 향해 손을 내밀고 있었다.

잡아 줘.

마치 그렇게 호소하듯이. 그는 엉겁결에 두 손으로 얼굴을 감쌌다.

"즉사군요. 그런데 대체 어쩌다가 이런 사고가 났을까요? 목격 당시, 뭔가 짚이는 점은 없었습니까?"

경찰이 수첩에 메모를 하며, 추월당한 차를 운전했던 남자에게 물었다.

"전혀 모르겠어요. 제 차를 추월하더니, 곧바로 전

신주를 향해 질주하다 들이받았어요. 갑자기 현기증이라도 났다고 추측할 수밖에 없네요."

"그렇군요."

경찰이 수첩을 덮고는 별생각 없이 그 남자의 차 안을 들여다보며 말했다.

"그런데 뒷좌석의 여성이 뭔가 좀 이상한데…."

"아하, 저건 마네킹이에요. 제가 마네킹 제조업체를 하거든요. 지금 주문처로 배달하러 가는 중이었어요."

"완성도가 상당히 높군요."

"아 네. 이걸 만들 때, 모델이 훌륭했거든요. 그런데 안타깝게도 남자한테 차여서 얼마 전에 자살해 버렸어요."

요정

창밖에는 봄밤이 펼쳐져 있었다. 아물아물 아지랑이가 피어오르고, 그 너머로 으스름달이 떠 있었다. 꽃을 피운 풀잎 틈바구니에서는 하얀 나비가 조용히 잠들어 있었다.

방 안에서는 열아홉 살 아가씨 K가 홀로 의자에 앉아 골똘히 생각에 잠겨 있었다. 그러나 봄을 타느라 까닭도 없이 마음이 심란한 것은 아니었다. K에게는 명확한 문제가 있었다.

"그 애 코를 납작하게 만들어 줄 무슨 좋은 방법이 없을까?"

그녀가 작은 목소리로 중얼거렸다. 그 애란, 그녀와 동갑내기인 I라는 아가씨였다. K와 I는 학창 시절부터 친구였다. 학교를 졸업한 후에도 똑같이 연극계에 뜻을 품었고, 현재도 겉보기에는 친한 친구 사이였다.

그러나 그것은 남이 볼 때 그렇다는 뜻이고, K에게 I는 단 한순간도 머릿속에서 떠나지 않는 경쟁자였다.

물론 K는 학교 다닐 때 성적도 나쁘지 않았고, 얼굴도 예뻤고, 연기 재능도 갖추고 있었다. 그러나 자기와 I를 비교해 보면, 조금이긴 하지만 늘 뒤처진 듯한 기분을 떨쳐 낼 수가 없었다.

무슨 수를 써서든 I를 앞지르고 싶었다. 그것이 바로 K의 고민거리였다. 특히 이렇게 조용한 밤에는 그런 생각이 머릿속을 가득 채우곤 했다.

"무슨 좋은 방법이 없을까?"

또다시 같은 말을 중얼거렸을 때, 어디선가 목소리가 들려왔다.

"있지."

하이 톤의 귀여운 목소리였다. 그녀는 주위를 두리번거리며 소리의 주인공을 찾아냈고, 혹시 꿈을 꾸는 건 아닐까 의심했다. 봄 아지랑이 속에서 나타났는지, 옅은 하늘색 옷을 입은 작은 소녀가 창틀에 걸터앉아 있었다.

그리고 그 소녀가 평범한 아이가 아니라는 걸 한눈에 알아볼 수 있었다. 다른 무엇보다 프랑스 인형 정도 크기로 매우 작았고, 등에는 크고 투명한 날개가 달려 있었다.

그녀가 무심코 물어보았다.

"넌 누구니?"

"난 요정이야."

"요정이 정말 있어?"

K는 다시 찬찬히 살펴보았다. 얼굴은 예뻤지만, 어딘지 모르게 인간과는 다른 감정을 갖고 있는 것 같기도 했다.

"봐, 이렇게 눈앞에 있잖아."

"그러네. 그런데 여긴 왜 왔어?"

"무슨 고민이 있어 보여서 도와주러 왔지."

"뭐든 할 수 있나…?"

"응, 뭐든 할 수 있지. 소원이 있으면 말해 봐. 다 들어줄게."

K는 잠시 생각에 잠겼지만, 이윽고 이렇게 말해 보

왔다.

"멋진 남자 친구가 있었으면 좋겠어. 어때, 가능해?"

요정이 등에 달린 날개를 나풀나풀 흔들며 흔쾌히 받아들였다.

"알았어. 2~3일 안에 보내 줄게. 네가 길을 걷고 있으면, 그 청년이 와서 말을 걸 거야. 다정하고, 품위 있고, 성실하고, 돈도 많은 청년이야. 게다가 그 청년은 너한테 푹 빠질 거야."

그녀는 기뻤다. 그런 청년과 사귈 수 있다는 것도 기쁘지만, 드디어 I에게 부러움을 살 수 있겠다는 생각 때문에도 더 기뻤다. I에게는 아직 남자 친구가 없었으니까. 그래서 무심코 속내를 내비치고 말았다.

"고마워. 그렇게 되면 I가 틀림없이 부러워할 거야."

그러자 요정이 고개를 흔들었다.

"그렇게는 안 될걸."

"그게 무슨 말이야? 왜 안 돼?"

"요정이 소원을 들어주는 조건을 모르는구나. 동화를 읽어서 알 줄 알았는데…. 요정은 무슨 소원이든 다 들어주지만, 동시에 그 사람의 경쟁자에게는 그 두 배가 주어지거든."

"그럼, I는 어떻게 되지?"

"아까 말한 것 같은 청년 둘을 남자 친구로 갖게 되겠지."

멋진 두 청년이 I의 환심을 사려고 경쟁하듯 애쓰는 모습을 상상하자, 그녀는 왠지 마음이 내키지 않았다.

"그럼, 그 소원은 취소할래. 다른 걸로 할게."

"상관없어. 뭐든 들어줄게. 보석을 원하면 보석도 얻을 수 있어."

"어머, 보석이 좋겠다. 전부터 루비가 박힌 반지를 갖고 싶었거든."

요정이 그 말을 듣고 고개를 끄덕였지만, 심술궂은 미소를 지으며 말했다.

"미리 말해 두지만, I한테는 그보다 두 배나 큰 보석이 갈 거야."

K는 이번에도 내키지 않았다. I한테 자랑할 수 없는 루비 반지라니… 갖고 싶은 마음이 사라져 버리고 말았다.

"보석도 그만둘래."

"그럼, 뭐로 할까?"

"요정도 꽤 심술궂네."

"그런가? 인간과 비교하면 어느 쪽이 더 심술궂을까? 우리 요정들은 무슨 소원이든 들어주겠다고 하는데, 거절하는 건 오히려 인간들이잖아."

"잠깐만 기다려. 잘 생각해 볼 테니까."

그녀는 요정에게 무슨 소원을 말할까 골똘히 생각에 잠겼다. 그러나 좀처럼 좋은 생각이 떠오르지 않았다. 옷이든 구두든 갖고 싶은 거야 얼마든지 많지만, 동시에 I에게도 그 두 배가 생긴다고 하니, 선뜻 소원을 빌 수가 없었다.

다음 공연에서 좋은 배역을 따내는 것도 늘 바라던 소원이었다. 그러나 이를 실현시키면, I는 훨씬 더 좋은 배역을 차지해 버린다.

그 모습을 지켜보던 요정이 이렇게 말했다.

"난처한 모양이네. 그토록 I한테 본때를 보여 주고 싶으면, 그럴 수 있는 소원을 빌면 되잖아? 얼마든지 들어줄게."

"무슨 소원을?"

"네가 미워지게 해 달라고 소원을 빌면, I는 훨씬 더 미워져. 네 한쪽 손을 다치게 해 달라고 빌면, I는 양쪽 손을 다치게 될 테고."

하지만 아무리 그래도 그런 말을 입 밖에 낼 수는 없었다. K도 그 정도로 바보는 아니었다.

"아, 드디어 생각났다! 정말로 뭐든 다 들어줄 거지?"

그녀가 돌연 눈빛을 반짝이며 소리쳤다. 요정이 고개를 끄덕이며 말했다.

"응, 당연하지."

"그럼, 그 I한테 가 줘. 그럴 수 있지?"

그 말을 들은 요정은 별로 놀라지 않았다.

"역시. 다들 똑같은 생각을 하네."

"안 된다는 말이야?"

"아니, 들어줄 수 있어. 그렇지만 난 한번 가 버리면, 다신 돌아오진 않아."

"상관없어."

그러자 요정은 날갯짓을 하는가 싶더니, 밤 속으로 이내 사라져 버렸다.

요정은 그 후로 두 번 다시 나타나지 않았다. K는 결과를 기다렸지만, 좋은 일이라곤 전혀 생기지 않았다. 한참이 지나서야 그녀는 마침내 그 이유를 알아챘다.

"나에게는 I가 경쟁자였지만, I는 나를 경쟁자로 여

기지 않았던 거야."

그녀는 요정을 그냥 보내 버린 게 안타까워서 견딜
수가 없었다. 그래서 그건 봄밤의 꿈이었다고 생각하
기로 했다.

그러면서도 그녀는 이따금 그 요정이 자기를 경쟁
자로 여기는 사람을 찾아가서, 그녀에게도 행운이 찾
아올지 모른다는 상상을 떨쳐 낼 수가 없었다. 이뤄지
기 힘든 소원이란 걸 잘 알면서도.

도움이 될 만한 이야기

어느 날, 작은 공장을 경영하는 N씨에게 가방을 든 낯선 남자가 찾아왔다. 그 남자는 자못 진지한 말투로 이렇게 말했다.

"실은 제가 아주 편리한 물건을 가지고 왔습니다."

N씨는 얼굴을 찡그리며 손사래를 쳤다.

"뭐야, 영업하러 왔군. 안 돼. 지금은 뭘 살 여유가 없어."

"그럴 리가요."

"아니, 정말이야. 우쭐해서 상품을 대량생산한 것까지는 좋았는데, 다른 회사에서 곧바로 더 좋은 신제품을 출시해 버렸지. 그렇다 보니 내가 만든 상품은 전혀 팔리질 않았고 그대로 창고에 들어가 있는 상황이야. 정말이지 옴짝달싹도 할 수 없는 상황이라, 솔직히 야반도주라도 하고 싶은 심정이야."

"그렇게 약한 말씀을 하시면 안 되죠. 제가 가져온 제품은 그 재고들을 한꺼번에 팔아 치울 정도로 효능이 뛰어납니다."

"보나마나 효험이 좋다는 무슨 부적 같은 종류겠지. 그런 건 필요 없어."

"그런 비과학적인 물건이 아닙니다. 재고를 단번에 처리하는 장치라고 할까요?"

"단번에 처리하면 물론 좋겠지만, 무료로 버리는 건 누구나 할 수 있지. 그렇다고 대금을 치르고 구입해 줄 기특한 사람이 있을 리도 없고."

"있습니다."

남자가 목소리를 낮췄다. 얘기가 이렇게 진전되자, N씨가 몸을 내밀며 관심을 내비쳤다.

"그게 사실이라면, 귀가 솔깃해지는 얘긴데. 그게 대체 뭐지?"

"화재보험입니다."

"흐음 과연, 부정한 화재로 보험금을 타 내겠다는 건가?"

"그럴 리가요. 저는 단지….."

남자가 말끝을 흐렸지만, N씨는 무슨 얘긴지 알겠다는 표정으로 고개를 끄덕였다.

"좋아. 경찰에 신고하는 세상 물정 모르는 짓은 하지 않기로 하지. 그런데 그게 그렇게 뜻대로 풀릴까? 불을 내는 거야 그렇다 쳐도 사후 조사에서 발각이라도 되면…."

"바로 그겁니다. 아마추어는 제아무리 감쪽같이 처리한대도 어딘가에서 꼭 허점이 드러나게 마련이죠. 역시 이 방면을 오랫동안 연구한 경험자와 상담하는 게 유리하고, 그래야 안전과 확실성도 담보할 수 있겠죠. 제가 바로 그런 사람입니다."

"말을 듣고 보니 그럴지도 모르겠군. 그럼, 그 일을 맡아 주겠다는 말인가?"

남자가 고개를 흔들며 대답했다.

"아뇨, 저도 제 손으로 직접 처리하는 위험한 모험은 안 합니다. 적절한 지시를 내릴 뿐이죠."

"예를 들면?"

N씨가 묻자, 남자가 가방을 열었다. 그리고 렌즈처럼 생긴 물건을 꺼냈다.

"이런 물건이 있습니다. 이건 가연성 플라스틱으로 만든 건데요, 그래서 화재가 진화된 후까지 남아서 증거가 되는 경우는 없습니다. 이걸 유리창에 풀로 붙이고, 그 초점에 불이 잘 붙는…."

"과연 묘안이군. 그걸 사기로 하지."

"안 됩니다. 아마추어는 이래서 발각이 되는 겁니다. 이걸 사용했을 경우, 나중에 의심을 안 받고 끝날 수 있을지 없을지, 현장을 확인하지 않고는 절대 장담할 수가 없습니다."

N씨가 남자를 창고로 안내했다. 남자는 창고를 한 차례 둘러본 후, 단호하게 말했다.

"렌즈를 이용하는 이 방법은 안 되겠습니다. 창문 위치가 적절하질 않아요. 그리고 햇빛을 이용하는 장치라 낮에 화재가 발생합니다. 그럼 연기가 조기에 발견될 테고, 곧바로 진화돼 버리겠죠."

"그럼, 안 된다는 말인가?"

"너무 낙담하진 마십시오. 그래서 전문가가 필요한 겁니다. 역시 누전이 제일 좋겠어요. 이걸 사용하시면 됩니다."

남자가 이번에는 가방에서 네모난 작은 상자를 꺼냈다. N씨가 물었다.

"뭐지, 그건?"

"제가 고심해서 만든 발명품입니다. 시한 누전 발생 장치라는 겁니다. 물론 불이 난 다음에는 아무것도 남지 않죠. 이걸 전기 배선에, 제가 지시하는 위치에 설치하면 됩니다."

"흠, 놀라운 장치로군."

"아, 함부로 만지면 안 돼요. 이 버튼을 누르면, 정확히 이틀 후에 누전이 발생합니다. 굳이 말씀드릴 필요도 없겠지만, 그 기간에는 출장이라도 가시는 게 좋겠죠."

N씨는 매우 감탄해서 비싼 대금을 치르고 그것을 구입했다. 그리고 퍼뜩 생각이 떠오른 듯이 소리를 높였다.

"아 참, 까맣게 잊어버렸군. 아직 보험을 안 들었어. 멋지게 화재를 성공시킨다 해도 보험이 없으면 아무 소용이 없지. 당장 보험부터 들어야겠어."

"그러시면 제 지인이 운영하는 보험 대리점 직원

에게 내일 바로 방문하라 하겠습니다. 대리점도 가입할 때, 까다롭게 따지는 곳과 그렇지 않은 곳이 있으니까요."

"그건 고맙게 됐군. 하나부터 열까지 신세를 지게됐어. 잘 부탁하지."

"아닙니다, 이건 서비스니까요."

남자는 그렇게 말하고 돌아갔다.

다음 날이 되자, 남자가 얘기한 대로 보험 대리점 직원이 찾아왔다. N씨가 고액의 상품을 가입하겠다고했는데, 상대는 흔쾌히 그 요구를 받아들였다. 모든 일이 순조롭게 풀리기 시작했다.

그래도 N씨는 적절한 기회를 엿보며 두 달쯤 더 기다렸다. 보험을 들자마자 화재가 발생하면 아무래도 의심을 살 수밖에 없다. 섣불리 서두르다 실패하면, 모든 게 물거품이 된다.

그러다 이제 슬슬 괜찮겠다 싶어져 계획을 실행에 옮겼다. 예의 그 장치를 설치하고, 버튼을 누른 뒤 출장길에 나섰다. 돌아올 때쯤이면 재고는 깨끗이 처리돼 현금으로 바뀔 것이다.

그러고 나서 나흘쯤 지나 N씨가 돌아왔다. 그러나

창고엔 아무런 변화도 없었다. 문을 열고 들여다보니 상품은 하나도 타지 않았고, 예의 그 장치도 그대로였다. N씨는 고개를 갸웃거리며 장치를 떼 내서 내부를 살펴보고 깜짝 놀랐다. 플라스틱 조각만 한가득 들어 있었던 것이다. 이래서는 효과가 있을 리 없다는 건 기계에 무지한 N씨라도 금방 알 수 있었다. 이런 파렴치한 사기꾼 같으니. 이 따위 물건을 대단한 것인 양 비싸게 속여 팔다니….

경찰에 하소연도 할 수 없고, 억울해서 견딜 수가 없었다. 그래서 N씨는 보험 대리점에 물어보기로 했다. 녀석의 주소든 뭐든 알고 있을지도 모른다. 보험사 직원의 명함에 적힌 전화번호로 연락을 하자, 이런 답변이 돌아왔다.

"번호를 잘못 아셨겠죠. 여기는 화재보험 대리점이 아니에요."

혹시 몰라 보험회사에 문의를 해 보니, 답변은 이랬다.

"그런 대리점은 없습니다. 고객님도 부주의했지만 보험료로 사기를 치다니, 정말 악질이군요. 빨리 경찰에 신고하세요."

또다시 사기를 당한 것이다. N씨는 억울함을 호소할 곳도 없이 혼자서 이만 벅벅 갈 뿐이었다. 그때 그곳을 찾아온 방문자가 이렇게 말했다.

"실은 도움이 될 만한 얘기를…."

"지금은 누구와도 얘기하고 싶지 않아."

거절하는 N씨는 아랑곳도 않고, 방문자가 말을 이었다.

"저는 탐정 회사를 운영하고 있습니다. 요즘 들어 불경기를 이용한 교묘한 사기가 횡행하고 있습니다. 그런데 피해자 쪽에도 약점이 있다 보니, 공공연하게 밝히지도 못하고 눈물로 밤을 지새우는 경우가 많죠. 저희는 그런 사건을 전문적으로 해결해 드리는 탐정 회사입니다. 비밀은 당연히 지켜 드리고, 요금도 싸서…."

그 말을 들은 N씨는 자기도 모르게 몸을 내밀었다. 그러나 잠시 후, 마음을 바꾼 듯이 중얼거렸다.

"이젠 질렸어. 이런 짓을 되풀이하다가는 야반도주할 비용까지 바닥나 버릴 거야."

어떤 연구

"저기, 여보?"

아내가 그를 불렀다. 남자는 언짢은 듯이 고개를 들고, 뒤를 돌아보며 대답했다.

"왜? 지금 바빠."

"영문도 모를 그놈의 연구는 대체 언제쯤에야 끝낼 거예요?"

"몰라. 금방 끝날 것 같기도 하고, 어쩌면 의외로 오래 걸릴지도 모르지."

"나랑 연구랑 어느 쪽이 더 중요해요?"

"글쎄. 뭐, 아무려면 어때. 중요한 문제도 아닌데."

"중요해요."

"이유는 잘 모르겠지만, 난 이 연구에 완전히 매료돼 버렸어. 뭔가 엄청난 결과가 나올 것 같단 말이지."

"그런 어쭙잖은 연구보다 내가 훨씬 더 소중한 건 너무 당연하잖아요."

그녀의 말투가 점점 강해졌다. 그는 당황한 듯이 애매한 목소리로 얼버무렸다.

"어어, 뭐…."

"쓸데없는 데 열중하는 건 이제 그만 집어치우고, 제대로 된 일을 좀 하란 말이에요. 나, 새 모피 코트가 갖고 싶어요."

"조금만 기다려. 곧 사 줄게."

"더는 못 기다려요. 앞으로도 계속 그렇게 살 거면, 내가 나갈래요."

"알았어."

그는 적당히 넘기려 했지만, 아내의 추궁은 고삐를 늦추지 않았다.

"뭘 알았다는 거죠?"

"사람들에게 도와달라고 부탁해 볼게. 다들 도와줄 것 같지 않으면, 이번에는 진짜 깨끗이 포기할게."

"그럼, 지금 당장 나가서 알아봐요. 이렇게 어정쩡한 상태로 하루하루를 사는 건 더는 못 참아요!"

남자는 내쫓기듯 밖으로 나갔다.

"…그렇게 된 겁니다. 어떻습니까? 어르신께서 다른 사람들에게 명령해 주실 수 없을까요?"

남자가 말했다. 권력자인 노인은 고개를 끄덕이며 그의 이야기에 귀를 기울여 주었다. 그러나 결국 안타깝다는 듯이 고개를 가로저었다.

"자네의 열정은 충분히 알겠네. 하지만 나도 다른 사람들을 이해시키긴 힘들 거야. 하긴, 그게 어떤 도움이 되는지 명확하게 설명할 수만 있다면 무슨 수가 생길지도 모르지…. 어떤가, 그 점에서는?"

"완성되지 않은 시점에서는 뭐라 말씀드릴 수가 없지만, 틀림없이 놀라울 정도로 도움이 될 겁니다. 제가 상상하는 것보다 훨씬 더…."

"그런 애매한 말은 아무 소용이 없어. 게다가 위험하다는 건 나도 알 수 있고. 그리고 말이지, 다른 사람들은 자네의 연구를 악마처럼 두려워해. 개중에는 자네가 가까이 오는 것조차 꺼리는 사람이 있지. 그래서 모두에게 명령을 내릴 수는 없네. 까딱 잘못하면 나까지 이 자리에서 쫓겨날 수 있다고."

"정말 어떻게 좀 안 될까요? 전쟁에 쏟아붓는 노력의 몇 분의 일 정도면 충분합니다. 조금이라도 일찍 완성하는 게 모두를 위한 길이라고 저는 굳게 확신하고…."

"안 돼. 자네를 위해 내가 충고 한마디만 하지. 이쯤에서 그만 마음을 접고, 가족들 걱정을 덜어 주게나."

"그래야 할까요…?"

남자가 미련을 떨치지 못한 목소리로 말했다. 아무리 봐도 자기가 포기해야만 하는 형세였다. 노인과 헤어진 그는 풀이 죽어 아내가 기다리는 집으로 돌아왔다.

"어떻게 됐어요?"

그녀가 그를 맞아들이며 물었다. 남자가 우울하게 대답했다.

"안 된대."

"당연히 누구라도 그렇게 대답하죠. 자, 저 이상한 물건들은 모두 내다 버리고, 모피나 구해 와요. 이제 곧 겨울이에요. 난 추위가 너무 싫단 말이야."

"하지만, 추위 정도는⋯."

남자는 그렇게 말문을 열긴 했지만, 이미 모든 걸 단념한 후였다. 그는 여러 가지 연구용 자료를 품에 안고 다시 밖으로 나갔다.

다양한 굵기의 나무 봉, 홈이 파인 널빤지⋯ 널빤지의 홈 주변은 흐릿하지만 검게 그을려 있었다. 그는 그것들을 안타까워하는 손길로 어루만졌다.

분명 코앞까지 왔을 텐데. 항상 도중에 지쳐 버려서 홈에 봉을 비비는 작업을 중단할 수밖에 없었다. 누군가에게 도움을 받아 교대할 수만 있다면, 널빤지의 열은 좀 더 높아질 테고, 결국에는 불이 붙을 거라는 확신이 들었다.

"불을 만드는 것은 신이나 악마에게만 허용된 일일지도 몰라. 어쩌면 만들어 봐야 아무런 도움도 안 될지 모르지. 게다가 분명 위험한 일이긴 해. 하지만 정말로 만들 수만 있다면, 얼마나 멋진 일일까⋯."

남자는 혼잣말을 중얼거리며 흐르는 강물로 연구 자료들을 집어 던졌다. 나무 봉과 널빤지는 물 위로 둥둥 떠내려갔다. 그리하여 인류가 불을 소유하는 날은 또다시 몇 만 년의 세월을 기다려야 했다.

귀여운 선물

"엇, 저기 좀 봐. 저 별에서는 계속 핵폭발이 일어나고 있어."

"그래? 문명이 그 단계에 도달했다면, 우리도 우물쭈물할 순 없지. 그럼, 빨리 예의 그걸 보내도록 하자."

우주 한편에 있는 라르 행성 주민들은 이런 얘기를 주고받았고, 잠시 후 우주선 한 대를 발사했다.

"저건 뭐지? 이상한 물체가 나타났다!"

한 사람이 하늘을 가리키며 소리쳤다.

"미확인 비행 물체 같은데."

"그런 것 같군. 어느 별에서 발사했고, 무슨 목적으로 우리 지구까지 날아왔을까?"

"그걸 어떻게 알겠나. 안에 뭐가 들어 있는지 판명이 날 때까지는 알 수가 없지."

모두 하늘을 올려다보며 한바탕 소동을 벌이는 동안, 그 비행 물체는 교외 들판으로 낙하했다.

정체불명의 비행 물체는 한눈에 보기에도 지구에서 만든 물체가 아니었다. 그것은 너무나 거대했기 때문이다. 100층짜리 빌딩 크기 정도는 돼 보였다. 사람들은 고개를 갸웃거리며 호기심과 불안이 뒤섞인 시선을 떼지 못한 채 하염없이 그 물체를 바라보았다.

그러던 중, 은색 비행 물체 한쪽에서 소리가 났다. 삐걱거리는 울림과 함께 문처럼 보이는 부분이 서서히 열렸다.

"드디어 뭔가가 나올 모양이야."

"어떤 녀석일까?"

주위의 긴장감이 고조되었다. 그러나 그 고요함은 바로 사라졌다. 일제히 비명을 내질렀기 때문이다.

"위험해! 도망쳐!"

"너무 무서운 괴물이다. 밟혀 죽을 거야!"

그 말대로 괴물이라고 부를 수밖에 없었다. 도마뱀과 하마를 한데 섞어 놓은 모습이었는데, 웬만한 건물 크기를 능가했다. 그 괴물이 여섯 개의 굵은 다리로 어슬렁어슬렁 걷기 시작했다. 그리고 걸음을 내디딜 때마다 발밑에 있던 것들을 모조리 짓밟으며 뭉개 버렸다. 심지어 한 마리가 아니라 열 마리 가까이 나타났다.

색깔은 녹슨 철 같았다. 색깔뿐만이 아니라, 견고함도 강철 정도, 아니 그 이상이었다. 누군가가 반사적으로 총을 겨누고 방아쇠를 당겼지만, 총알은 피부에서 그냥 튕겨져 버렸다.

곧바로 비상경계망이 쳐졌다. 사람들은 대피했고, 그 대신 멀찌감치 무기가 설치되었다.

"조준! 발사!"

바주카포가 잇달아 발사되었다. 그러나 괴물은 전혀 움츠러들지 않았다.

"안 되겠어. 미사일을 쏘자."

그러나 미사일도 별 효과를 거두지 못했다. 괴물들은 큰 덩치에 비해 의외로 동작이 민첩해서 교묘하게 몸을 획획 피했기 때문에 좀처럼 명중시킬 수가 없었다. 몸을 피할 때마다 그 밑에 깔린 건물들 몇 채가 뭉개져 버렸다.

도저히 한 나라의 힘만으로는 감당할 수 없는 적수였다. 세계 각국으로 원조를 요청했고, 각국은 그에 응했다. 그대로 놔뒀다가는 전 세계가 엉망이 되어 버릴 것 같아서였다. 괴물들은 벌써부터 번식을 시작할 기미를 보였다.

국제간 대립은 당연히 뒷전으로 밀렸고, 괴물 퇴치에 각국이 힘을 모아 총력을 쏟았다. 정보와 연구가 교환되었고, 모든 과학 능력이 동원되었다. 고압 전류가 흐르는 철조망을 설치하고, 각종 독극물을 넣은 먹이를 뿌리고, 지뢰를 묻고, 최면 가스를 사용했다. 그중 어느 것이 효과를 거뒀는지는 알 수 없지만, 난폭하게 날뛰던 무시무시한 괴물들도 결국은 다 죽었다.

사람들은 가슴을 쓸어내리며 서로의 손을 맞잡고 이야기를 나눴다.

"드디어 퇴치했어. 크고 강하지만 별로 영리하진 않았던 모양이야."

"으응, 한때는 정말 눈앞이 캄캄했지. 무지막지한 괴물을 보냈군. 그렇대도 이젠 안심이라고 할 수도 없어. 앞으로도 이런 일이 또 발생할 게 틀림없다고. 우리는 이제 지구상의 싸움을 중단하고, 우주에서 오는 적들을 대비해야 할 거야."

"그 말이 맞아. 생각해 보면 지금까지의 원자폭탄 실험 경쟁 따윈 너무 어리석은 짓이었어. 그런 한심한 경쟁은 앞으로 두 번 다시 하지 않기로 하지."

"그 후로는 핵폭발이 관측되지 않습니다."

라르 별의 천문대에서 그렇게 발표했다.

"잘됐어. 진심이 담긴 우리의 선물이 도움이 된 것 같군."

"당연하지. 이렇게 귀여운 생물을 보면, 누구나 마음이 유해져서 살기를 품었던 마음도 누그러지게 마련이지. 그 별의 주민들도 아마 지금쯤은 아주 기뻐하고 있을걸."

라르 별의 거대한 주민들은 그런 얘기를 주고받으며, 발밑에서 장난치는 다리 여섯 개 달린 반려동물들의 머리를 눈웃음을 머금고 쓰다듬었다.

어 깨 위 의 비 서

젬 씨는 플라스틱으로 포장된 도로 위를 자동 롤러스케이트를 타고 달리며 손목시계로 눈길을 돌렸다.

네 시 반. 회사로 돌아가기 전에 이 근처에서 한 집만 더 방문해 볼까. 그렇게 생각한 젬 씨는 롤러스케이트의 속도를 낮추며, 어느 집 앞에 멈췄다.

젬 씨는 영업 사원이다. 왼손에 든 큼지막한 가방 속에는 상품이 가득 들어 있었다. 그리고 오른쪽 어깨 위에는 아름다운 날개를 가진 잉꼬가 앉아 있었다. 물론 요즘 시대에는 누구의 어깨에나 그런 잉꼬가 앉아 있었다.

그는 현관 초인종을 누르고, 잠시 기다렸다. 잠시 후, 문이 열리고 그 집의 주부가 모습을 드러냈다.

"안녕하세요?"

젬 씨가 입속으로 조그맣게 중얼거렸다. 그러자 곧 이어 어깨 위의 잉꼬가 또랑또랑한 목소리로 말문을 열었다.

"바쁘신 와중에 갑자기 찾아뵈서 죄송합니다. 너그럽게 이해해 주시기 바랍니다."

이 잉꼬는 로봇이었다. 내부에는 정교한 전자장치와 발성기, 스피커가 갖춰져 있었다. 그리고 주인이 중얼거린 말을 더욱 상세하게 바꿔서 상대에게 전하는 기능을 했다.

잠시 후, 주부의 어깨에 앉아 있던 로봇 잉꼬가 대답했다.

"잘 오셨어요. 그런데 죄송합니다만, 제가 기억력이 좋질 않아서 성함이 잘 떠오르질 않는데…."

젬 씨의 어깨 위에 앉은 잉꼬가 고개를 숙이며 그의 귀에 대고 속삭였다.

"누구냐고 묻는데요."

이 로봇 잉꼬는 상대의 말을 요약해서 보고하는 기

능도 갖추고 있었다.

"뉴 일렉트로 회사에서 나왔다. 전기 거미를 사."

그의 중얼거림을 듣고, 잉꼬가 예의 바르게 전달했다.

"사실 저는 뉴 일렉트로 회사의 판매원입니다. 물론 잘 아시겠지만, 오랜 전통과 신용을 자랑하는 회사죠. 오늘 이렇게 찾아뵌 이유는 다름이 아니라, 이번에 저희 회사 연구진이 완성한 신제품을 보여 드리기 위해서입니다. 그것이 바로 이 전기 거미인데…."

이쯤에서 젬 씨가 가방을 열고, 그 속에서 금빛으로 빛나는 작은 금속 기계를 꺼냈다. 어깨의 잉꼬가 거미처럼 생긴 그 기계에 대해 설명을 늘어놓았다.

"…이겁니다. 등이 가렵거나 할 때, 속옷 안으로 슬쩍 집어넣으면 가려운 부분을 알아서 찾아가서, 이 손으로 시원하게 긁어 줍니다. 정말 편리한 물건 아닙니까? 사모님 댁처럼 품위 있는 가정에는 꼭 하나 갖춰 두시면 좋을 것 같아서, 특별히 찾아뵈었습니다."

젬 씨의 잉꼬가 설명을 끝내자, 주부 어깨에 앉은 잉꼬가 젬 씨에게 들리지 않는 작은 소리로 그녀의 귀에 대고 속삭였다.

"자동 효자손을 사라는 말이네요."

주부가 "필요 없어"라고 중얼거리자, 잉꼬가 그녀의 의사를 자세하게 풀어놓았다.

"대단하네요. 댁의 회사는 신제품을 잇달아 생산하시는군요. 하지만 우리는 도저히 그런 고급 제품을 구매할 여유가 없어요."

젬 씨의 잉꼬가 "필요 없대요"라고 요약해서 보고했지만, "그래도 어떻게 좀"이라는 그의 중얼거림에 잉꼬의 목소리는 한층 더 열기를 띠었다.

"무슨 말씀인지는 이해합니다만, 이렇게 편리한 물건은 없습니다. 손이 안 닿는 부위도 긁을 수 있고, 손님 앞이라도 전혀 티가 나질 않아요. 게다가 하던 일을 중단해야 하는 수고로움을 막을 수 있습니다. 가격도 아주 싸게 나왔고요."

"꼭 사라고 하는데요."

"진짜 귀찮게 하네."

주부 어깨 위의 잉꼬는 그녀와 속삭인 후, 이렇게 대답했다.

"그런데 저는 물건을 살 때, 늘 남편과 상의하고 구입해요. 공교롭게도 남편이 아직 안 들어와서 지금은 좀 결정하기 어려워요. 오늘 밤에라도 얘기를 나눠 볼 테니, 나중에 기회가 되신다면 다시 들러 주시겠어요? 저는 갖고 싶지만, 그게 제 맘대로는 안 되거든요. 정말 아쉽네요."

젬 씨의 잉꼬가 그 말을 요약해서 그에게 전달했다.

"가래요."

젬 씨는 포기하고, 전기 거미를 가방에 넣으며 중얼거렸다.

"자, 그럼 이만."

어깨의 잉꼬가 정중하게 작별 인사를 했다.

"그럼, 조만간 다시 찾아뵙기로 하겠습니다. 실례가 많았습니다. 부디 남편분에게도 안부 인사 부탁드립니다."

현관을 나선 젬 씨는 잉꼬를 어깨에 앉힌 채, 다시 롤러스케이트의 속도를 높여 회사로 돌아갔다.

책상 앞에 앉아, 전자계산기 버튼을 누르며 오늘 매출을 집계하고 있는데, 목소리가 들려왔다.

"이봐, 젬 군."

부장 어깨의 잉꼬가 말을 건넸다.

"어휴, 또 설교냐."

젬 씨가 중얼거리자, 어깨의 잉꼬가 부장에게 대답했다.

"네. 곧 가겠습니다. 잠깐 책상 정리만 하고…."

잠시 후, 젬 씨는 부장 책상 앞에 섰다. 커피 향기가 났다. 분무기로 입안에 칙칙 뿌렸겠지. 부장 어깨의 잉꼬가 거드름을 피우며 말했다.

"내 말 잘 듣게, 젬 군. 우리 회사의 현재 상황은 바야흐로 일대 도약을 앞둔 중대한 기로에 서 있어. 그건 자네도 잘 알고 있겠지? 그래서 말인데, 요즘 자네의 실적을 보니 조금은 더 분발하면 좋겠다는 생각이 들더군. 심히 유감스럽다는 말이야. 이 점을 꼭 인식하고 더 열심히 활동해 주기 바라네."

젬 씨의 잉꼬가 "좀 더 팔라는데"라고 속삭였고, "그게 그렇게 간단해?"라고 젬 씨가 속삭였다. 어깨의 잉꼬가 정중한 말투로 부장에게 말했다.

"명심하겠습니다. 저도 매출을 더욱 증진시키려고 마음먹고 있었습니다. 그런데 요즘은 다른 회사까지 끼어들어 신제품들을 잇달아 내놓고 새로운 시도들을 하고 있습니다. 판매도 전처럼 쉽지가 않네요. 물론 저도 더욱 노력하겠지만, 부장님께서도 연구나 생산 부서에 신제품을 좀 더 자주 만들어 달라고 전달해 주시면 감사하겠습니다."

퇴근 시간을 알리는 종이 울렸다. 휴우, 드디어 오늘 업무가 끝났다. 젬 씨는 어깨의 잉꼬를 로커에 넣었다. 그러나 하루 종일 영업을 하며 돌아다니면 완전히 녹초가 된다.

퇴근길에 바에라도 들러야 그나마 기분이 좀 풀린다. 젬 씨는 이따금 가는 바 '조커'의 문을 밀고 들어갔다. 그를 알아챈 마담의 잉꼬가 상냥하고 요염한 목소리로 그를 맞아 주었다.

"어머, 젬 씨. 어서 오세요. 요즘 통 얼굴이 안 보여서 궁금했어요. 젬 씨처럼 멋진 분이 안 오시면, 왠지 가게 분위기가 가라앉아서…."

젬 씨는 이렇게 보내는 한때가 가장 즐거웠다.

피해

"야, 일어나!"

한밤중, 혼자 조용히 자고 있던 L씨는 낯선 목소리를 듣고 잠에서 깼다. 그런데 일어나려고 해도 몸을 움직일 수가 없었다. 자신의 몸이 침대에 묶여 있었기 때문이다. 주위를 둘러보니 인상이 험악한 남자가 옆에 서 있었다.

"넌 누구냐? 왜 이런 짓을 하는 거지?"

"누구든 뭔 상관이야! 큰 소리 내지 마. 돈이나 내놔."

상대는 간단명료하게 말했다. L씨는 그 말을 듣고 남자가 강도라는 걸 알았다.

"돈은 없어."

"말도 안 되는 소린 집어치워! 얼마 전이었으면 그랬을지 모르지. 하지만 지금은 상황이 다르잖아. 최근에 갑자기 사정이 좋아졌다는 소문이 자자해."

"나는 찢어지게 가난해서 줄곧 비참한 생활을 해왔지. 그건 분명해. 최근에야 간신히 주머니 형편이 좀 나아졌어. 주변에 떠도는 소문이 틀리진 않아."

"그렇다면 돈이 있을 텐데. 자, 돈이 어디 있는지 말해!"

"안타깝지만 돈은 없어."

"누굴 바보로 알아? 그런 말은 안 통해."

"돈은 있지. 하지만 집에 두진 않아. 은행에 맡겼다고. 집에 뒀다 도둑한테 뺏기면 얼마나 허망하겠나. 그래서 당신에게 바칠 돈은 전혀 없단 말이지."

"뭐라고? 그런다고 해서 내가 순순히 물러설 것 같나? 저건 뭐야?"

강도가 방 한구석을 가리켰다.

"금고지."

"그 정도는 나도 알아. 멋진 금고군. 지금까지 저렇게 호화로운 금고는 본 적이 없어."

강도가 감탄할 만큼 눈에 확 떠는 금고였다. 다이 얼이 달려 있고, 크고 묵직했다. L씨가 빙그레 웃었다.

"멋진 금고지? 특별 제작한 거야."

"보나마나 안에 보석이든 뭐든, 꽤 값나가는 물건 이 들어 있겠군."

"보석은 없어. 귀금속, 예술품 같은 것도 없고. 하찮 은 것들이라고."

"이봐! 내가 여기 퀴즈 풀러 온 줄 알아? 빨리 열어 서 안에 있는 걸 넘겨."

"안 돼. 저걸 열 순 없어."

"꽤나 귀중한 물건인가 보군. 돈벌이에 효험 있는 행운의 마스코트라도 들어 있나?"

"뭐, 그거랑 비슷하긴 하지. 하지만 그런 건 아무래 도 상관없잖아."

"상관이 왜 없어! 이대로 빈손으로 돌아갈 순 없다 고. 빨리 열어!"

"열 수 없어."

"왜지?"

"첫째로 이렇게 묶여서 옴짝달싹도 못 하니까."

"그렇군. 하지만 풀어 주면, 틈을 엿보다 도망치지

않으리란 법이 없지. 좋아, 내가 열 테니, 번호를 대."

"하지만…."

또다시 L씨가 애매하게 말을 머뭇거리자, 강도는 결국 칼을 꺼내며 거친 목소리로 몰아붙였다.

"이봐, 적당히 해! 난 놀러 온 게 아니야. 빈손으로 는 절대 안 돌아가. 끝까지 여는 방법을 안 가르쳐 주면, 이 칼을 쓸 수밖에 없어. 설마하니 그게 목숨보다 중요한 건 아니겠지."

그 기세에 눌린 L씨가 고개를 끄덕였다.

"알았어. 죽으면 모든 게 끝이지. 말할 테니까, 난폭한 짓만은 참아 줘."

"좋다. 어서 말해!"

L씨가 번호를 말했고, 강도는 그에 따라 금고 다이얼을 돌렸다. 다이얼을 다 돌린 후, 눈빛을 반짝이며 문을 열고 안을 들여다봤다.

"뭐야. 텅텅 비었잖아! 어처구니가 없군."

강도는 그렇게 중얼거리며 처음 기세와는 정반대로 한심스러운 표정을 지었다. 훔칠 게 하나도 없음을 알고는 맥없이 물러났다.

떠나는 강도를 배웅한 L씨는 가슴을 쓸어내리며 혼

잣말을 중얼거렸다.

"휴우, 십년감수했네. 드디어 돌아갔군. 아침이 되면 누군가가 도와주러 오겠지. 그나저나 정말 놀랍군. 저 도둑놈, 어처구니없는 걸 가져갔어. 금고 속에는 옛날부터 나한테 들러붙어서 애를 먹이던 가난 신을 감금해 뒀는데 말이야. 얼마 전에야 간신히 속여서 가두는 데 성공했지. 가난 신 녀석, 화가 나서 길길이 날뛰는 것 같더니만… 문이 열리자마자 상대도 안 가리고, 쏜살같이 강도의 주머니로 날아들던데."

수수께끼 같은 여자

그 여자는 골똘한 생각에 잠긴 채 해질녘 어스름한 거리를 방황하고 있었다. 스무 살쯤 됐을까. 용모도 나쁘지 않았다. 그런데 그녀를 스쳐 지나던 경찰이 왠지 석연치 않은 느낌이 들어서 말을 건넸다.

"저어, 불심검문을 하려는 건 아닙니다만, 혹시 무슨 곤란한 일이라도…?"

만에 하나 강이나 선로로 뛰어들어 자살이라도 하면 어쩌나 걱정스러웠기 때문이다. 여자가 걸음을 멈추고 얼굴을 들었다. 그러나 고개를 갸웃거리기만 할 뿐, 아무 대답도 하지 않았다. 경찰은 평소 습관대로 수첩을 꺼내며 질문을 이어갔다.

"주소가 어떻게 됩니까?"

"그게…."

여자가 입을 열었지만, 도중에 말을 머뭇거렸다.

"흐음, 가출하셨군요. 마음을 바꾸시는 게 좋을 겁니다. 가출은 예외 없이 비참한 결말로 끝나거든요. 혹시 혼자 돌아가기가 좀 그러시면, 제가 바래다드리죠. 자, 성함과 주소를 말씀해 주세요."

"저어, 그게…."

여자가 또다시 대답을 우물거렸다.

"어려워하실 거 없어요. 어떻게 된 겁니까? 가출이 아니라, 다른 사정이라도 있는 건가요? 그런 게 아니라면, 말씀해 주시죠."

여자가 손으로 이마를 짚더니, 그제야 이야기를 하기 시작했다.

"저도 알려 드리고 싶은데, 아무것도 기억이 나질 않아요. 주소도 이름조차도…."

경찰은 잠깐 동안 눈만 껌벅거렸다. 이런 경우는 처음이었기 때문이다.

"아하, 기억상실증 같은 거군요. 어쩌다 그렇게 됐

죠?"

"그것도 기억이 나질 않아요."

기억상실증이라면 그게 당연하겠지. 사정을 안 이상, 모른 척할 수도 없었다. 어쩔 수 없이 경찰서로 데리고 가기로 했다.

경찰로서는 골치 아픈 일을 떠맡아 버렸다. 먼저 핸드백을 열어 보라고 했는데, 명함이나 정기 승차권 같은 도움이 될 만한 물건은 전혀 없었다. 경찰들은 떠오르는 대로 다양한 질문을 던졌고, 그녀도 고개를 갸웃거리거나 눈을 감거나 손톱을 깨물며 기억을 더듬으려 애썼다. 그러나 상황은 조금도 나아지지 않았다.

용의자라면 겁을 줘서 입을 열게 할 수도 있지만, 이런 경우는 그럴 수도 없는 노릇이었다. 게다가 신원불명 사체보다 처리가 훨씬 더 곤란했다. 사체라면 발견된 장소를 실마리로 삼을 수 있고, 옷을 벗겨 해부하거나 조사할 수도 있다. 하지만 버젓이 살아 있으니….

얼마 후, 경찰서의 촉탁 의사를 불렀다. 한차례 진찰을 끝낸 후, 의사가 말했다.

"머리를 맞았거나 약물을 먹은 것 같지는 않습니다. 심리적인 충격 때문이 아닐까 싶습니다. 제 능력으로는 감당하기 어렵습니다. 큰 병원 전문의에게 진료를 받아야겠어요."

그 말을 들은 모두의 표정이 어두워졌다. 전문의에게 맡기는 건 상관없지만, 완쾌될 때까지 얼마나 걸릴지 짐작조차 할 수 없기 때문이다. 본인의 신원을 알 수 없으니, 의료보험 혜택도 받을 수 없다. 만약 이 증상이 계속된다면, 계속 돈만 들어갈 뿐이다.

범인이면 검찰청으로 보내면 되고, 주정뱅이면 설득해서 귀가시키면 된다. 사체라면 사체 보관소 넣어두면 그만이다. 하지만 기억상실증은 그럴 수도 없는 노릇이다.

그날 밤은 일단 경찰서에서 재우기로 했다. 내일까지 기다려도 아무런 변화가 없으면, 신문사에 연락해서 기사를 내는 것 말고는 달리 방법이 없을 것 같았다. 어쩌면 사진을 보고, 지인이 나타날 수도 있을 테니.

다음 날 아침, 경찰이 여자에게 물었다.

"어때요? 한숨 자고 나니, 뭔가 떠오르지 않나요?"

"아뇨, 아무 소용없어요. 그런데 어떤 숫자가 떠올랐어요. 저랑 관계가 있을 듯한 기분이 드는데…."

여자가 일련의 숫자를 불렀다. 경찰은 그것을 받아

적고, 잠시 생각에 잠겼다 입을 열었다.

"어쩌면 전화번호일지도 모르겠군요. 이걸 단서로 조사해 봅시다."

곧바로 수배 명령이 떨어졌고, 전화 소유주인 남자가 출두했다.

"바쁘실 텐데, 여기까지 오시게 해서 죄송합니다. 실은 저 정체불명의 여성을 어떻게 해야 할지 몰라서 다들 무척 곤란한 상황입니다. 혹시 당신이 아는 분이라면, 다행일 텐데요."

경찰이 여자를 가리켰고, 이를 본 남자가 고개를 끄덕였다.

"알고말고요. 저는 극단을 운영하는 연출가인데, 저 여자는 우리 배우입니다. 그런데 왜 여기에…. 무슨 나쁜 짓이라도…."

경찰은 가슴을 쓸어내렸다. 확실한 인수자만 찾아내면, 그것으로 골치 아픈 소란은 종식된다.

"아뇨, 잠깐 보호해 드렸을 뿐입니다. 자, 어서 데리고 가시죠. 여성 분이 정신적인 충격을 좀 받은 것 같습니다. 위로해 주시면 금방 좋아지겠죠."

"그러고 보니, 어제 연극과 관련해서 주의를 좀 주

긴 했어요. 그렇게 어설픈 연기는 고작해야 아마추어나 아이들한테나 통할 거라고. 진가를 발휘해 봐라. 그렇지 않으면 이번 주역은 얼토당토않다. 뭐, 그런 식으로 나무라긴 했죠. 하지만 그렇게 심한 충격을 준 것 같진 않은데….”

남자가 스스로를 변호하는 듯한 말투로 이야기하며, 이해가 안 된다는 듯 고개를 갸웃거렸다. 그러나 경찰 입장에서는 그런 데까지 개입할 필요는 없었다. 문제만 정리하면 그걸로 끝이다.

“어찌 됐든 간에 저희로서는 안심입니다. 한때는 이 일을 어쩌나 심히 걱정스러웠거든요. 그럼, 살펴 가십시오.”

경찰이 두 사람을 배웅했다. 남자와 함께 돌아가며 여자가 나지막이 속삭였다.

“이번에 상연할 ‘기억을 잃어버린 여자’ 주인공 말인데요….”

딱따구리 계획

도심에서 떨어진 숲속에 작은 집이 있었다. 그런데 그곳은 별장 같은 곳이 아니라, 악인 단체의 본부였다.

어느 날, 두목이 그곳으로 부하들을 소집한 후 말했다.

"대규모 계획을 구상했다. 너희도 이번에는 힘을 내서 분발해 줘야겠다."

"은행 강도 사건이라도 벌이신다는 말인가요?"

부하들이 몸을 내밀며 물었다. 그런데 두목은 손사래를 쳤다.

"아니, 그런 시시한 일이 아니야. 지금껏 그 누구

도 떠올리지 못한, 어마어마한 계획이야. 어때? 한번
해 보겠나?"

"당연히 해야죠. 명령만 내려 주십시오."

"그럼, 일단 시내로 가서 철망을 사 와."

그 말을 들은 부하들이 고개를 갸웃거렸다.

"어디에 쓰시려고요?"

"커다란 새집을 만들 거다."

"형님, 지금 제정신으로 하시는 말씀입니까? 전혀
어마어마한 일 같진 않은데요."

"그 안에다 딱따구리를 아주 많이 키우는 거지."

"점점 더 영문을 모르겠습니다."

이해가 안 돼서 혼란스러워하는 부하들에게 두목
이 말했다.

"너희도 못 알아채는 걸 보니, 아무한테도 안 들키
고 이 계획을 추진시킬 수 있겠군. 성공할 자신이 생
겼어!"

"도대체 딱따구리를 키워서 어쩌시려고요?"

"버튼만 보면, 부리로 쪼도록 훈련시킨다. 그러고
는 시내로 날려 보내는 거지. 그럼, 어떻게 되겠나?"

"대문에 붙어 있는 초인종 같은 걸 누르겠죠."

"그렇지. 하지만 그것뿐만이 아니야. 화재용이든 방범용이든, 비상벨이란 비상벨은 모조리 누르고 다니겠지."

설명을 해 나가자, 부하들도 차츰 이해하기 시작했다.

"경찰이 몹시 당황하겠군요."

"그 외에도 자동화된 공장으로 숨어들어서 버튼을 누르고 다니면, 이상한 제품들이 잇달아 나오겠지. 전자계산기가 있는 방으로 날아가서 버튼을 누르면, 말도 안 되는 답이 나올 테고."

"도시 전체가 대혼란에 빠지겠군요."

"바로 그거야. 그럴 때 우리가 진입한다. 혼잡한 틈을 타서 원하는 물건들을 닥치는 대로 쓸어 올 수 있지."

"과연! 알겠습니다. 역시 두목님은 다르십니다. 정말 어마어마한 계획을 세우셨군요. 당장 시작하죠!"

부하들은 커다란 새집을 만들어 딱따구리를 키웠고, 그 수를 점차 늘려 갔다. 매일 먹이를 주면서 부리로 버튼을 누르는 훈련을 시켰다.

드디어 이 정도면 됐다는 판단을 내린 두목이 딱따구리를 한꺼번에 날려 보냈다.

"자 이제, 라디오를 들으면서 기다리자. 잠시 후면 엄청난 소동이 일어났다는 뉴스가 나오겠지. 그럼, 우리는 트럭을 타고 출발한다."

그런데 아무리 기다려도 뉴스 특보는 방송되지 않았다. 이윽고 밤이 되어 악인들도 기다리다 지쳤을 때, 이런 평범한 뉴스가 방송되었다.

"오늘, 시내 변두리에 있는 새 연구소에 못된 장난을 치는 사람이 숨어들었는지, 아무도 모르는 새에 문을 여는 버튼이 다 눌려 버렸습니다. 그로 인해 실험용으로 기르던 수많은 매들이 날아가 버렸다고 하는데, 저녁이 되자 거의 대부분이 돌아왔다고 합니다. 범인은 아직 밝혀지지 않았지만, 이 매 때문에 피해를 입으신 분들은 연구소로 피해 보상 신청을 해 주십시오. 손해에 상당하는 금액을 배상해 준다고 합니다…."

이 뉴스를 들은 악당들은 크게 실망했다.

말도 안 되는 버튼을 맨 처음 눌러 버린 모양이다. 고생고생해서 날려 보낸 딱따구리가 매에게 모조리 잡아먹힌 듯했다. 크게 한몫 잡으려던 계획은 수포로 돌아가고, 손해만 막대했다. 하지만 그렇다고 해서 이건으로 피해 보상을 신청할 수도 없었다.

진단

아무도 없는 방. 홀로 침대에 누운 청년은 뭔가 골똘히 생각에 잠긴 듯했다. 그런데 그가 마침내 눈을 떴다. 입가에는 결의에 찬 표정이 드러났다. 침대에서 일어선 그가 문으로 걸어가서 소리를 질렀다.

"간호사님! 부탁이에요. 잠깐만 와 주세요!"

잠시 후, 문밖에서 발소리가 멈췄고, 여자가 소리쳤다.

"무슨 일이에요? 소리까지 지르고?"

"제발 원장님 좀 만나게 해 주세요. 만나 뵙고 꼭 드릴 말씀이 있어요."

"뭐라고요? 또 그 소리예요? 선생님은 바쁘세요. 늘 하는 그 얘기면, 선생님이 한가하실 때 하세요."

호의라고는 털끝만큼도 느껴지지 않는 대답이었지만, 청년은 아랑곳도 않고 계속 밀어붙였다.

"그러지 마시고, 제 입장도 좀 생각해 주세요. 이런 상태가 계속된다고 생각하면, 너무 초조해서 도저히 가만있을 수가 없어요. 난 지금까지 줄곧 참아 왔고, 어떻게든 포기하려고 마음먹은 적도 있어요. 하지만 이건 말이 안 돼요. 이러고 있는 동안에도 밖에서는 분명 계획이 착착 진행되고 있을 거라고요. 이대로 가만뒀다가는 나중에는 손도 못 쓰게 돼요. 내가 한시라도 빨리 대처를 해야 한단 말입니다!"

"하지만 지금까지 몇 번이나 선생님을 만나 뵙고 얘기했잖아요. 요즘에는 특히 횟수도 늘었고요."

"부탁입니다. 오늘이야말로 납득이 가는 해결책을 찾을 생각이에요. 이번이 마지막이라도 좋아요. 원장님을 꼭 만나게 해 주세요."

"정 그러시면, 여쭤보고 올게요."

발소리가 멀어졌고, 얼마쯤 지나 다시 돌아왔다.

"선생님이 만나 주신다고 하네요. 하지만 시간을 너

무 많이 빼앗지는 마세요. 부탁드려요."

"알겠습니다."

간호사는 밖에서 자물쇠를 풀고, 문을 열어 주었다. 청년은 간호사를 따라 원장실로 향했다. 원장실 앞에서 간호사와 헤어진 그가 문을 두드렸다.

"들어오세요."

그는 안으로 들어갔고, 큼지막한 책상을 사이에 두고 원장과 마주 앉았다.

"흐음, 기분은 좀 어때요?"

나이가 지긋한 원장이 온화하게 인사를 건넸지만, 청년은 미소로도 답하지 않고, 안달이 난 말투로 이야기를 쏟아 놓았다.

"이제 그만 저를 여기서 내보내 주세요. 저는 정상이에요. 정신장애 같은 건 없다고요. 그건 선생님도 잘 아시잖아요. 이런 생활은 이제 지긋지긋해요!"

"자자, 진정해요. 좋아지면 언제든 나갈 수 있어요. 나도 그날이 빨리 오길 기도하고 있어요. 하지만 아직은 나갈 때가 아니에요."

청년이 손으로 책상을 거세게 내리쳤다.

"거짓말! 이게 다 큰아버지와 당신이 꾸민 날조극

이야! 내 후견인인 큰아버지와 당신이 공모해서 날 여기에 처넣었어. 내가 여기서 나가는 날은 당신들이 내 재산을 모두 빼돌린 후겠지. 지금 내보내 주지 않는 건 다 그것 때문이야. 빨리 내보내 줘!"

"진정하세요. 바로 그 망상이 문제라는 겁니다. 당신은 그 망상 이외에는 모두 다 정상이니까, 한동안 요양하면 금방 좋아질 겁니다."

"아, 당신은 늘 그 소리지. 이제 곧, 이제 곧 하면서 그 다정한 얼굴 뒤에서는 악마 같은 짓을 꾸미고 있겠지. 이봐, 큰아버지한테는 얼마나 받기로 했어?"

"조용히 하세요. 난동을 부리면 병실로 돌려보낼 겁니다."

"너무해. 난 정상인데. 날 여기에 가둬 놓을 이유가 없잖아! 제대로 된 진단도 없으면서!"

"진단서를 보고 싶다면, 보여 드리죠. 그래서 속이 후련해진다면."

의자에서 일어선 원장이 원장실 한쪽에 있는 선반에서 서류 한 장을 꺼내 청년에게 건넸다. 청년은 그것을 받아 들고 한동안 들여다봤지만, 또다시 소리쳤다.

"이럴 거라고 짐작했어. 이건 당신이 내린 진단이

잖아. 그러면 뭐든 쓸 수 있겠지. 큰아버지와 한통속인 당신이 쓴 진단서야. 여기서는 통용될지 몰라도 세상에서는 안 통해!"

원장은 살짝 화가 난 기색을 내비쳤다.

"적당히 좀 하지. 이건 정확한 진단이야. 누가 봐도 신용할 수 있는 진단서라고. 자, 그걸 내려놓고 병실로 돌아가세요."

청년은 고개를 저었다.

"안 돼. 이 진단서는 돌려줄 수 없어."

"이보게, 자네. 자네가 그걸 돌려주지 않아도 난 얼마든지 다시 만들 수 있어. 게다가 자네가 추측한 대로 엉터리 진단서라면 자네한테는 더더욱 필요 없겠지. 스스로도 앞뒤가 안 맞는다는 걸 알 텐데? 자, 이제 그만 얌전히 병실로 돌아가세요."

그러나 청년은 그것을 돌려주지 않고, 처음으로 웃는 표정을 보이며 말했다.

"난 이게 필요했어. 어디에 쓸 것 같나?"

"글쎄, 모르겠군. 어떻게 할 생각이지?"

"당신은 큰아버지와 공모해서 날 이토록 괴롭혔어. 그건 절대 잊지 못해. 반드시 복수할 거고. 하지만 도

저히 여기서 나갈 방법이 없다면, 최소한 당신만이라
도 뼈저리게 깨닫게 해 주지. 그러려면 이 진단서가 필
요해. 이것만 있으면, 무슨 짓을 하든 무죄거든. 어때?
이런데도 내 머리가 이상한가? 본때를 보여 주마."

청년은 승리에 취한 의기양양한 목소리로 외치며
원장에게 달려들더니, 갑자기 목을 조르기 시작했다.

그러나 원장은 의식을 잃기 직전에 비상벨을 누를
수 있었다.

문밖에서 황급히 달려온 병원 직원들이 청년을 제
압해서 끌고 나갔다.

"휴우, 큰일 날 뻔했군. 저 환자는 이상하게 두뇌 회
전이 빠르단 말이야."

가슴을 쓸어내리는 원장에게 직원 한 사람이 맞장
구를 쳤다.

"그러게 말입니다. 저 녀석은 머리도 나쁘지 않고,
성실한 청년이에요. 문제는 자기한테 막대한 재산이
있다는 망상뿐이죠."

의기투합

　　은빛으로 반짝이는 우주선이 탐험대를 태우고, 끝도 없이 광활한 우주 공간을 고요히 날아가고 있었다. 대장이 부하 대원에게 말을 건넸다.

　　"계기판 좀 확인해 줘. 지금까지 날아온 거리를 합하면 어느 정도 되나?"

　　"네. 지구를 출발해서 2000광년쯤 날아왔습니다. 상당히 멀리까지 왔네요. 이게 다 추진 성능이 비약적으로 높아진 덕분입니다."

　　이 탐험대는 이미 많은 별들을 방문했고, 수많은 성과를 거뒀다.

"문명을 가진 주민들이 사는 행성도 있기야 있었지만, 기분 좋게 사귈 수 있었던 곳은 거의 없었지."

"네, 저급한 주민들과 사귀어 봐야 의미가 없으니까요. 하지만 너무 고급스러운 행성도 곤란하긴 하죠. 정중하고 예의 바른 태도로 우리를 맞으면서도 속으로는 무시하니까요. 서로 의기투합할 수 있는 행성은 좀처럼 찾기가 힘드네요."

그때 레이더실에서 보고가 들어왔다.

"전방에 행성이 보입니다."

"어떤 별이지?"

"주민이 거주할 만한 조건을 갖춘 것 같습니다."

"좋아, 조심해서 착륙을 시도한다. 우리랑 잘 맞는 주민들이면 좋겠군."

가까이 다가갈수록 아름다운 도시가 모습을 드러냈다. 그 옆에 있는 초원으로 우주선이 천천히 내려갔다.

안에서 주변을 관찰하자, 수많은 주민들이 놀란 모습으로 마을에서 몰려왔다. 지구의 인간과 똑같이 생긴 주민들이었다. 그들의 표정은 놀라움에서 경계심을 내비치는 쪽으로 바뀌었고, 뒤이어 호기심이 가득

한 표정으로 바뀌었다. 그리고 이쪽으로 다가올수록 그들의 표정은 점점 더 환영의 뜻을 내비치는 분위기로 바뀌어 갔다.

표정뿐만이 아니라 실제로도 그런 것 같았다. 우주선 내부에는 상대의 감정 변화를 탐지하는 장치가 갖춰져 있었다. 미지의 별 주민들과 말로 의사소통이 가능해질 때까지는 이 장치에 의지할 수밖에 없었다. 지금까지도 큰 도움을 준 장치다. 하지만 그동안은 대부분 적의나 경시 정도에서 멈췄고, 이런 결과는 거의 없었다.

"드문 일이군. 이렇게 순순히 환영해 줄 줄이야."

"왜 그럴까요?"

"낸들 아나. 주민들이 교육을 잘 받았는지도 모르지. 밖으로 나가도 괜찮겠군."

이유야 어떻든 간에 장치의 바늘이 가리키는 대로 환영받고 있는 건 확실했다. 대원들은 그래도 일단은 무장을 갖추고, 우주선 밖으로 나갔다. 그런데 그럴 필요는 없을 것 같았다. 주민들은 무기로 보이는 물건, 칼 같은 것조차 소지하지 않았다.

주민들은 손짓을 하며 대원들을 마을로 안내했다.

건물은 색색의 유리로 만들어져 있었다. 난생처음 보는 종류의 보석들이 박혀 있어서 무지개처럼 아름다웠다.

그들의 환영도 마치 무지개에 둘러싸여 있는 것처럼 호의로 넘쳐 났다. 대원들은 다 함께 기쁨을 나눴다.

"좋은 별이군. 아름다운 도시, 진심이 가득 담긴 환대, 훌륭한 요리. 이렇게 기분 좋은 주민은 처음이야. 앞으로는 지구와 서로 부족한 것들을 보충해 가면서 우호적인 관계를 이어 가야겠어."

"그건 그렇고, 빨리 말을 배워서 감사 인사를 하고 싶군."

머지않아 그들은 주민들의 말도 차츰 이해하게 되어 조금씩 대화를 주고받았다.

"고맙습니다."

대원들이 맨 먼저 그런 인사말을 건넸다. 그러자 주민 쪽에서도 대답했다.

"고맙습니다."

"아니, 감사 인사는 저희가 드려야죠. 갑작스럽게 방문한 낯선 우리를 이렇게 따뜻하게 맞아 주실 줄은 몰랐습니다. 상상도 못한 일입니다."

일동을 대표해서 대장이 설명하자, 주민 대표로 보이는 사람이 이렇게 대답했다.

"아니, 감사 인사는 저희가 드려야죠. 낯선 우리에게 저렇게 멋진 걸 갖다주실 줄은 몰랐습니다. 상상도 못한 일입니다."

탐험대 대원들이 고개를 갸웃거리며 물었다.

"우리는 아무것도 가져오지 못했어요. 다음 방문 때 원하시는 걸 갖다드리겠습니다."

"아니, 이미 받았습니다. 그에 대한 보답으로 이렇게 대접해 드리는 겁니다."

"지금 무슨 말씀을 하시는 건지 도무지 이해가 안 갑니다만."

"이 별에는 금속 종류가 거의 없습니다. 금속은 무엇과도 견줄 수 없는 귀중한 물질이죠. 그래서 우리는 금속을 좀 더 내려 달라고 하늘에 빌었습니다. 그러자 당신들이…."

대원들은 서로 얼굴을 바라보다 허둥지둥 마을로부터 도망치기 시작했다. 그러나 그때는 이미 돌이킬 수 없는 상황이었다. 2000광년의 거리를 날아온 커다란 은색 우주선은 이미 흔적도 없이 사라진 후였다.

정도의 문제

N씨는 자기 임무의 중대성을 새삼 실감하며, 어느 나라의 수도에 도착했다. 스파이로 온 것이다. 어릴 때부터 동경해 마지않던 직업이다. 그리고 이번이 첫 번째 임무다.

결의는 불길처럼 타오르고, 용기는 온몸에 넘쳐흘렀으며 긴장된 신경은 날카롭게 곤두섰다. 그러나 그는 한껏 달아오른 기분으로 위압적인 태도를 취하며 이곳에 잠입한 것은 아니다. 그런 태도를 취했다가는 바로 의심을 사고 만다.

수수한 옷차림과 눈에 띄지 않는 조심스러운 동작.

최대한 평범하게 꾸민 외모. 대외적으로는 고대 미술 연구가로 처신하기로 했다. 다른 사람들에게 온화한 인상을 주기로는 이만한 신분이 없을 것이므로.

그 나라에 도착한 N씨는 가구가 딸린 아파트 하나를 빌려서 그곳에 자리를 잡기로 했다. 그러나 집 안에 들어갔다고 해서 안심할 수는 없었다. 어딘가에 도청 마이크가 설치되어 있을지도 모른다. 또한 초소형 감시 카메라 장치가 없다고 장담할 수도 없었다.

N씨는 집 안을 철저하게 조사하기 시작했다. 테이블과 침대는 물론이고, 의자 다리를 빼고, 라디오를 분해하고, 전화기를 뜯고, 꽃병의 꽃까지 빼내 안을 확인했다.

또한 통풍 장치와 세면실 설비를 망가뜨리고, 카펫을 뒤집고, 쿠션과 베개 속을 조사하고, 거울 뒤쪽에서 감시하는 건 아닌지 확인하며 방 전체를 샅샅이 검사했다.

그러나 아직도 안전하다고 장담할 수는 없었다. 벽과 천장, 바닥을 탁탁 두드려 되울림 소리에 귀를 기울이고, 혹시 무슨 장치가 숨겨져 있지는 않은지 이 잡듯이 조사해 갔다.

그러는 중, 문에서 노크 소리와 함께 방문객의 기척이 느껴졌다. N씨는 경계 태세를 취하며 물었다.

"누구십니까?"

"이 아파트의 관리인이에요."

중년 부인의 목소리였고, 귀에 익은 소리이긴 했다.

"무슨 일이시죠?"

"다른 집에서 벽과 바닥을 자꾸 두드려서 시끄럽다는 민원이 들어왔어요. 대체 뭘 하시는 거죠? 문 좀 열어 주세요. 관리인으로서 내부를 확인하고 다른 분들에게 설명할 책임이 있어요."

못 들어오게 하면 오히려 더 의심을 살 테고, 소동만 커지겠지. N씨는 하는 수 없이 문을 열었다. 실내를 둘러본 관리인 여성의 눈이 휘둥그레졌다. 제아무리 천방지축 개구쟁이라도 이렇게 엉망으로 어지르지는 않는다.

"이게 뭐죠? 도둑이라도 들었나요?"

"아니, 그게…."

N씨는 설명하기 곤란한 나머지 허둥거렸다.

"장난삼아 이러셨다면, 용납할 수 없어요. 이런 일이 한 번만 더 생기면 이 집에서 나가셔야 합니다. 망가뜨린 물품은 당신 부담으로 원래대로 돌려놓으세요."

호된 야단에 N씨는 진땀깨나 빼고 말았다.

다음 날 저녁, N씨는 공원으로 산책을 나갔다. 주변 상황을 잘 파악해 둬야 했기 때문이다.

그때 공이 굴러왔다. 저쪽에서 소년이 "공 좀 던져주세요!"라고 외쳤다.

N씨는 공으로 손을 뻗었지만, 순간적으로 휙 돌아서며 옆에 있는 벤치 뒤로 몸을 숙였다. 폭탄일 수도 있지 않은가. 나는 스파이다. 나를 제거하려는 상대가 어디 있을지 알 수 없다. 그리고 어떤 방법으로 접근해 올지도 예상할 수 없다. 보나마나 티 나지 않는 방법으로 방심한 틈을 노릴 게 틀림없다. N씨는 그렇게 생각했다.

그러나 폭발은 일어나지 않았다. 공을 주우러 온 소년은 이해가 안 간다는 표정으로 N씨를 바라보았다. 다 큰 남자가 공을 무서워했으니….

공원에서 나온 N씨는 레스토랑에서 저녁을 먹었다. 그런데 요리를 입으로 가져가려던 찰나, 그가 잠깐 생각에 잠겼다. 이곳 종업원이 적의 스파이일지도 모르지 않는가. 그러고 보니 태도에 이상한 점이 전혀 없다고 할 수도 없었다.

개를 데리고 온 귀부인이 가게로 들어왔다. N씨는 고기를 조금 잘라서 개에게 던져 주었다. 개는 신이 나서 받아먹었다. 별 탈은 없었지만, 부인은 실례되는 행동이라며 나무랐다.

"지금 뭐 하시는 거죠?"

"개가 너무 귀여워서 그만."

"칭찬해 주시는 건 상관없지만, 맘대로 음식을 주는 건 달갑지 않네요."

N씨는 몸 둘 바를 몰라 움츠러들었다. 그는 식당에서 나와 조심조심 걸어서 어느 바로 들어갔다. 술을 마시고 있는데, 옆에 앉은 남자가 말을 걸었다.

"무슨 일을 하세요?"

"고대 미술을 연구합니다만…."

N씨는 대외적인 직업으로 대답하며 담배를 입에 물었다. 상대가 라이터를 켜서 내밀었다. 그 순간, N씨는 라이터를 탁 쳐 내며 바닥으로 떨어뜨렸다. 독가스가 나올지도 모르지 않는가.

"아니, 어떻게 이런 실례되는 행동을!"

화내는 게 당연하다. 자칫하면 당장이라도 난투극

이 벌어질 것 같은 분위기였다.

그런데 바로 그때, 젊은 여자가 들어왔다. 그녀는 N씨와 같은 조직에 속해 있는 스파이, 다시 말해 동료다. 여기서 만나기로 약속이 되어 있었다. 그녀가 대신 사과를 해 준 덕분에 소란은 더 이상 커지지 않고 가까스로 진정되었다.

N씨는 그녀와 밤길을 걸어가며 업무를 의논했고, 그녀를 아파트까지 바래다주었다. 그녀가 그에게 차라도 마시고 가라고 권했다.

"잠깐 들어가서 홍차라도 마실래요?"

"고마워요."

그녀가 홍차를 끓여 주었다. N씨는 생각했다. 그녀는 분명 동료다. 그러나 적에게 매수된 이중 스파이가 아니라고 단언할 수 있을까. 경계하는 게 최고다. 스파이는 비정한 직업이다.

그래서 기회를 엿보다 홍차 컵을 바꿔치기했다. 그런데 홍차를 마시자마자 바로 잠이 쏟아졌다.

아침이 되어 일어나자, 그녀가 말했다.

"왜 내 홍차를 마셨죠? 난 불면증이 있어서 자기 전에 홍차에 약을 타서 마셔요. 덕분에 난…."

결국 N씨는 상사로부터 귀국 명령을 받았다. 아파트 관리인 여자는 이상한 고대 미술 연구가라고 떠벌리고 다녔고, 공원의 소년들은 공을 던지며 놀려 댔다. 레스토랑과 바에서는 그가 오는 걸 꺼려했다. 집을 방문한 영업 사원을 적의 스파이로 착각해서 폭행한 일도 발각이 났다. 이래서는 너무 눈에 띄어서 어쩔 수가 없었다.

귀국한 N씨는 그 후로 계속 사무 업무만 하게 되었다.

N씨의 후임 스파이로는 느긋한 성격을 가진 남자가 뽑혔다. 그런데 그 남자는 커다란 도청기가 설치된 걸 알아채지 못해서 금세 신분이 발각됐다. 그리고 낯선 사람이 준 과자를 좋다고 먹다가 바로 독살당하고 말았다.

애용하는 시계

K씨는 주말여행을 떠날 준비를 하고 있었다. 옷 주머니 속 라디오에서는 일기예보가 흘러나왔다.

─내일은 맑은 날씨가 예상됩니다….

K씨는 신나게 휘파람을 불면서 손수건을 꺼내 손목시계를 닦았다. 그것은 그의 일상적인 습관이었다.

습관이긴 하지만 머리를 긁적이거나 귀를 만지작거리는 것 같은, 아무 의미도 없는 동작과는 달랐다. 그는 그 시계를 소중히 여겼다. 과장되게 표현하자면, 사랑하고 있다고도 말할 수 있었다.

K씨가 그 시계를 산 지는 5년쯤 지났다. 백화점 시계 매장 옆을 지나가는데, 유리 진열장 안에 늘어선 수많은 시계 중 하나가 번쩍이며 빛을 냈다. 흡사 아가씨에게 윙크를 받은 기분이었다.

"날 좀 사 주실래요…."

다정한 목소리로 속삭이는 듯한 느낌도 들었다. 문자판이 고대 어느 나라의 금화로 디자인된 시계였다. 우연하게도 그날은 입사해서 처음으로 보너스를 받은 날이었다.

"좋았어, 저걸 사자."

그는 무심코 중얼거렸다. 그 후로 진열장 속 시계는 언제나 K씨와 함께했다.

K씨는 자기 몸의 일부라도 되는 듯이, 그 시계를 애지중지 다뤘다. 아직 젊은 그로서는 정기적인 건강검진을 받을 생각이 없었지만, 시계는 정기적으로 검사를 맡겼다. 검사 기간 동안은 부득이 다른 시계를 사용할 수밖에 없었다. 그는 그 며칠 동안 이루 말할 수 없이 외로웠다.

그러나 그 덕분에 시계가 고장 난 적은 한 번도 없었다. 빨라지지도 느려지지도 않고, 언제나 정확한 시각을 충실하게 알려 주었다.

그때 라디오에서 시보(표준 시간을 알리는 일-옮긴이)가
울렸다. K씨는 고개를 갸웃거렸다.

"어, 이상하네. 시보가 틀릴 때도 있나?"

그로서는 자기 시계를 의심하는 건 상상도 못할 일
이었다. 그런데 다이얼을 돌려 다른 방송국을 확인해
보니 시보가 맞았다. 그 사실을 안 그는 매우 당황했다.

미리 예매해 둔 버스 출발 시각에는 맞출 수가 없게
되었다. 그는 시계를 향해 불만을 쏟아 냈다.

"허어, 참 나. 대체 왜 이러는 거지? 그렇게 애지중
지 아껴 줬는데…."

그러나 어쩔 수 없었다. K씨는 여행을 포기하고, 산
책을 하러 나갔다. 그리고 나간 김에 시계 가게에 들
렀다.

"이상해요. 시계가 늦어지기 시작했어요. 모처럼 계
획한 주말여행이 공중에 붕 떠 버렸지 뭡니까."

"아니, 검사한 지 얼마 안 됐을 텐데…."

시계 가게 주인이 시계를 받아 들고 살펴봤지만, 이
해가 안 간다는 목소리로 대답했다.

"이상하네요. 고장 난 데가 전혀 없어요."

"그럴 리가요."

그때 주머니에 넣어 둔 라디오에서 뉴스가 흘러나왔다.

─관광 시즌입니다. S산으로 가던 버스가….

그 뉴스를 들으며 K씨가 주인에게 다시 말했다.

"아 글쎄, 덕분에 이 버스를 놓쳤단 말입니다. 이 시계가 뭔가 잘못된 게 틀림없어요."

─계곡으로 굴러떨어지는 사고가….

특허품

들판 한복판에서 기묘한 물체가 발견되었다. 길이 2미터에, 외부가 단단한 금속으로 감싸진 원통 모양의 물체였다. 굳이 이런 데다 그런 물체를 버릴 사람은 없을 것 같았으므로 그 물체는 하늘에서 떨어졌을 거라 상상할 수 있었다.

그러나 겉에 쓰인 기호 비슷한 표시를 아무도 읽을 수가 없었다. 그런 문자를 쓰는 나라는 어디에도 없었기 때문이다. 아무래도 지구 밖에서 온 물체인 듯싶었다. 그 물체는 조심스럽게 연구소로 옮겨졌고, 결사적인 각오를 다진 학자들이 조사에 착수했다. 안에서 뭐가 출현할지도 모르고, 또한 대폭발이 일어나지 않으리란 보장도 없었기 때문이다.

고심하며 조심조심 조사하던 중, 물체의 한쪽 끝이 열렸다. 그 안에는 뭔가가 들어 있었다. 끄집어내 보니, 종이 한 장이 들어 있었다. 물론 지구의 종이와는 성분이 달랐지만, 하얗고 얇은 물체였다. 도면 같은 느낌이었고, 메모도 가득 적혀 있었다. 그걸 들여다보던 한 사람이 말했다.

"언뜻 보기에는 설계도 종류 같군요."

"그런 것 같군. 그런데 어느 별의 무슨 설계도일까?"

누구도 알 수 없었다. 다른 행성의 설계도를 그리 간단히 알 수는 없는 법이니까.

물체 쪽도 조사에 들어가기는 마찬가지였다. 추진 장치나 유도장치가 없는 점으로 보아, 지구로 보낸 물건이 아니라 어쩌다 우연히 흘러온 것으로 추정되었다.

정체도 모른 채 그냥 내버려 두자니 아무래도 꺼림칙했다. 그래서 설계도를 따라 제작해 보기로 했다. 문제를 해명하는 하나의 실마리가 될 것이므로. 진행이 순조롭지는 않았지만, 만들어 가는 사이 문자의 의미를 차츰 알게 되었다. 어렴풋하게나마 문자를 알게 되자, 도면에 대한 이해도 깊어졌다. 그렇게 조금씩 진척되어 갔다. 아무래도 일종의 전기 제품 같았다.

설명서에 따르면, 쾌락 장치 같은 물건인 듯했다. 시험 삼아 만들어 본 작품이 드디어 완성되었다. 하지만 아무래도 바로 사용해 볼 용기는 나지 않았다. 다른 별에서는 쾌락일지 몰라도 지구인에게는 고통일 수 있다. 동물실험을 거듭한 끝에 결사적인 각오를 다진 인물이 지원하고 나섰다. 사용법에 따라 인체 실험이 진행되었다.

"이봐, 기분이 어때?"

주위 사람들이 묻자, 그 긴 의자 모양의 장치에 누운 지원자가 대답했다.

"뭐라고 형용할 수 없을 만큼 기분이 좋아요. 이런 기분은 난생처음입니다. 전류가 손에서 머리로, 머리에서 다리로 골고루 퍼지면서 묘하게 저려 옵니다. 짜릿해요. 미녀를 품에 안고 멋진 음악을 들으며 술에 취해 맛있는 음식을 먹는다. 그것보다 몇 배는 더 황홀한 느낌이랄까요."

"생명에 별다른 지장은 없는 것 같군."

"아, 제발 전원을 끄지 마세요. 조금만 더 하게 해 주세요."

"그럴 순 없어."

면밀하게 진찰해 봤지만, 악영향은 발견되지 않았다. 마약 종류와는 달라서 유해한 부작용도 없었다. 몇 사람이 더 시도해 봤는데, 하나같이 표현할 길 없는 쾌락에 빠져 황홀해했다.

"과연, 이런 물건이었군. 나쁘지 않은 신종 오락 용품이야."

"그런데 이젠 어떡하죠?"

"대량으로 생산해서 판매하면 어떨까? 다들 기뻐할 테고, 이익도 오르겠지."

아무도 이견이 없는 듯했다. 그뿐인가. 효과가 보도되자, 사용해 보고 싶다는 여론이 높아져서 사람들의 요청에 응할 수밖에 없는 분위기가 형성됐다.

그런데 그때 보고가 올라왔다. 도면에 적힌 문장을 빠짐없이 해독해 보니, 마지막 부분에 특허권 소유 표시가 나왔다는 것이다.

"그렇다면 맘대로 만들 수는 없단 뜻이군."

"하지만 어느 별의 발명품인지도 모르잖나. 지구에

서 독자적으로 개발했다고 우기면 돼. 애당초 특허로 독점하는 것 자체가 부당해."

적당히 넘어가자는 의견으로 모두가 합의를 보았다. 다만, 디자인과 배선을 살짝 바꿔서 변명의 여지를 남겨 두는 형태로 만들었다.

장치의 생산 대수는 나날이 증가했다. 호평이 이어졌고, 판매 실적도 좋았다. 특허권을 무시한 점은 마음에 걸렸지만, 그렇다고 해서 정가를 두 배로 올려서 특허료를 마련해 두고 싶지도 않았다. 싸게 만드는 덕분에 널리 보급할 수 있는 것이고, 널리 보급되어야 싸게 만들 수 있다. 특허고 나발이고, 알 바 아니다.

얼마쯤 세월이 흐른 어느 날, 우주선 한 대가 지구를 방문했다. 우주선에서 나온 타 행성인이 주위에 모여든 사람들에게 말했다.

"나는 게레 행성에서 왔습니다."

"잘 오셨습니다. 지구는 당신을 진심으로 환영합니다."

"이렇게 찾아온 이유는 다름이 아니라, 우리의 우송용 로켓이 고장 나서 어떤 도면을 분실했습니다. 혹시 이곳에 떨어지지 않았을까 해서 찾고 있는 중입니다."

지구 측 사람들은 서로 얼굴을 마주 보았다. 결국 올 것이 왔다. 어떻게 설명해야 할까. 처음이라면 또 모를까, 이미 지구 전체에 널리 보급되어 버린 현 상황에서는 속일 방법이 없었다. 끝까지 시치미를 떼야 한다는 의견과 사과하는 게 좋겠다는 두 가지 주장이 나왔다. 게레 행성인이 우호적인 점을 감안하면, 어떻게든 대화로 해결하는 편이 좋을 것 같았다.

달갑지 않은 역할을 억지로 떠맡은 한 사람이 대표로 나서서 교섭에 들어갔다.

"사실은 우리 지구로 떨어졌습니다. 호기심이 발동해서 만들어 봤는데, 대단한 장치더군요."

"그랬군요. 그런데 그 장치를 만들었으면, 문자도 해독하셨을 텐데요. 그 도면에는 분명 특허권 소유 표시가 있었을 겁니다. 그걸 무시하셨다면 곤란한데요."

지구 측에서는 고개 숙여 사과했다. 트집을 잡아 거액의 사용료를 징수할 속셈일까? 그렇게 나오면, 우린 모르겠으니 맘대로 하라고 버티면 그만이다. 교섭에 나선 사람이 머뭇머뭇 물었다.

"무시했다면, 어떻게 하실 생각인가요?"

"도대체 어떻게 사용하고 계신지…?"

게레 행성인이 물었다. 그리고 지구의 보급 상황을 듣고 나서 말했다.

"…그렇게 쓰셨다면, 사용료는 필요 없습니다. 괜찮습니다."

"정말 감사합니다. 그런데 그건 또 무슨 이유에선가요?"

고개를 갸웃거리는 지구인에게 이런 대답이 돌아왔다.

"그건 다른 별로 보내서 문명의 진보를 멈추게 하려는 장치입니다. 일단 한번 맛을 들이면, 두 번 다시 헤어날 수 없고, 너무 열중한 나머지 다른 생각은 전혀 할 수 없기 때문입니다. 몇몇 시끄러운 별에 사용해서 문명을 쇠퇴시키고 얌전하게 만들었죠. 그런 목적을 위해 게레 별에서 개발한, 실로 놀라운 효과를 발휘하는 장치입니다. 지구도 혹시 그런 목적으로 사용하셨다면, 그 경우엔 특허 사용료를 안 받을 순 없습니다만…."

오미야게*

플로르 행성인들이 탄 우주선 한 대가 여러 별들을 여행하던 길에 지구에 잠깐 들렀다. 그러나 인류를 만날 수는 없었다. 왜냐하면 인류가 출현하기 훨씬 이전인 먼 옛날이었기 때문이다.

플로르 행성인들은 우주선을 착륙시키고 한차례 조사를 마친 뒤, 이런 의미가 담긴 대화를 주고받았다.

"아무래도 우리가 너무 일찍 찾아온 것 같습니다.

---

* 일반적인 선물을 의미하는 선물プレゼント과 달리, 오미야게おみやげ는 여행지 등에서 산 그 지역의 특산품이나, 그 특산품을 선물하는 행위를 의미한다.

이 별에는 아직 문명다운 것이 없군요. 지능이 가장 높은 생물이라고 해 봐야 원숭이 정도예요. 좀 더 진화한 생명체가 나타나려면 세월이 한참 더 걸릴 겁니다."

"그렇군. 안타까운 일이야. 문명을 전파해 주려고 들렀는데 말이야. 하지만 이대로 떠나기도 아쉽군."

"그럼, 어떻게 할까요?"

"선물을 남겨 놓고 가기로 하지."

플로르 행성인들은 그 작업을 시작했다. 금속으로 된 커다란 알 모양의 용기를 만들고, 그 속에 여러 가지 물건들을 집어넣었다.

우주를 쉽게 날아다닐 수 있는 로켓 설계도. 모든 병을 고치고 젊어질 수 있는 약을 만드는 방법. 모두가 평화롭게 살아가려면 어떻게 해야 하는지를 써 놓은 책. 그리고 문자가 통하지 않으면 안 되기 때문에 그림이 들어간 사전도 함께 넣었다.

"작업이 다 끝났습니다. 미래의 주민들이 이걸 발견하면, 얼마나 기뻐할까요."

"으음, 당연히 기뻐하겠지."

"그런데 너무 빨리 열어서 가치가 있는 물건인지 모르고 그냥 버리진 않을까요?"

"이건 강력한 금속으로 만들었어. 이걸 열 수 있을 정도로 문명이 발전한다면, 우리가 써 놓은 내용도 이해할 게 틀림없어."

"그렇겠죠. 그런데 이걸 어디에 남겨 둘까요?"

"바닷가 근처는 해일이 휩쓸 테니 얼마 안 가 바닷속에 가라앉아 버리겠지. 산 위에 뒀다가 화산이라도 폭발하면 큰일일 테고. 그런 염려가 없도록 최대한 건조한 장소가 좋겠지."

플로르 행성인들은 바다에서도 산에서도 멀리 떨어진, 사막이 펼쳐진 곳에 선물을 두고 떠났다.

모래 위에 남겨진 커다란 은색 알은 낮에는 태양을 반사시키며 강렬하게 빛났고, 밤에는 달빛과 별빛을 받으며 은은한 광채를 내뿜었다. 개봉될 그날을 기다리며.

기나긴 세월이 흘렀다. 지구의 동물들도 조금씩 진화해 갔다. 원숭이 종으로부터 도구와 불을 사용하는 종족, 다시 말해 인류가 나타났다.

개중에는 이것을 발견한 사람이 있었을지도 모른다. 그러나 섬뜩해하며 가까이 다가가려 하지 않았을 테고, 가까이 접근했어도 정체를 알 수 없었을 게 틀림없다.

은색 알은 계속 기다렸다. 사막 지방이라 좀처럼 비가 오지 않았다. 물론, 그 알은 비에 젖어도 녹슬지 않는 금속으로 만들어져 있었다.

이따금 강한 바람이 불었다. 바람결에 날아온 모래가 알을 덮기도 했다. 그러나 계속 덮여 있지는 않았다. 또 다른 바람이 불어와 다시 지상으로 알을 드러내 주었기에. 이런 과정이 끝도 없이 되풀이되었다.

또다시 긴긴 세월이 흘러갔다. 인간들은 차츰 숫자가 늘어났고, 도구와 물품을 만들어 내며 문명도 발전시켜 갔다.

그리고 마침내 은색 알이 깨지는 날이 찾아왔다. 그러나 모래 속에서 발견돼 기쁨의 환호성과 함께 열리는 방식은 아니었다. 그런 물건이 파묻혀 있다는 건 상상도 못한 채, 그 사막에서 원자폭탄 실험이 강행된 것이다.

그 폭발은 무시무시했다. 용기 겉면의 금속뿐만 아니라, 안에 넣어 둔 선물들까지 모조리 산산조각이 났고 흔적도 없이 불타 버렸다.

욕망의 성

통근 버스 안에서 왠지 자꾸 내 주의를 끄는 한 남자가 있었다. 이따금 같은 버스를 타곤 했는데, 딱히 눈에 띌 만한 외모도 아니었다. 그렇지만 다른 승객들과 비교하면 어딘지 모르게 분위기가 달랐다. 그래서 어느 날 아침, 옆자리에 앉은 것을 기회 삼아 말을 건네 보았다.

"자주 같은 버스를 타네요."

"아, 네."

그가 붙임성 있게 대답해 주었다.

"직장 다니세요?"

"작은 회사에 다니고 있습니다. 낮에는 업무 때문에 많은 사람들과 언쟁을 벌여야 하고, 집에 돌아가면 가족도 많아요. 게다가 월급은 쥐꼬리만 해서 하루하루가 따분할 뿐입니다."

그 목소리는 이야기 내용과는 정반대로 왠지 모르게 밝았다.

"그런데 표정은 늘 즐거워 보이시던데요. 주제넘은 질문 같아 죄송합니다만, 혹시 무슨 해결책이라도 있나요?"

"꿈이 있어서 그럴지도 모르죠."

"그건 참 좋네요. 저는 꿈 같은 건 잊은 지 이미 오래거든요."

내가 고개를 끄덕거리자, 그가 고개를 가로저었다.

"그런 꿈이 아니에요. 제가 말하는 건 진짜 꿈이에요."

"그 말씀은…?"

"한참 전부터 매일 밤 똑같은 꿈을 꾸고 있어요. 적당한 크기의 방 안에 저 혼자 있는 꿈이죠. 외부와는 완전히 차단돼서 아무도 들어올 수 없는 방이에요. 마음이 편안해지는 기분이 들죠."

"신기하네요. 그런데 시끄러운 세상에서 벗어나 자기만의 독립된 성을 갖고 싶은 마음은 누구나 똑같잖아요. 그런 희망의 상징이라 생각하면, 있을 수 있는 얘기일지도 모르겠군요."

"네. 저도 늘 그런 방을 갖고 싶었습니다."

"꿈속에서 그 소원이 이뤄진 셈이네요."

"그러다 보니 가구도 하나둘 갖춰지더군요. 쇼윈도 밖에서나 구경하던, 사고 싶어도 살 수 없었던 멋진 책상과 부드러운 의자 말입니다. 그래서 지금은 샹들리에를 비롯해 각종 전기 제품, 유행하는 옷가지들, 그것을 넣어둘 옷장, 책들이 빽빽이 꽂힌 책꽂이도 갖춰 놨습니다. 할 수만 있다면, 꼭 한번 보여 드리고 싶을 정도예요."

"그래요?"

그 사정을 알고 나차, 나는 살짝 부러운 마음이 들었다. 그 후로 그는 얼굴을 마주할 때마다 자랑하듯 말을 걸어왔다.

"전에 말했던 꿈속 방에 멋진 조각을 들여놨어요. 어젯밤에는 요즘 한창 광고하는 실내용 운동기구가 들어왔죠. 이러면 뭐든 다 들여놓을 수 있겠어요. 하긴, 가구 배치를 바꾸느라 힘은 좀 들지만요."

그가 갖고 싶다고 느낀 물건은 밤이 되면 꿈속에 모두 나타나는 듯했다. 이걸 사라, 저걸 사라 맹렬한 공세를 퍼부어 대는 광고들에 순응하기 위해 발생한 현대병의 일종일까? 그러나 그 덕분에 욕망이 채워지고, 정신적인 평정을 유지할 수 있다면, 병이라는 호칭은 적절치 않다는 생각도 들었다.

그런데 얼마쯤 지나서 그를 다시 만났을 때, 어딘가 시무룩한 표정을 짓고 있었다.

"무슨 일 있어요? 기운이 없어 보이는데."

"더 이상 원하지 않으려고 하는데, 그게 잘 안 돼요. 게다가 방문이 도무지 열리질 않아서 난처합니다. 창문도 안 열려요."

도통 갈피를 잡을 수 없는 애매한 대답을 했다.

그로부터 며칠 후, 이번에는 퇴근길 막차에서 한층 더 수척해진 그를 만났다.

"오늘은 퇴근이 늦으시네요."

"네, 잠들기가 무서워요. 요즘은 거의 잠을 안 잡니다."

그는 어떻게든 눈을 뜨고 있으려고 애쓰는 것 같았

다. 그러나 잠시 후, 규칙적인 버스의 흔들림이 그를 잠으로 끌어들이고 말았다. 그 순간, 나는 커다란 비명 소리를 들었다. 도망칠 곳이 없는 장소에서 뭔가에 짓눌려 가는 듯한 섬뜩한 비명 소리를….

훔친 서류

고요하고 깊은 밤. F박사의 연구실 옆에 한 남자가 숨어 있었다. 그 남자는 도둑이었다.

F박사는 지금까지 놀라운 약들을 잇달아 발명해 왔다. 이제 곧 또 다른 새로운 약을 완성할 것 같다는 소문이 돌았다. 남자는 그 비밀을 미리 훔쳐 내서 다른 곳에 팔아넘길 계획을 세웠다.

남자는 창밖에서 연구실 안을 살짝 엿보았다. 안에서는 F박사가 혼자 약을 제조하느라 여념이 없었다. 너무 열중해서 누가 훔쳐보는 것도 눈치채지 못했다.

잠시 후, 소량의 약이 완성되었다. 초록빛이 감도

는 액체였다. 박사는 그 약을 마시고, 고개를 크게 끄덕거렸다.

"음, 맛은 나쁘지 않군. 냄새도 이 정도면 괜찮겠지…."

그러고는 기지개를 켜며 중얼거렸다.

"어이쿠, 드디어 완성했군. 나는 지금까지 다양한 약들을 만들었어. 하지만 이 약을 능가할 만한 약은 없지. 세계적인 대발명이야. 자 그럼, 잊어버리기 전에 제조법을 적어 둬야지."

박사는 종이에 제조법을 적었고, 그것을 방 한쪽에 있는 금고 속에 소중히 넣어 두었다. 그러고는 자기 집으로 돌아갔다.

그 순간을 기다리고 있던 남자가 행동을 시작했다. 조심스럽게 창문을 비집어 열고, 안으로 숨어들었다. 조금 전에 박사가 했던 대로 금고 다이얼 번호를 맞추자, 쉽게 열렸다. 남자는 서류를 주머니에 넣고는 신바람이 난 발걸음으로 도망쳤다.

"됐다, 됐어! 이걸로 한몫 잡을 수 있겠어. 박사가 직접 먹은 걸로 봐서는 인체에 해가 없는 건 분명해. 게다가 엄청난 약이라고 했잖아. 그런데 어떤 효과가 있는 걸까…."

그 점이 수수께끼였다. 약을 먹은 후에 박사가 어떻게 되었는지 조사해 볼 여유는 없었다. 전화를 걸어서 물어볼 수도 없는 노릇이었다. 그러나 그 유명한 F박사가 발명했으니, 지금까지의 사례를 보더라도 도움이 되는 약임에 틀림없다.

은신처로 돌아온 남자는 종이에 적힌 제조법에 따라 약을 만들어 보기로 했다. 어떤 작용이 있는지 모르면, 남에게 팔아넘길 때 곤란하기 때문이다.

원료를 구하고, 플라스크와 비커도 구비해 필요한 모든 준비를 마쳤다. 그러고는 며칠이나 걸려서 문제의 약을 완성했다. 은방울꽃 같은 좋은 향기가 났다.

남자는 그것을 직접 먹어 보았다. 산뜻한 맛이 났다. 남자는 의자에 앉아 약의 효능이 나타나길 기다렸다.

그러던 남자가 벌떡 일어서서 밖으로 나갔다. 걸음을 재촉해서 서둘러 도착한 곳은 F박사의 연구실이었다.

"박사님. 제가 송구스러운 짓을 저질렀습니다. 얼마 전 이곳 금고에서 서류를 훔친 사람이 바로 접니다. 저를 잡아서 경찰에 넘겨주십시오."

남자가 말했다. 그를 맞아들인 박사가 다시 한번 다 짐을 받았다.

"정말로 당신입니까?"

"그렇습니다. 서류에 적힌 대로 약을 만들어서 제가 먹어 봤습니다. 그러자 제가 한 행동이 나쁜 짓이었다 는 걸 깨닫게 돼서 여기로 찾아온 겁니다. 용서해 주십 시오. 훔친 서류는 돌려드리겠습니다."

남자가 눈물을 흘리며 사죄했다. 그러나 F박사는 화를 내기는커녕 빙그레 웃으며 말했다.

"호오, 이런. 역시 내 발명은 효과가 있었군. 이 약 은 양심을 일깨워 주는 작용을 해요. 한데 약은 만들 었는데, 나중에야 곤란한 점을 깨달았죠. 실험을 위해 자진해서 약을 먹어 주겠다는 악인이 없는 겁니다. 그 런데 당신 덕분에 확실한 작용이 증명된 셈이죠. 수고 많으셨습니다."

손때 묻은 책

정확히 천장과 방바닥의 중간쯤 되는 높이. 그곳에 눈 하나가 떠올랐다. 그것은 공중을 떠다니듯 천천히 흔들리며, 동그래졌다 갸름해졌다 했다. 묘하게 사근사근하고, 그러면서도 의미심장한 눈빛을 머금고 있어서 윙크를 하는 것처럼 보이기도 했다.

N씨는 그것을 바라보며 눈만 계속 깜박거리다 나지막이 중얼거렸다.

"허어. 그럼, 이 책은 진짜였네."

손에 들고 있던 책을 새삼 다시 내려다봤다. 그것은 별로 두껍지 않은, 낡고 오래된 큰 판형의 책이었다. 그는 이틀 전쯤의 저녁나절, 어느 고서점에서 이 책을 샀다.

"조금 특이한 책은 없을까요?"

그렇게 묻는 N씨에게 서점 주인이 서양 문자로 쓰인 책 한 권을 꺼내 와서 말했다.

"이 책은 어떠십니까? 물론 저는 읽을 수 없지만, 아무래도 희귀한 책 같은 느낌이 들거든요."

주인의 말대로 그 책은 과연 어딘지 모르게 이상한 기운을 발산하고 있었다. N씨가 그것을 들여다보았다. 그가 전공한 라틴어로 쓰인 책이었다.

"어디 보자. 흐음, 이건 마법 책인 것 같군. 그럼, 보나마나 허무맹랑한 내용이겠지."

N씨의 말을 들은 주인은 불만스러운 눈치였다.

"네? 마법 책 내용은 허무맹랑하다고요?"

"그럼요. 그나저나 이걸 어디서 구했습니까?"

"사실은 한참 전에 고물상에서 두고 간 겁니다. 떨이로 받은 물품들 사이에 이 책이 섞여 있었다더군요. 저울 무게로 계산한 값보다 조금만 값을 더 쳐주면 된다고 하기에, 무슨 책인지 모르면서도 싸게 사들였던 겁니다. 그런데 마법 책이면 뜻밖의 횡재 아닌가요?"

"바로 그 점이 이상하다는 거예요."

"어떤 점이요?"

"첫째, 마법이란 게 정말 있는지 의심스럽다는 점. 둘째, 만약 있다면, 누군가에게 팔아넘길 리가 없다는 점. 어쨌든 간에 엉터리 책일 게 분명해요."

"흠, 듣고 보니 그 말도 일리가 있군요."

살짝 실망한 주인에게 N씨가 말했다.

"하지만 엉터리 책이라고 해도 난 조금 흥미가 생깁니다. 이걸 사기로 하죠."

그렇게 해서 N씨는 그 책을 싸게 손에 넣었다. 하지만 그때는 N씨도 설마 진짜일 거라고는 생각하지 않았다. 그래서 혼자 사는 아파트로 돌아와서도 그날 밤은 그냥 책상 위에 던져 놓았다.

이틀쯤 지나서 N씨는 별생각 없이 그 책을 펼쳐 보았다. 그리고 뭔가를 알아차렸다. 책이 여러 사람을 거쳐 온 것처럼 손때가 묻긴 했지만, 책장이 찢기거나 훼손된 부분은 없었다.

그는 갑자기 흥미가 솟구쳐서 책장 끄트머리를 잡고 잡아당겨 보았다. 그런데 찢어지지가 않았다. 그래서 더 힘껏 당겨 보았다. 역시나 찢어지지 않았다.

도대체 무엇으로 만들었을까? 불빛에 비춰 보고, 손가락으로 문질러 봐도 그 재질을 알 수가 없었다. 그는 조심스럽게 라이터 불을 가까이 대 봤다. 그런데 전혀 타지도 않았다.

"흐음, 정말 신기한 일이군. 그렇다면 혹시⋯."

N씨는 의자에서 앉음새를 고치고, 그 책의 서두 부분을 읽어 내려갔고, 시험 삼아 그 책에 쓰여 있는 대로 해 봤다. 굵은 삼베 실을 묶어서 바닥에 동그라미를 만들고, 첫 문구를 읊조려 봤다.

그러자 그에 답하듯, 눈 하나가 공중에 떠오른 것이다.

"호오. 그럼, 이 책은 진짜였어. 일이 재밌어졌는데."

이쯤되면, N씨가 아니라도 마법 현상으로 볼 수밖에 없었을 테고, 또한 N씨가 아니라도 여기서 중단해 버릴 마음은 들지 않을 것이다. 그는 다음 단계로 이어 가려 했다. 그런데 그 다음으로 이어 가려면 필요한 것들이 많았다. N씨는 밖으로 나가 재료들을 구해 돌아왔다.

빨간 장미의 꽃가루, 검은 호랑나비의 날개 가루,

자수정 한 조각, 말린 흰쥐 꼬리. 그밖에 책에서 지시한 재료들을 구했고, 그것들을 잘게 빻아 섞어서 삼베 실 원 안에 골고루 뿌렸다.

가루가 바닥에 흩어지자, 구름이 걷히고 그 속에서 산이 모습을 드러내듯이 어떤 형상이 서서히 형태를 갖추며 완성되었다. 눈이 두 개가 되더니, 그 주위로 얼굴이, 이어서 목과 몸통과 손발이 갖춰져 갔다.

N씨는 눈앞의 형상을 위아래로 훑어보았다. 그것은 사람의 모습과 비슷했지만, 어딘지 모르게 인상이 달랐다. 살짝 보랏빛을 머금은 피부인 데다 모든 게 다 뾰족한 느낌이었다. 눈매는 매섭게 치켜 올라간 듯했고, 귀도 뾰족하고 컸으며 귀 위에도 머리에서 뾰족한 것이 튀어나와 있었다. 뿔이라는 건가? 그밖에 코 끝도 팔꿈치도 손가락도 손톱도 날카롭게 찢긴 입속의 은빛 이빨도, 뒤에 달린 꼬리 끝까지 모든 부분이 다 뾰족했다.

"흐음, 과연. 이게 바로 악마라는 것이군. 틀림없어."

N씨는 예전에 봤던 그림을 떠올리고, 고개를 끄덕였다. 동그라미 속의 상대도 고개를 끄덕거리며 웃었다. 그건 아마 웃음이겠지, 붙임성 있어 보이는 기묘한

표정과 동작이었다.

N씨가 라틴어로 천천히 말을 걸어 보았다.

"너는 뭐 하려고 이런 데 나타났지?"

"제가 나타난 이유는 말이죠…."

그 뒤는 잘 알아들을 수가 없었다. 어려운 말을 사용했기 때문이 아니라, 목소리가 점점 가늘어져서 잘 들리지 않았기 때문이다.

"뭐라고?"

N씨가 다시 물었지만, 중요한 부분이 되면 또다시 목소리가 가늘어졌다. N씨는 자기도 모르게 귀를 상대에게 가까이 댔다. 그러다 보니 귀뿐만 아니라 발까지 동그라미 안으로 디디며 들어갔다.

"…마왕을 위해 희생양을 모으러 다니는 중이에요."

그런 말이 들렸을 때는 이미 돌이킬 수 없는 상황이었다. 뾰족한 손의 뾰족한 손톱이 N씨의 살 속으로 파고들어 놔주지 않았기 때문이다.

"이거 놔! 아파!"

"그럴 순 없어요. 어렵게 잡았는데."

아무리 발버둥을 쳐도 소용이 없었다. 잠시 후 N씨

도 악마도 그 형상이 차츰 흐릿해졌고, 결국에는 감쪽같이 사라져 버렸다.

며칠이 지나 임대료를 받으러 온 아파트 관리인이 고개를 갸웃거리며 중얼거렸다.

"이사가 버렸나? 요즘 통 보이질 않던데. 이사를 할 거면 미리 말을 해야지, 원."

그러고는 방을 청소하고, 물건을 치우고, 다른 사람을 들였다. N씨의 짐은 관리인이 한동안 맡아 뒀다. 그러나 아무리 기다려도 찾으러 오질 않아서, 밀린 집세를 대신해 고물상에게 팔아넘겼다. 그 책과 함께….

하얀 기억

어느 여름날 오후. 시내에 자리 잡은 Q박사의 병원에 환자 두 명이 실려 왔다. 그들과 함께 온 경찰에게 박사가 물었다.

"일사병이겠죠? 여름이 되면, 아무래도 일사병 환자가 많아지니까요. 아니면 식중독인가요?"

"아뇨, 그런 건 아닙니다. 충돌했습니다."

"그럼, 교통사고로군. 자, 빨리 소독 준비를…."

간호사에게 지시를 내리는 박사를 경찰이 제지했다.

"아뇨, 교통사고가 아닙니다. 부상을 당하진 않았어요."

"그게 대체 무슨 말이죠? 사고가 아닌 충돌이라니?"

"이 근처 빌딩 모퉁이에서 저 두 사람이 부딪친 겁니다. 둘 다 급하게 걸어가던 중이었는지, 머리를 세게 부딪쳐서 정신을 잃고 말았습니다. 부상은 머리의 혹 정도니까 의식만 되찾으면 그리 크게 염려할 일은 아니겠지요. 치료를 부탁드립니다."

"흐음, 그랬군요. 알겠습니다. 환자를 치료하는 게 의사인 저의 본분이니까요."

경찰은 경례를 하고 물러났고, 그 두 명의 환자는 치료실 침대 위로 옮겨졌다. 한 사람은 남자, 한 사람은 여자였는데, 둘 다 스물일고여덟 살쯤 되어 보였다.

Q박사가 간호사들의 보조를 받으며 치료를 하자, 잠시 후 남자 쪽이 먼저 눈을 떴다. 그러더니 놀란 듯이 소리를 질렀다.

"엇. 이게 대체 어떻게 된 일이죠? 제가 왜 이런 곳에 있습니까?"

"드디어 정신이 드셨군요. 당신은 빌딩 모퉁이에서 다른 사람과 세게 부딪치는 바람에 한동안 정신을 잃었습니다. 크게 다치진 않았으니, 잠시만 조용히 안정을 취하면 좋아질 겁니다."

Q박사의 설명을 들은 청년은 안심이 된 듯했지만, 걱정스러운 듯한 말투로 물었다.

"그런데 저랑 부딪친 상대는 어떻게 됐나요? 다치기라도 했으면, 사과를 드려야 할 텐데요."

"옆에 있는 여자분입니다. 다치지는 않았는데, 당신처럼 정신을 잃었습니다. 좀 있으면 의식이 돌아오겠죠."

청년은 박사가 가리키는 침대 위를 바라보고는 무심코 휘파람을 불었다. 엄청나게 아름다운 여성이 눈을 감고 누워 있는 게 아닌가.

"품위 있고 아름다운 여성이군요. 어디 사는 누구실까요?"

"핸드백 안에 수첩도 명함도 없어서 아직은 알 수가 없습니다. 그렇지만 의식이 돌아오면 바로 알 수 있겠죠."

"저런 사람과 부딪친 건 행운입니다. 이걸 계기로 저랑 교제해 줄지도 모르겠군요."

눈빛을 반짝이는 청년을 향해 박사가 말했다.

"흐음, 그녀의 이름보다 당신의 주소와 이름부터 먼저 알려 주시죠. 진료카드를 작성해야 하니까요."

청년은 눈을 깜박거리다 입을 다물었다.

"으으음…."

"왜 그래요?"

"그런데 그게, 도무지 떠오르질 않아요. 왜 그럴까
요?"

"아하, 충돌할 때 충격으로 기억상실에 걸렸을지도
모르겠군요."

청년이 주머니를 뒤져 봤지만, 잃어버린 기억의 실
마리가 될 만한 물건은 없었고, 여름이라 겉옷도 입지
않아서 이름을 알아낼 방법이 없었다.

그때 옆에 누워 있던 여자가 나지막한 신음 소리
를 내며 의식을 되찾았다. 박사가 간단한 설명을 마치
기를 간절히 기다렸다는 듯이 청년이 예의 바르게 말
을 건넸다.

"당신과 부딪친 사람이 접니다. 너무 죄송했습니다.
하지만 그 덕분에 당신처럼 아름다운 분을 알게 돼서
한편으론 기쁘기도 합니다. 앞으로도 계속 만나 뵙고
싶습니다. 그래도 될까요?"

그녀도 호의가 넘치는 미소를 머금으며 정중하게
인사를 건넸다.

"저야말로 잘 부탁드려요."

"그런데 실은 제가 지금 기억을 잃어서 제 이름도 생각이 안 나요. 기억이 떠오르는 대로 자기소개를 드리겠습니다."

"저는…."

말문이 막힌 그녀가 이마를 문지르며 곤혹스러운 표정을 지었다. 그녀도 청년과 마찬가지로 기억을 잃어버린 것이다. 그 사실을 안 Q박사가 주사를 준비시켰다.

"두 분 다 주사를 놔 드리죠. 효과가 있으면, 기억이 바로 되살아날 겁니다. 그동안 대화라도 나누면서 기다려 주세요."

주사를 맞은 두 사람은 의자에 앉았고, 청년이 여자에게 말을 건넸다.

"당신은 정말로 아름다운 여성입니다. 첫눈에 반했습니다. 프러포즈를 하고 싶은 심정이지만, 너무 갑작스럽겠죠? 그건 기억이 되살아난 후로 잠시 미루죠. 그건 그렇고 저에 대한 느낌은 어떠신가요?"

"성실해 보이고, 인상이 좋으시네요."

"기억이 되살아난 후에도 우리 둘 다 지금의 이 마

음이 이어지면 좋겠군요."

"네에."

두 사람은 친분을 쌓아 가며 즐겁게 대화를 나눴다. 잠시 후, 약이 드디어 효과를 발휘했는지, 청년이 중얼거렸다.

"저에게는 잊어버리고 싶은 나쁜 기억이 있었던 것 같아요. 충격 때문에 그게 사라져 버린 것 같군요."

"저는 뭔가를 골똘히 생각했던 것 같아요. 뭔가 대단히 중요한 걸."

두 사람은 머리에 손을 얹고, 고개를 갸웃거리며 과거를 떠올리려고 애를 썼다.

"아, 금방 떠오를 것 같은데."

"저도 기억이 바로 코앞까지 온 것 같아요."

그런데 잠시 후, 두 사람이 거의 동시에 소리를 질렀다.

"아, 생각났다!"

그런 뒤 서로를 쳐다봤지만, 곧바로 여자 쪽에서 크게 소리쳤다.

"다, 당신이란 사람은 정말…."

놀란 Q박사가 그녀를 진정시키며 이유를 물었다.

"왜 그러십니까? 갑자기 소리를 지르고."

"선생님. 제 말 좀 들어 보세요. 이 사람은 제 남편인데, 바람기가 너무 심해서 툭하면 다른 여자를 유혹하고 다녔어요. 너무 힘들었죠. 더는 참을 수가 없어서, 오늘은 제가 시내로 따라 나온 거예요."

"그렇군요. 우연히 똑같은 증상을 보였던 까닭도 부부라서 그랬던 거군요. 앞으로는 남편분도 너무 밖으로만 나돌진 마세요."

박사가 어물쩍 넘어가려고 겉치레 충고를 했는데, 청년이 이렇게 변호했다.

"선생님. 우리는 결혼한 지 3년이나 됐습니다. 저렇게 잔소리가 많은 여자는 이젠 정말 지긋지긋해요. 가끔씩 기분이라도 풀지 않으면, 도저히 참을 수가 없단 말입니다."

"뭐라고? 지금 그게 할 소리야?"

여자가 다시 소리를 지르며, 박사를 밀쳐 내고 청년에게 달려들려 했다. 허겁지겁 문밖으로 튀어나간 청년은 온 병원을 돌며 도망 다녔다.

"조용히 하세요! 여기는 병원입니다."

말리는 박사의 목소리도 두 사람의 귀에는 들리지

않는 듯했다.

그러나 잠시 후, 소란이 가라앉는 순간이 찾아왔다. 복도를 정신없이 뛰어다니던 두 사람이 모퉁이에서 부딪친 것이다.

팔짱을 낀 Q박사가 또다시 정신을 잃은 두 사람을 내려다보며 혼잣말을 중얼거렸다.

"자 그런데, 이번에는 과연 치료를 하는 게 좋을지 어떨지 판단이 서질 않는군."

겨울이 오면

암흑과 정적으로 가득한 광활한 공간. 그 공간을 꿰뚫는 바늘처럼 우주선 한 대가 날아왔다. 날렵한 그 생김새는 급류에 사는 물고기를, 도약하는 표범을, 예리한 칼을 연상시켰다.

형태 면에서는 이렇듯 더할 나위 없이 훌륭했지만, 색채는 아무리 봐도 그리 감탄할 수가 없었다. 왜냐하면 그 우주선은 몸체는 물론이고 꼬리날개까지 광고로 빽빽하게 뒤덮여 있었기 때문이다.

맨 앞쪽 주위에는 청량음료 병과 상품명이 선명한 색채로 그려져 있었다. 그 옆에는 화장품과 그것을 들고 미소 짓는 젊은 여성이, 꼬리날개 중앙에는 전자 제품 업체의 커다란 마크가 문장紋章처럼 새겨져 있었다. 그밖에도 광학 관련 광고, 의류 용품, 식료품 등등의 광고들이 빼곡하게 들어차 있었다.

부분별로 나눠 보면 나름대로 모두 괜찮은 디자인이지만, 이렇게 빈틈없이 빼곡히 채워 놓으니 흡사 번화가의 광고탑이나 다를 바 없었다. 형광도료를 사용해서 어둠 속에서 빛을 발하는 광고도 있는가 하면, 네온사인 방식으로 계속 점멸하는 광고도 있었다.

"어때? 점멸 장치에 이상은 없나?"

우주선 안에서 함장인 N박사가 물었다. 그러자 예전에는 조수였고, 지금은 조종사로 우주선에 탑승한 남자가 대답했다.

"네. 이상 없습니다. 그런데 연구할 때는 상상도 못 했어요. 우주선에 이런 장식들이 붙게 될 줄은…."

"어쩔 수 없는 일이지…."

N박사가 쓸쓸하게 웃었다. 그는 초고속 분야에서 독자적인 이론을 창안했고, 그것을 응용한 우주선 설계를 완성했다. 그러나 그 연구를 하느라 모든 재산을 다 써 버려서 정작 우주선을 만들 자금은 한 푼도 남아

있지 않았다. 그보다 한심한 상황은 없었다.

물론 설계도를 다른 사람에게 팔면, 자본금을 회수할 수 있을 뿐만 아니라 상당한 이익이 남는다. 하지만 그러면 자기 뜻대로 우주선을 탈 수 없게 되고 만다. 그는 포기할 수 없었고, 또한 포기할 마음도 전혀 없었다. 그래서 결국 묘안을 짜냈다. N박사는 많은 회사들을 찾아다니며 다음과 같이 지원을 요청했다.

"어떻습니까? 저는 엄청난 우주선을 발명했습니다. 이 우주선으로는 지금까지 진출했던 별들보다 훨씬 더 멀리 있는 별까지 진출할 수 있지요. 이왕 가는 김에 상품 판매와 광고까지 해 드리겠습니다. 그래서 말입니다만… 아, 물론 부담 가지실 필요는 없습니다. 이곳 말고도 협력을 약속해 주신 회사들이 많으니까요."

계획은 예상보다 성공을 거둬서 자금이 마련되었다. 그 자금으로 우주선을 만들어 우주의 저 너머까지 날아갈 수 있었다. 그 대신 우주선 외부는 광고로 가득 찼고, 내부의 각 방은 상품들로 넘쳐 났다. 그런 까닭에 승무원도 고작 한 사람을 데려온 게 다였다. 우주선 안에 그 이상을 수용할 여유 공간이 없었기 때문이다.

"앗, 저쪽에 행성이 보입니다. 저 붉은 태양 옆이

에요."

흥분한 목소리로 보고하는 조수에게 박사가 되물었다.

"어떤 행성이지?"

"망원경으로 관찰한 바로는 지구와 아주 비슷한 상태 같습니다. 대기도 그렇고, 주민도 있고…."

"주민들의 문명 수준은 어때?"

"지구보다는 얼마쯤 뒤처진 것 같습니다."

"그건 잘됐군. 문명 수준이 너무 높으면, 가지고 온 상품들이 우습게 보이겠지. 그럼 여기까지 온 의미가 사라져. 적당한 별을 만나서 다행이야. 자 그럼, 기수機首를 그쪽으로 돌려."

N박사가 명령을 내리며 버튼을 눌렀다. 그러자 외부 광고가 한층 더 밝아졌다. 스폰서들과의 약속은 약속이다. 박사는 양심적으로 그 약속을 지킬 생각이었다.

잠시 후 로켓은 그 행성으로 접근했고, 서서히 고도를 낮추며 작은 도시 외곽에 있는 들판에 착륙했다. 다른 버튼을 누르자, 스피커에서 광고 음악이 흘러나왔다. 경쾌한 멜로디가 사방으로 퍼져 나갔다.

계절은 가을에 해당하는지, 단풍이 곱게 든 풀과 나뭇잎이 하나둘 떨어지기 시작했다. 박사는 그 모습을 바라보며 중얼거렸다.

"흠, 그런데 주민들을 어떻게 불러 모아야 하나?"

"그런 걱정은 필요 없을 것 같습니다. 주민들이 알아서 나왔어요. 다들 선량해 보입니다."

조수가 손으로 가리키며 말했다. 흉악한 기미는 전혀 없었고, 무기 같은 것도 없었다. 그뿐인가, 모두 즐거워하는 표정을 짓고 있었다.

N박사는 주변 상황을 확인한 후, 우주선 밖으로 나갔다. 그리고 조수와 함께 손짓 발짓은 물론, 온갖 방법을 다 동원해 자신들이 태양계의 다른 행성, 지구에서 왔다는 뜻을 가까스로 상대에게 전달할 수 있었다.

"…그렇게 된 것입니다. 앞으로는 우호적인 관계를 쌓아 갑시다."

그 말에 대해 주민들도 이런 의미가 담긴 대답을 전해 왔다.

"저희야말로 잘 부탁드립니다. 우리는 지금 수확기가 막 끝났습니다. 즐겁게 축제를 하는 중이었는데, 같이하시면 어떨까요?"

박사와 조수는 얼굴을 마주 보며 환하게 웃었다. 주민들의 분위기가 즐거워 보였던 이유도 이해가 갔다. 게다가 수확기가 끝난 시기라면, 상품을 판매하기에도 적절한 타이밍일 게 틀림없다. 한창 바쁠 때 왔으면 상대도 안 해 줘서, 헛걸음만 하고 돌아가야 했을지도 모른다.

"오호, 이렇게 고마울 데가…."

박사가 주민들에게 적극적으로 상품 얘기를 꺼냈다.

"사실 저희는 여러분에게 도움이 될 만한 각종 상품들을 싣고 왔습니다. 혹시 마음에 드시는 물건이 있으면, 앞으로 대규모 무역을 할 수 있도록 제가 다리를 놔 드리겠습니다."

박사는 조수에게 지시를 내려서 우주선 내부를 전시장으로 개방하고, 주민들을 안으로 안내했다.

고급스러운 옷, 편리한 생활용품, 맛있는 과자…. 개중에는 지구에서는 이미 유행이 지났거나 과잉 생산된 상품도 섞여 있었다. 그러나 이 별에 사는 주민들 눈에는 하나같이 훌륭한 보물로 비친 듯했다. 그들은 눈을 휘둥그레 뜨고 바라보며, 손으로 살며시 만져 보기도 하고, 서로 작은 목소리로 속삭이기도 했다.

"자, 어떠십니까? 모두 다 지구에서는 최고급 상품들입니다."

자신감을 얻은 박사가 붙임성 있게 권했다. 하지만 예상 밖의 반응이 돌아왔다.

주민들이 손사래를 치며 필요 없다는 의사를 표시한 것이다. 박사와 조수는 이상하다는 듯이 얘기를 나눴다. 간절히 원하는 분위기였는데, 왜 사려 하지 않을까. 그러나 그 궁금증은 주민들에게 물어보지 않고서는 알 수가 없었다.

"왜 그러시죠? 염려하실 건 없어요. 품질은 제가 책임지고 보증하겠습니다."

그에 대한 대답은 이랬다.

"아, 네. 저희도 갖고 싶긴 한데, 지금은 살 수가 없어요. 내년으로 미룰게요."

"내년이라뇨⋯. 1년 정도면 별 차이도 없지 않습니까."

"우리 별은 지금부터 겨울이 시작됩니다. 겨울 동안에는 사용하지 않기 때문에 내년 봄이라면 모를까⋯."

그런 이유로 물러설 수는 없었다. 박사가 열의를 담아 설명했다.

"겨울에도 당연히 쓸 수 있습니다. 예를 들면 이 전기담요는 어떠세요? 원자력 건전지로 따뜻하게 보낼 수 있어요. 그리고 또 겨울 화장품으로는…."

그러나 주민들은 이번에도 또 손을 내저었다.

"우리 별에서는 겨울이 되면 모두 겨울잠을 잡니다. 그렇기 때문에 그동안에는 아무것도 필요 없어요."

"아, 그렇군요. 지구에는 그런 관습이 없어서 알아채지 못했네요. 실례했습니다. 그래도 봄이 되면 바로 사용할 수 있게 지금 사 두시면 어떨까요?"

"사실, 그러고 싶은 마음은 굴뚝같죠. 그런데 겨울을 대비해서 수확물을 모두 저장해 버렸어요. 대금을 지불하려면 그걸 다시 끄집어내야 하는데, 그게 보통 힘든 작업이 아니거든요."

박사가 고개를 끄덕이고, 조수와 의논했다.

"어떡할까? 양심적인 주민들 같은데."

"믿어도 좋을 것 같은데요."

"내 생각도 그래. 장래성이 있는 별이고, 이런 주민이 사는 별은 좀처럼 없잖아. 상품을 다시 가져가는 것도 한심한 일이고. 설마하니 대금을 떼어먹고 행성째로 도망칠 리도 없으니 말이지."

"네. 대규모 전쟁을 벌여서 주민이 모조리 자멸해 버릴 정도로 이곳 문명 수준이 높아 보이는 것도 아니고요."

N박사가 주민들에게 다시 이렇게 제안했다.

"그렇다면 상품은 지금 드리겠습니다. 대금은 나중에 주셔도 됩니다. 내년 봄에 다시 찾아뵙도록 하죠. 그때 이 행성의 특산물로 지불해 주셔도 됩니다."

"그렇게 해 주시면 고맙죠. 내년 봄에는 꼭 돈을 지불하겠습니다."

주민들이 환호성을 지르며 약속했다. 거짓이나 계략의 기미는 털끝만큼도 느껴지지 않았다. 목적은 달성한 것 같았다. 이 정도로 얘기가 확실하게 마무리되면, 스폰서들도 만족하겠지. 박사는 우주선 안의 모든 상품을 건네주었다.

"그럼, 내년 봄에 뵙겠습니다. 다음에는 더 많은 상품들을 가져오겠습니다."

"꼭 그렇게 해 주세요. 저희도 기다리고 있겠습니다. 안녕히 가세요."

주민들의 작별 인사와 함께 배웅을 받으며, 가벼워진 우주선은 또다시 하늘로, 그리고 대기권 밖 공간으로 돌아갔다. N박사가 우주선 창밖을 돌아보며 말했다.

"착한 주민들이야. 벌써부터 내년 만남이 기대되는군. 아 참, 일단 저 별의 궤도를 잘 계산해 두게. 다음에 방문할 때, 시기가 달라지면 곤란해. 너무 일찍 오는 바람에 겨울잠에서 아직 안 깼다거나 하면 큰일이니까."

"네."

조수가 관측기구와 씨름하며 계산을 하기 시작했다. 그런데 좀처럼 보고가 올라오지 않았다.

"왜 그래? 복잡한가?"

"복잡하진 않은데, 별로 좋은 답변은 아닌 것 같습니다. 착륙하기 전에 미리 조사해 뒀어야 했는데…."

"대체 무슨 문제가 있다는 거야?"

"저 별은 가늘고 긴 타원 궤도입니다. 우리 태양계의 혜성처럼 앞으로는 태양에서 점점 더 멀어질 뿐이죠. 어두운 혹한 속에서 모든 것이 얼어붙는 상태로 들어갑니다. 겨울잠이라도 자 둬야지, 달리 방법이 없겠네요."

"요컨대 겨울이 길다는 뜻이군."

"그런 결론이 되겠죠."

"그럼, 태양 옆으로 돌아와서 봄을 맞을 때까지는 얼마나 걸리지?"

"글쎄요. 지구 시간으로 환산하면 대략 5000년쯤…."

수수께끼 청년

도심의 한 구역. 그 주변에는 주택이 빽빽하게 들어서 있고, 주택이 아닌 곳은 도로라 자동차들이 쉴 새 없이 달리고 있었다. 그런 까닭에 이 주변 아이들은 뛰어놀 장소가 없어서 별도 잘 안 드는 좁은 방에서 조용히 텔레비전만 멍하게 바라봐야 했다.

그곳에 한 청년이 나타났다. 수수한 옷차림에 온순하고 성실해 보이는 그는 길가 창문 너머로 아이들에게 말을 건넸다.

"이 주변에는 너희가 뛰어놀 곳이 없니?"

"네, 없어요. 그래서 술래잡기나 숨바꼭질, 줄넘기

를 해 본 애가 한 명도 없어요."

"흐음, 저런저런. 작은 공원이라도 만들어 주면 좋을 텐데."

"어른들도 똑같은 생각이에요. 그런데 관청에 가서 교섭하려 했더니 안 된다고 했대요. 땅값이 비싸고, 그런 돈을 마련할 데가 없다면서."

아이는 포기한 듯했다. 그 말을 듣고 청년이 말했다.

"좋아. 그럼, 내가 만들어 주지."

"진짜요? 다들 엄청 좋아하겠다. 하지만 그런 일은 텔레비전에서나 가능한 얘기 아닌가?"

"물론, 진짜지."

거짓말이 아니었다. 청년은 어디선가 돈을 마련해 와서 토지를 사들이고, 땅을 고르고, 나무를 심었다. 그네와 모래밭도 만들고, 안전 설비도 갖추었다. 그러고는 놀이터에 모여든 아이들에게 말했다.

"이제부터 이곳은 너희들의 세계야. 언제든 자유롭게 실컷 뛰놀 수 있어."

"우와, 신난다!"

아이들은 환호성을 질렀고, 햇살을 흠뻑 받으며 맘껏 뛰어오르고 내달렸다. 아이들과 함께 온 어른들도 감사 인사를 했다.

"세상에 이렇게 고마운 일이 있을까요. 성함이라도 알려 주세요. 공원 이름을 그렇게 짓고 언제까지고 잊지 않겠습니다."

그러나 청년은 의기양양해하기는커녕, 손을 내저으며 조심스러운 말투로 입을 열었다.

"이름이라뇨, 당치 않습니다. 당연한 일을 했을 뿐입니다. 여러분이 기뻐해 주시면 그걸로 충분합니다. 그만 잊어 주세요."

누군가가 사진을 찍으려고 했지만, 청년은 어느새 사라지고 없었다. 다들 기적을 일으키는 마법사가 아니겠느냐는 말을 주고받았다.

또한 그 청년은 가족이 없는 노인의 집에 나타난 적도 있었다.

노인은 평생토록 일만 해 왔다. 젊은 시절에는 열심히 일해서 저축도 할 수 있었지만, 그 돈은 물가 변동 때문에 종이 쪼가리에 지나지 않게 되었다. 나이가 든 지금은 근근이 끼니를 때울 뿐이고, 몸도 쇠약해졌다.

"살아생전에 딱 한 번만이라도 좋으니, 느긋하게 여행을 좀 해 보고 싶군. 하지만 그것도 꿈같은 소원이겠지."

노인은 그렇게 서글픈 한탄을 하며 하루하루를 살아가고 있었다. 청년은 그 노인을 찾아가 이렇게 말했다.

"자, 이걸 받으세요. 여행 이용권이에요. 이건 예약한 여관의 숙박료를 지불한 영수증이고요. 그리고 이건 용돈으로 쓰실 돈입니다. 마음껏 쓰시고, 즐겁게 다녀오세요."

당연한 반응이겠지만, 노인은 믿기지 않는다는 표정을 지었다.

"설마 날 놀리는 건 아니겠죠? 이렇게 고마운 일이 있나. 하지만 모르는 사람에게 이런 호의를 받는 건 도리가 아니에요."

"그런 말씀 마세요. 이젠 취소도 못 합니다. 이렇게 생각하면 어떨까요? 평생 성실하게 일하신 어르신에게는 최소한 그 정도는 누릴 만한 권리가 있다고요."

노인은 눈물을 글썽이며 기뻐했다.

"그렇습니까? 그럼, 당신의 호의를 감사히 받겠습니다. 아, 정말 꿈만 같아요. 이젠 죽어도 여한이 없겠어요. 당신은 현대의 그리스도 같은 분이에요…."

청년은 노인의 장황한 감사 인사가 시작되기 전에 조용히 돌아갔다.

그밖에도 그 청년은 여러 장소에 모습을 드러냈다.

교통사고로 죽은 사람의 유가족을 찾아가서 돈을 건넨 일도 있었다. 뺑소니를 당했기 때문에 소송으로 보상금을 청구할 상대도 없이 궁핍한 생활에 시달리던 사람들이다.

해외로 유출되기 직전인 고미술품을 다시 사들여서 박물관에 기부하고, 신분도 밝히지 않은 채 떠난 적도 있었다. 또 청년은 허물어지기 시작해서 한시라도 빨리 손을 쓰지 않으면 망가질지도 모르는 유적을 수리하는 데 비용을 낸 적도 있었다. 운영자금이 바닥나서 폐쇄할 위기에 처한 고아원이나 형편이 어려운 사람들이 머무는 시설에 몰래 돈을 두고 가기도 했다. 이런 종류의 선행을 꼽자면 끝이 없을 정도였다.

청년의 방문을 받은 사람들은 진심으로 고마워하는 동시에 저 사람은 대체 어떤 집안의 자제일까 궁금해했다. 엄청난 부잣집의 자제일까? 그게 아니면….

그 다음은 이렇다 할 상상이 가지 않았다. 자기한테는 돈을 쓰려 하지 않고, 세상 사람들을 위해 아낌없이 내준다. 정말 훌륭한 사람이다. 그나저나 용케 돈이 바닥나지 않는구나….

그러나 언제까지고 계속될 수는 없었다. 마침내 그의 선행도 막을 내리는 시기가 왔다. 맨 처음 알아챈 사람은 그 청년의 상사, 즉 세무서 서장이었다. 그가 청년을 불러서 말했다.

"이봐, 자네. 난 자네를 성실한 청년이라고 믿고 돈을 관리하는 중요한 지위에 앉혔어. 그런데 그런 신뢰를 배반하고, 막대한 공금을 횡령해? 이게 대체 어떻게 된 거야! 도대체 그 돈을 다 어디에 썼나?"

"사실은…."

청년이 정직하게 대답했다. 서장은 어이없어하며 버럭 소리를 질렀다.

"이런 괘씸한 녀석이 있나! 세금이란 자고로 선량한 국민들이 정부를 믿고 납부한 돈이야. 그런 돈을 의회도 관청도 무시하고 무단으로, 게다가 그런 어처구니없는 데다 사용하다니…."

"그러면 안 되는 건가요?"

"당연하지. 자네 지금 제정신이야?"

"제가 이상한 거고, 다른 의원이나 공무원들은 모두

제정신이라는 말씀인가요?"

그러나 서장은 그런 물음에 대답할 경황이 없었다.
당장 이 불상사부터 처리해야 했기 때문이다. 관계자
는 이 일이 세상에 드러날까 두려워서 청년을 강제로
정신이상자로 만들어 병원에 집어넣어 버렸다.

최후의 지구인

세계의 인구는 끝도 없이 나날이 증가해 갔다.

"대체 얼마까지 늘어날까?"

"이렇게 계속 늘어나면, 어떤 일이 벌어질까?"

"무슨 수든 써야 할 텐데."

이따금 생각이 난 듯이 의논을 되풀이했다. 그러나 아이를 낳지 말라고 할 수도 없고, 태어난 아이를 처리할 수도 없는 노릇이었다. 인간은 누구에게나 살아갈 권리가 있다.

모두가 인구 증가 현상을 걱정했다. 그러나 막상 뭔가를 실행하는 문제에 맞닥뜨리면 '나만은 예외'라는 식으로 생각했다. 다들 같은 마음이었기 때문에 인구가 감소될 기미는 전혀 보이지 않았다.

세계 모든 곳들이 도시로 변해 갔다. 사하라와 고비 사막의 녹화 계획이 마침내 완료된 무렵에는 이미 그 나무들을 베어 내고 그곳에 도시를 건설해야만 하는 상황이었다.

이제는 전쟁을 할 상황도 아니었다. 전쟁은 그나마 여유가 있었던 시대의 놀이로 회상되었다. 그런데 전쟁을 더 이상 하지 않아도 과학은 진보했다. 계속 증가하는 인간을 정리하려면, 과학에 의존할 수밖에 없었기 때문이다.

인구가 늘면 그들의 생활을 보장하기 위해 과학을 발전시켜야 했다. 그러나 과학이 발전하면 생활수준이 높아져서 인구는 더욱 늘어났다. 이렇게 다람쥐 쳇바퀴 돌듯 악순환만 되풀이하는 인간들은 모든 능력을 동원해 인구 증가와의 비장한 전쟁을 계속해 왔다. 한시도 눈을 뗄 수 없는, 그러면서도 승리의 전망이라곤 보이지 않는 막막한 전쟁이었다.

식량이 인공적으로 합성되면서 식물은 불필요해졌다. 탄산가스를 기계적으로 산소로 환원할 수 있게 되었으므로 식물에 대한 고마움은 점점 희박해져 갈 뿐이었다. 그렇다고 해서 식물이 싫어진 것은 아니다. 식물을 키울 장소가 사라진 것이다.

동물이나 곤충도 이미 오래전에 제거되었다. 식량이 아까워서가 아니다. 그런 생물들을 살려 둘 장소가 없었기 때문이다. 나비나 꽃도 인간의 생존을 위해서는 물러나 줘야 했다. 지구의 주인은 인류니까.

과학의 진보는 수명을 연장시켰다. 이것 또한 인구 증가에 박차를 가하는 요소가 되었다. 지구가 한 바퀴 돌 때마다 그 표면의 인구는 눈덩이처럼 불어났다. '100억을 넘어섰다' 그리고 얼마 후 '200억을 넘어섰다'.

멈출 줄을 몰랐다. 세계는 하나의 도시가 되었다. 인류는 완전히 지상에 흘러넘쳤다. 정치가도 과학자도 결국은 포기하고 두 손을 들었다. 어떤 사회정책도, 우주 이민도 인구 홍수의 기세를 막을 수는 없었다.

'이제 더는 못하겠어, 제발 도와줘…'

누구나가 마음속으로 비명을 질러 댔다. 소리 내서 외치고 싶어도 누구를 향해 외쳐야 할지 알 수가 없었다.

전 인류가 처음으로 똑같은 반성과 기도를 할 수 있게 된 순간이었다.

인구 증가가 멈췄다. 그리고 줄어들기 시작했다. 조사해 보니 부부 한 쌍에 아이가 딱 하나만 태어나게 된 것이다. 학자들은 늘 그랬듯이, 온갖 논리를 갖다 붙였다.

"각 지역의 원자로에서 방출된 방사능이 공중에 쌓인 탓일 거야."

"아니, 인구가 너무 많이 증가한 탓에 긴장감이 지속됐고, 그게 스트레스로 쌓여 신체에 영향을 준 거지."

"아니야, 인류라는 종족의 수명이 다한 거겠지."

"말도 안 돼. 동식물을 제거했기 때문에 자연계의 균형이 깨진 결과라고."

"아니, 잠깐만. 인공 식량만 먹으면 체질이 바뀐다는 시각도 있어."

하나같이 자기주장만 내세우려고 기를 썼고, 어떻게 하면 좋을지에 대한 의견은 좀처럼 일치되지 않았다. 그러나 조금은 줄어도 괜찮다는 분위기가 만연해 있어서 굳이 열심히 대책을 세울 필요도 없었다.

"원숭이라도 진화시켜야겠어."

그런 농담을 던지는 사람도 있었다. 그러나 원숭이는 물론이고, 지구상에 인간 이외의 동물은 이미 다 멸종한 상태였다.

여하튼 인구 증가와의 전쟁은 끝났다. 여유가 생겼다. 세상은 조금씩 안정을 되찾아 갔다. 부모는 자식을 더할 나위 없이 사랑하고 아꼈다. 그 외동들은 성장하면 부모의 재산을 고스란히 물려받았고, 몇 대가 지나자 모두 유복해졌다. 다들 저마다 자본가나 지주가 되었다.

게다가 옛날처럼 이유도 모른 채 죽어라 일만 할 필요도 없었다. 일하는 시간은 줄어들었다. 대규모 생산 설비는 잠깐만 가동해도 남아돌 만큼 상품들을 넉넉히 만들어 냈고, 대기권 밖으로 진출하는 우주선을 제작하는 공장도 필요 없어졌다.

우주로 나갔던 이주민들이 잇달아 돌아왔다.

"말이 안 되잖아. 지구에서 살 수 있는데, 굳이 우주에서 아득바득 일할 필요가 뭐 있어."

"그럼, 그럼. 인간에게는 뭐니 뭐니 해도 지구가 최고지."

유산을 받아 벼락부자가 된 사람들을 태운 우주선이 빗발치듯 지구를 향해 내려왔다. 어지간히 운이 나쁘지 않는 한, 유산으로 벼락부자가 될 수 있었다. 그리고 불운한 사람들에게도 자식을 먼저 떠나보낸 부부들의 양자 요청이 줄을 이었다.

여전히 한 쌍의 부부에게서는 한 명의 아이만 태어났다. 그 원인에 관해 전보다 더 열심히 연구했지만, 도무지 결론을 낼 수가 없었다.

인류의 멸망. 인류는 분명 멸망으로 향하는 길을 걸어가고 있었다. 그러나 멸망이라고는 해도, 일찍이 인류가 그 발전기에 멋대로 상상하고 멋대로 공포를 느꼈던, 침울하고 암울한 느낌은 전혀 없었다. 청년 시절에 고뇌하는 죽음과 천수를 다하기 직전인 노인이 생각하는 죽음은 다른 법이다. 죽음이 오히려 더 밝고 즐거운 시대가 되었다.

모든 생산은 정지되었다. 그러나 식량과 전력은 지구가 멸망할 때까지는 충분했다. 아무도 일하지 않았다. 일할 의미가 없었다. 소비만 하는 생활이라도 도덕적으로는 문제될 게 없었다. 인류의 미래에는 한계가 있다. 이 사실을 깨닫자, 사고방식이 완전히 바뀌었다.

오랜 세월, 인류는 무한한 발전을 믿어 왔다. 그리고 딱히 의식하지 않았음에도 불구하고, 미래의 자손들에게 보다 나은 사회를 남겨 주기 위해, 시대를 막론하고 모든 사람들이 열심히 일해 왔다. 이제 와서 보면, 헤아릴 수 없이 많은 과거 사람들은 이 멸망기 인간들의 노예였던 셈이다.

이제는 모두 귀족이 되었다. 과거의 막대한 인류의 돌봄과 피나는 노력의 성과를 누리기만 하면서 살면 그만이다. 모두가 귀족이었으므로 뭐든 마음 내키는 대로 할 수 있었다.

진정한 귀족은 금전 따윈 문제가 되지 않는다. 다이아몬드를 산더미처럼 쌓고는 거기에 불을 붙이고, 그 옆에서 오래된 술을 쏟아붓듯 퍼마시며 밤을 지새우는 사람도 있었다. 별로 재미는 없지만, 전 세계를 돌아다니며 여행하는 사람도 있었다. 옛날부터 소중하게 보존되어 온 유적을 무너뜨리고, 거주민이 사라진 지방을 발견하면 비행기에서 핵무기를 떨어뜨리는, 고가의 놀이를 계속했다.

고대의 서적도, 고도의 과학 논문도 모조리 사라져 갔다. 제지하는 사람은 아무도 없었다. 학문 따윈 필요 없는 것이다. 뛰어난 자손을 남기려는 욕구로부터 시작된 연애, 입신출세, 미래를 지배하려는 권력투쟁, 전쟁. 그런 주제를 다룬 이야기나 교훈은 과거 노예들이나 읽는 것이지, 귀족들에게는 무의미했다. 또한 그 어떤 과학도 인간이 사라진 세계에서는 무의미했다.

사람들은 그 무엇에도 집착하지 않는 일생을 보냈다. 겨울이 성큼 다가온 화창한 가을 하늘처럼, 티끌 한 점 없이 투명한 마음을 가진 사람들이 살아가는 시대였다.

지구상에서 가장 살기 좋은 지방. 딱 한 채 남은 집의 멋진 방에 젊은 부부가 살고 있었다. 그 밖에는 어디에서도 인간을 찾아볼 수 없었다. 그들은 세계의 왕과 왕비였다. 옛날부터 수많은 사람들이 소망했고, 그 누구도 얻을 수 없었던 지위. 이들은 전 세계와 전 인류가 만들어 낸 재산의 소유자라고 부를 수 있었다. 사실 재산은 유족들이 다 써서 대부분 사라지고 없었다. 그러나 왕과 왕비는 그런 건 전혀 신경 쓰지 않았다. 과시할 것도 없고, 안타까워할 것도 없었다.

왕과 왕비에게는 각각의 이름이 있었지만, 그 이름

으로 불릴 일은 없었다. 이름이야 '여보'든 '이봐'든 '저기요'든 아무래도 상관없었다.

"있지, 좋은 생각이 떠올랐어."

"뭔데?"

"우리 굳이 옷을 입을 필요가 없잖아?"

그러고 보니 그 말이 맞았다. 딱히 수치심이 생기지 않았다. 세상에는 오로지 그들의 집뿐이었고, 타인은 없었다. 게다가 그들은 태어났을 때부터, 아니 태어나기 전부터 약혼한 사이였다.

두 사람은 옷과 속옷까지 다 벗어 던지고 알몸으로 하루하루를 보냈다. 귀찮은 게 전혀 없다는 것만이 유일한 장점이었다. 알몸이 된 두 사람의 피부색은 뭐라 형용하기 힘든 색깔이었다. 희기도 하고 검기도 하고, 갈색과 노란 기미도 띠고 있었다. 눈동자와 머리칼도 마찬가지였다. 그들은 모든 인종에 속해 있었다. 인구가 줄어들기 시작한 후로 다른 혈통들이 섞이기 시작했으므로.

비교할 대상이 없으니, 아름답다고 할 수 있을지 없을지 모르겠지만, 서로 아름답다고 인정해 주었다. 입 밖에 내서 확인하지 않아도 서로를 완전히 믿고 사랑했다. 질투심을 품어 본 적도 없었다. 인류가 탄생한 후로 모두가 이상으로 삼아 왔던, 절대적인 사랑의 양상이라고 할 수 있었다.

그리고 그녀는 아이를 가졌다.

"마지막 아이네."

"아들일까, 딸일까?"

"이름을 생각해 두자."

그러나 이런저런 고민을 하는 사이, 두 사람은 얼굴을 마주 보며 웃었다. 이름은 필요하지 않았다.

출산일이 가까워졌다. 그녀는 방으로 들어갔다. 그곳에는 분만에도 사용할 수 있는 자동식 만능 의료 장치 한 대가 최후의 인류, 오직 그 한 사람의 탄생을 위해 남겨져 있었다.

난산이었기 때문에 출산 시간은 오래 걸렸다. 남자는 불안한 마음으로 기다렸다. 기계에 맡겨 놓고, 그저 지켜볼 수밖에 없었다.

램프가 아름답게 점멸하며 출산이 완료되었다. 갓난아기는 곧바로 플라스틱으로 만든 보육기 속으로 자동으로 옮겨졌다. 하지만 아내는 완전히 쇠약해진 상태였다. 기계는 위험을 알리는 빨간 램프를 깜박이며, 서둘러 모든 치료를 시도했다. 그러나 그녀는 점점 더 쇠약해질 뿐이었다.

보육기 위에서 빛나는 파란 램프를 본 그녀는 아기가 무사하다는 걸 알고 말했다.

"아이를 잘 부탁해."

그녀는 남편이 고개를 끄덕이는 모습을 보고, 편안히 숨을 거뒀다. 남편을 두고 떠나는 아내의 임종 순간이 이토록 편안한 적은 없었다. 남편은 누구와도 재혼하지 않고 오직 아내와의 추억만을 가슴에 품은 채, 아이를 키워 주겠지.

그러나 남편의 마음은 완전히 정반대였다. 말 그대로 단 하나뿐인 소중한 아내였기 때문이다. 그는 오래도록 아내의 시신에 매달려 하염없이 눈물을 흘렸다. 그리고 울다 지쳐 잠이 들었다.

그가 잠든 동안에도 의료 장치는 쉬지 않고 작동했다. 거기에는 사후 일정 시간이 지나면, 자동적으로 시신을 처리해 버리는 기능도 포함되어 있었다. 그가 그 기능을 끄는 걸 깜빡 잊었기 때문에 기계는 아내의 시신을 완전히 분해해 버렸다.

그가 눈을 떴을 때, 거기에는 작은 말뚝 같은, 한쪽

끝이 뾰족한 뼈 한 조각만 남아 있었다. 그 뾰족한 쪽
을 묘지 돔의 바닥에 꽂으면 묘지가 된다. 이는 먼 옛
날, 인구가 너무 많이 늘어났던 시대에 채용된 방법으
로, 묘지 면적을 절약하기 위한 것이었다. 이 기계 역
시 그런 시기에 만들어진 것이었기 때문에 그가 잠에
서 깼을 때는 이미 모든 게 끝나 있었다.

그는 그 뼈를 끌어안고 전보다 더 격렬하게 흐느
껴 울었다. 아내의 시신을 방부 처리해서 자신이 죽을
때까지 곁에 남겨 두고 싶었다. 그러나 이젠 어쩔 수
가 없었다. 그 누구도 경험해 보지 못한 애절한 이별
의 슬픔이었다.

그는 뼈를 끌어안고 비틀비틀 밖으로 걸어 나갔다.
슬픔을 털어놓을 상대도 없고, 위로해 줄 상대도 없었
다. 라디오도 텔레비전도 없고, 마음을 어루만져 줄 음
악도 흐르지 않는 정적의 세계였다. 아이가 성장해서
보육기에서 나와 말벗이 되어 줄 때까지는.

남자는 들어 줄 사람도 없는데 큰 소리로 울부짖었
고, 눈물로 얼룩진 눈으로 뼈를 힘껏 끌어안고 미친 듯
이 뛰어다녔다.

그때였다. 발이 엉킨 그는 균형을 잃고 앞으로 고꾸

라졌다. 뾰족한 뼈의 한쪽 끝이 알몸인 가슴팍에 깊이 꽂히며 거센 핏줄기가 뿜어져 나왔다.

남자는 일어설 수 없었고, 뼈는 좀처럼 빠지지 않았다. 아이를 저대로 둔 채 죽을 수는 없었다. 남자는 바닥을 기며 치료 장치까지 가려고 발버둥을 쳤다. 그러나 피는 계속 흘러나왔고, 결국 힘이 다 빠져 버렸다.

비가 내리고, 햇볕이 내리쬐고, 바람이 불었다. 남자의 시신은 어느덧 풍화되어 바람결에 날아갔다.

지구는 그 표면에서 일어나는 일들은 아랑곳도 않고 계속해서 돌고 돌았다.

어스름한 보육기 안에서 갓난아기는 조용히 성장해 갔다. 그 외에 이 세상에서 성장을 계속하는 존재는 없었다. 외부에서 지시를 내리는 사람이 없어도 보육기는 알아서 갓난아기를 위해 온도를 조절하고 공기를 순환시키고, 적절한 영양과 운동을 제공해 주었다.

갓난아기는 남자도 여자도 아니었다. 한 명뿐인 인간에게, 단 하나뿐인 생물에게 성의 구별 따윈 아무의미가 없었다. 갓난아기는 차츰 성장했다. 팔다리를 움직여도 만져지는 것은 탄력이 있는 부드러운 플라스틱 덮개뿐이었다. 그리고 그 속에는 어스름만 가득했다.

보육기 속에서 성장한 존재가 난생처음 품은 의식은 이곳은 어스름하다는 느낌이었다. 그 느낌은 나날이 고조되었고, 절정에 다다른 충동은 무심코 소리가 되어 튀어나왔다.

"빛이 있으라!"

보육기가 깨졌다. 성장한 존재는 그곳에서 기어 나와 넓은 공간이 있다는 걸 알았다.

이 공간에 뭔가를 해야겠다는 생각이 들었다. 누가 가르쳐 주지도 않았지만, 해야 할 일들을 전부 알고 있는 듯한 기분이 들었다. 또한 그것을 반드시 해낼 수 있다는 자신감도 있었다.

작가 후기

이 책은 내가 선별한 이야기들을 묶은 단편집이다. 신초샤에서 발행한 『인조미인』과 『환영합니다, 지구 씨ようこそ地球さん』* 에 수록된 작품들 위주로 골랐고, 그 밖에 신초샤 이외의 다른 출판사에서 발행된 단편집에 실린 몇몇 작품을 덧붙여서 총 50편으로 묶었다. 특징 중 하나는 초기 작품이 많다는 점이다. 그렇다 보니 나에게는 애착이 깊은 이야기들이라, 모두 다 집필 당시의 고심과 만족감을 새삼 상기시켰다(원래 나는 집필과 관련된 그런 종류의 회상을 별로 하지 않는 성격이지만).

또 한 가지 특징은 짧은 작품을 많이 수록했다는 점이다. 이른바 '쇼트-쇼트 스토리'다. 나는 짧은 소설이라는 형식에 운명적으로 매료되고 말았다. 아니, 어쩌

---

*   한국어판 제목은 『사색 판매원』이다.

면 내가 먼저 기꺼이 발을 들여놓았을 수도 있다. 과연 어느 쪽인지 나 자신도 잘 모르겠고, 아마 평생 모를지도 모른다. 나는 짧은 작품들을 쓰면서 열등감을 느낀 적도 없고, 자만심에 빠진 적도 없다.

특징을 한 가지 더 꼽자면, 작품의 다양성을 넓히려고 노력했다. 미스터리풍 작품도 있고, SF풍 작품도 있다. 판타지가 있는가 하면 우화풍 작품도 있고, 동화 같은 작품도 있다. 모두 내가 관심을 갖고 있는 분야다. 따라서 이 책은 나, 호시 신이치라는 이상야릇한 작가 자체를 쇼트-쇼트 스토리로 갈무리한 형태라고 말할 수 있겠다.

1971년 3월 호시 신이치

호시 신이치 쇼트-쇼트 시리즈 01.

완벽한 미인

| 1판 1쇄 인쇄 | 2023년 2월 13일 |
| 1판 1쇄 발행 | 2023년 2월 27일 |

| 지은이 | 호시 신이치 |
| 옮긴이 | 이영미 |

발행인	황민호
본부장	박정훈
책임편집	김사라
기획편집	김순란 강경양
마케팅	조안나 이유진 이나경
국제판권	이주은 김준혜
제작	최택순

발행처	대원씨아이㈜
주소	서울특별시 용산구 한강대로15길 9-12
전화	(02)2071-2019
팩스	(02)749-2105
등록	제3-563호
등록일자	1992년 5월 11일

| ISBN | 979-11-6979-448-0 04830 |
| | 979-11-6979-492-3 (SET) |